FENGWU LINGSHI

凤舞灵师

卷·一

XIAOSHIDEJINSESHUCHONG

消失的金色书虫

凉桃

著

知识出版社

图书在版编目（CIP）数据

凤舞灵师.卷一,消失的金色书虫/凉桃著.――北京:知识出版社,2018.5
ISBN 978-7-5015-9699-7

Ⅰ.①凤…Ⅱ.①凉…Ⅲ.①长篇小说-中国-当代
Ⅳ.①I247.5
中国版本图书馆CIP数据核字(2018)第067035号

责任编辑：马　跃
责任印制：魏　婷
装帧设计：杨思慧　胡万莲

出版发行：知识出版社
地　　址：北京市西城区阜成门北大街17号
邮政编码：100037
电　　话：010-88390732
网　　址：http://www.ecph.com.cn
印　　刷：北京君升印刷有限公司
经　　销：新华书店经销
开　　本：880 mm × 1230 mm　1/32
印　　张：10
字　　数：173千字
版　　次：2018年5月第1版　2018年6月第2次印刷

ISBN 978-7-5015-9699-7　定价：28.00元
本书如有印装质量问题，可与出版社联系调换

目录

CONTENTS

** 凤鸣篇 **

目录
CONTENTS
** 海泣篇 **

目录
CONTENTS

✲✲ 风都篇 ✲✲

✲✲ 尾声 ✲✲

凤舞灵师

凤鸣篇

FENGWU LINGSHI
凤舞灵师
卷·一
XIAOSHIDEJINSESHUCHONG
消失的金色书虫

第一章
图书馆奇遇

春光潋滟。

微风拂过，缤纷的花潮轻轻涌动，仿佛贵族淑女优雅地行着屈膝礼。蓝天白云之下，伴随着芬芳的花香，阳光洒满演武场的每个角落，一张张稚嫩的面孔凝神屏息，紧紧盯着高台上的身影，目光中充满了期待。

这些孩子，就是今年刚刚入选蔷薇书院的学生。

高台上，一名穿着初级班讲师法袍的老师，正在为新生们上人生中的第一堂灵蕴课。他一边用平稳的语气讲解，一边用手快速地结印。

"灵蕴，由人体内部潜能形成，这种力量极其强大，同时也是变化莫测的……"

一个细小的能量旋涡呈现在老师的手中，随着他的操控，不断变换形态，一会儿是微型龙卷风，一会儿又被压缩成了能

量球。台下的新生们看得目眩神迷，有的人甚至惊呼起来。

"不愧是蔷薇书院的老师啊，即使是初级班的讲师，也是实力非凡呢！"

"跟着这样的老师，将来我也一定可以成为非常厉害的灵师吧！"

新生中，一个不起眼的角落里，龙薇儿握紧双拳，目不转睛地盯着台上的老师炫技。她那张小脸激动得像一个被蒸熟了正冒着热气的红色大寿包。她那双水灵灵的大眼睛，更是闪亮得只剩下"痴迷"两个字。

不过，很快地，少女满腔的热血就被老师接下来的一句话给冻结成冰。

老师说："好，既然大家都清楚灵蕴的原理了，现在就开始练习聚合灵蕴吧，我期待你们的表现。"

再也没有什么能比这句话更打击龙薇儿的了。因为她——龙氏家族的嫡女，天才灵师龙采儿的妹妹，是蔷薇书院有史以来的第一个留级生，而留级的原因就是因为她无法聚合灵蕴。整整一年了，与她同时入校的人都能使用灵蕴进行战斗了。而龙薇儿，却连自己的灵蕴是什么样子都还没有见过。这样的她，真的能成为厉害的灵师吗？

龙薇儿颓丧地踢着脚尖。

不一会儿，有个同学捧着一个光点兴奋地尖叫起来。

"老师，我能聚合灵蕴了！"

虽然只是小小的一个光点，但也是成功的象征。有了成功的先例，其他同学也不甘落后，陆陆续续聚合出了灵蕴。有的人手中凝结着小球一样的光灵蕴，有的人手掌四周围绕着薄雾一样的水灵蕴，也有的人手上跳跃着火焰形态的火灵蕴。每个人都因天赋差异而聚合出了不同的灵蕴，有的浓厚，有的薄淡。由于属性的不同，灵蕴散发的光芒也不一样。一时间，新生们聚合出的灵蕴光芒让整个演武场变成了一个色彩瑰丽的奇幻国度。

龙薇儿无比羡慕地看着那些已经聚合出灵蕴的新生们。好一会儿，她才低下头，看看自己始终空空如也的掌心，不禁满心失望。

"难道又要像以前一样了吗？"

龙薇儿想起了自己的亲姐姐——龙采儿。同为家族的嫡女，她和姐姐的差距，就像永远不会发光的灰渣和即便落入煤灰依然耀眼的宝石之间的差别。一个是天生就能使用灵蕴战斗的天才，家族的骄傲，书院的明星师姐；另一个呢，却被家族评为"嫡系血脉的堕落"。

天才姐姐就像一座无法翻越的高山，重重地压在龙薇儿的

头顶。没有人能理解，龙薇儿有多想跨越这座高山，她也一直相信，只要自己肯努力，总有一天能超越姐姐。

即使一个是天才，一个是废柴，谁也无法否认她们是拥有相同血脉的亲姐妹！她绝对不会永远废柴下去的！龙薇儿闭上眼睛，深吸了口气，心中仿佛有战歌正昂扬奏响。

"打起精神，再来一次！"

缓缓地调整气息，龙薇儿稳定心神，集中注意力聚合灵蕴。右手握拳，拇指向上伸直！左手掌心抵住右拳，随后右手手腕转动，右拳置于左手掌心之下！最后，右手摊开，掌心相对两手合十！

"开！"随着注意力的集中，周围嘈杂的人声在龙薇儿的感知里渐渐消退，她的脑海里只剩下对聚合灵蕴的执着。

这个结印的动作，龙薇儿在过去的一年里不知练习了多少次。她的精神集中度、操作熟练度，比起那些刚刚开始学习结印的同学来，简直是行云流水，很有大家风范。可是，不管她的动作如何完美流畅，却始终解决不了一个问题，那就是，龙薇儿根本感觉不到自己的灵蕴究竟在哪里。

闭上眼睛，龙薇儿感应自己身体的各个角落。根据书典记载，每个人的经脉里都有若干灵涡，灵蕴在经脉中游走，在灵涡中汇聚。可是，无论龙薇儿怎么感应，都找不到经脉中的灵

蕴，灵涡上更是空空如也。

　　莫非，她真的是大陆上万年都不出一个的没有灵蕴的超级废柴？

　　豆大的汗珠从龙薇儿的额头滚落下来。

　　巨大的压力让她情不自禁地握起了拳头，她决不放弃，她一定要聚合出灵蕴，一定！

　　老师从高台上踱了下来，用犀利的眼神无声地检视着每个同学的进度。当他的视线落到龙薇儿憋得通红的小脸上时，不禁叹了口气，这个留级生，难道今年还要留级吗？

　　看了看时间，老师拍拍手，示意大家停下手中的动作，按照惯例开始了每届新生都要聆听的热血演讲。

　　"同学们今天的表现都很不错，让我看到了你们优秀的天分。从决定成为灵师的那一刻起，你们就肩负起了守护整个人类世界的责任，所以，仅仅有天分是不够的，你们必须付出千万倍的努力！告诉我，我们人类的敌人是谁？"

　　"是精灵！"同学们异口同声地回答。

　　"没错，我们的敌人是被誉为'神之仆人'的精灵。他们天生就拥有强大的灵力，尤其是传说中的精灵族五灵幻术师——精灵五曜，他们是金、木、水、火、土五灵幻术的集大成者，能够登天遁地，几乎是所有人类的噩梦，你们是不是也

在害怕？"老师的语气严厉起来，锐利的眼神扫过一排排略显稚嫩的新生。

"老师，我们不怕！"

"守护灵师的尊严，为人类战斗至死！"应答声此起彼伏，新生们的热血被点燃了。他们虽然是懵懵懂懂的新生，但在面对精灵族的问题时却是有觉悟的。

"好，有这样的觉悟才是合格的灵师！"老师对新生们的反应很满意，挥了挥手让大家安静下来，继续说道，"七千年前，诸神寂灭之后，邪恶的天火坠入大地，引发无尽的灾难。在这场天灾中，我们人类从天火中得到启示，开始了灵蕴的修炼。所有具备灵蕴天赋的人，都被视为能够对抗精灵的黄金一代。将你们培养成优秀的灵师，就是书院存在的意义。在这个人与精灵争斗不休的时代，究竟谁主沉浮还未可知，你们代表着整个人类世界的未来。虽然你们现在年纪尚小，但我相信你们一定明白自己肩上的重担，对吗……"

浑厚的声音回荡在演武场上，新生们听得热血沸腾，好像眼前正站着准备与之对决的精灵。就在老师还激动地在空中挥舞着拳头之时，只听"噗"的一声巨响打断了老师的激情演讲。大家被这突如其来的声响吸引，演武场上一时沉寂下来，同时，随着微风的吹拂，场上弥漫开一股微妙的气味。

老师的笑容僵在了脸上。

新生们面面相觑，在这激动人心的时刻，到底是谁做出了这么不雅的举动啊！不知道是谁将目光投向了一处，随后，大家的视线都跟着望了过去。

那个角落里，一个扎着红色马尾的女孩，丝毫没有感觉到周围的怪异气氛，自顾自地昂着头，咬牙握拳。

那个姿势，就像用尽全身力气在跟什么东西对抗一样，以至于憋得她满脸通红。

这样的姿势与神情，实在是太可疑了。

"龙、薇、儿，你在我神圣的课堂上干什么？"老师怒吼一声。

因为总是被训斥，少女对长辈的责骂声特别敏感，她立刻就被老师的怒喝惊醒，一扭头就看到了老师那张如喷着热气的斗牛一般气呼呼的脸。

"我、我在聚合灵蕴……"

龙薇儿茫然地眨了眨眼，完全不明白发生了什么。

"嘻嘻……"不知道哪里传来一声戏谑的笑声。

看着龙薇儿不仅毫无打扰课堂纪律的愧疚感，还一副懵懂不知的无辜表情，老师的脸色从冷峻转化成愤怒，额头上青筋暴起。

凤鸣篇

台下的同学也纷纷议论开了。

"真是的，她以为聚合灵蕴是什么？排泄毒气吗？居然还那么响那么臭！"

"听说是书院有史以来的第一个留级生呢，她的事情连我们那儿都知道了。"

"真是书院之耻，难怪会留级。我看，要不是有家族撑腰，书院才不会让这种废柴继续留下来学习！"

大家叽叽咕咕地分享自己收集到的小道消息，有些人甚至故意用足以让龙薇儿听见的音量肆意嘲笑。

到底发生了什么事？怎么什么事都能扯到她身上？虽然她已经习惯了被人嘲笑是废柴，从小到大不知听过了多少讽刺和挖苦，但是莫名其妙被人议论还是让她觉得受不了。

龙薇儿恼怒不已，用力瞪向那些刺耳笑声的发源处，或许是因为家族的熏陶，她的目光竟然和上位者一样凌厉，让没有经历过世事的学生们不禁有些惧怕。

"龙薇儿！刚才那件事是你干的吗？"

老师见龙薇儿不但无视自己，还用张狂的眼神"恐吓"同学，不禁再次怒喝。

龙薇儿不希望老师继续发火，有些不甘地垂下眼帘，遮住了眼中的锋锐："不是。我不知道刚才发生了什么事，但我绝

对没有做任何扰乱课堂纪律的事情。"

"哦，是吗？"老师拖着长长的尾音反问，表露了心里的不信任，但他似乎并不想再追究下去，朝众人摆了摆手，"所有人都安静。这件事就这么算了。龙薇儿，你的情况你自己清楚，所以，请好好努力，不要再让人失望了。"

老师的话，犹如一柄锐利的刀刃，狠狠地扎在龙薇儿的内心深处。

"任何事情都要讲个公平，我没有做过的事为什么要承认。老师，请你相信我！"龙薇儿倔强地辩驳。老师的态度让她觉得委屈，虽然说不再追究，但刚才的事完全没有说清楚，罪名还是落在自己的身上，而且，老师还说她没有努力。

她比谁都努力，只是因为没有结果，才成了大家眼中的"废柴"。

可是，难道就因为她是"废柴"，在大家眼里她就和"无耻""谎话"等低劣品质画上等号了吗？

"龙薇儿！你那一年的书白读了吗？这是对老师该有的态度吗？"老师厉声批评，不管刚才放屁的人到底是不是龙薇儿，他都不想再追究下去了，但龙薇儿倔强的性子却让老师下不来台，这让他非常恼火。他才做初级班的理论老师不久，决不能让自己身为老师的权威受到挑战，为了在新生中立威，老

师决定惩罚龙薇儿。

"不管刚才的事是不是你做的，顶撞老师，那是你的不对！下课后去打扫图书馆，好好反省一下自己的态度！"

龙薇儿本来还想为自己争辩一下，但看到老师那斩钉截铁的表情，才知道这次的黑锅自己是背定了。她垂下了头，刘海儿遮住了眼眉，只能看见紧抿的嘴唇。

她只是聚合不了灵蕴而已，现在几乎完全成老师眼中的差等生了。

龙薇儿握紧了藏在袖子里的拳头，静静地杵在那里，仿佛无声的抗议。演武场上的气氛安静压抑得可怕。

难道，她真的是被冤枉的吗？明明……

就在老师准备说些什么的时候，龙薇儿突然抬起手，向老师施了一礼。然后走到场地边，提起水桶和抹布，挺胸抬头地朝图书馆走去。直到她的身影消失在众人的视线里，演武场上的窃窃私语再次响起，不过，这次的嘲笑声似乎小了很多。

"可恶！可恶！可恶！如果我也能聚合灵蕴，今天就不会受到欺辱！"

龙薇儿用力地踏上图书馆的台阶，重重的脚步激起了一片灰尘，水桶也因为她愤怒的挥舞发出了"咯吱咯吱"的声响。

"砰"的一声，龙薇儿用力推开了图书馆厚重的大门，探头朝图书馆里大力吼了一嗓子："大叔，我来啦！"

声音回荡在空旷的图书馆。

一个黑色的身影从一排排书架后转了出来，看了她一眼："哦，又是你啊。"

这人穿着一件神秘的黑袍，逆光站在图书馆惨白的光线下，宽大的兜帽遮住了他的面孔，只露出一截小小的引人遐思的白皙下巴。虽然看不到他的样子，可是那温和如云端轻羽般的悦耳声音，让龙薇儿每次都忍不住胡思乱想，图书馆的守夜人一定是个年轻的大帅哥！

守夜人看了看龙薇儿手中的打扫工具，暗自微笑了一下，说："呵呵，年轻真好，即使被罚也是充满干劲。"

"喂，大叔，不带你这么损人的！"龙薇儿感觉到守夜人玩笑里的善意，象征性地挥起了毫无威势的拳头。

看着龙薇儿故作愤怒的样子，守夜人淡笑着按例开始细心地叮嘱："打扫的话，注意不要将图书弄乱弄湿。只要打扫完一层的书架就可以了，楼上是不能去的。最后也是最重要的，不要随意打开书籍，书上都设有保护禁制……"

"好啦好啦，知道啦！每次都重复这几句，耳朵听得都要起老茧啦！"龙薇儿不耐烦地打断他，还刻意地掏了掏耳朵。

"嗯，那你打扫吧。"

对龙薇儿的态度不以为意，守夜人抱着书本转入了层层书架之间。他的身形十分修长，举止也很优雅动人，原本沉闷的黑色长袍硬是被他穿出了一种神秘高贵的风韵。

他就像一道散发着诱人气息的谜题。

想象着守夜人温润如玉的手指在书页间流连翻转，龙薇儿觉得，在图书馆打扫卫生，其实也是一种享受啊。

"能把沉闷的黑色穿得那么飘逸，恐怕只有大叔了吧。"龙薇儿喃喃自语。或许，把这个也许俊美无比的人称作大叔，还真是不应该啊！

龙薇儿放下水桶，开始擦拭书架上的灰尘。图书馆很安静，除了书架和书，就再也找不出别的什么东西了，连借书的人都没有。不过片刻工夫，图书馆安静得就只剩龙薇儿的呼吸声了。

"好累。"龙薇儿直起身子，用拳头捶了捶自己的腰，转头朝四周望了望，"咦，怎么连大叔也不见了？"

这里真是安静得可怕，也只有守夜人那样沉静的性格才耐得住寂寞待在这里吧。龙薇儿呆了半晌，突然转了转眼珠，轻轻地把抹布丢进了水桶里。

"反正这里也没人，我偷个小懒也不会怎么样吧！即使被

守夜人看见，最多就是唠叨几句。图书馆这么安静，这可是个练习聚合灵蕴的好机会哦。"想到这里，龙薇儿放心大胆地"休息"起来。

结印，聚合灵蕴。

龙薇儿的身影藏在了一排排书架中间，她闭上眼睛，凝神静气，全心全意感受体内的灵蕴。一次、两次、三次……龙薇儿记不清自己究竟结了多少次印，每一次都以失败告终。不过，她一直没有停止结印。过去的一年都这样过来了，今天这种程度的练习算得了什么呢？

偌大的图书馆里，一头绯红色长发的少女仍然不间断地练习着。

随着时间的推移，安谧的图书馆内终于出现了一丝微弱的灵蕴波动，却在瞬间归于平静，快得让龙薇儿这种门外汉根本感觉不到丝毫的异样。龙薇儿并不知道自己已经接近成功了，轻轻地叹了口气，睁开了眼睛。

窗外的天色逐渐暗淡下来。龙薇儿感到有些郁闷，便去图书馆外面透气。看着夜空中闪亮的星辰，龙薇儿越看越觉得扎眼。"臭老天，既然你不给我像姐姐那样优秀的天赋，我就自己争取！等我聚合出了灵蕴，一定要让所有人都看到，我绝对不是废柴！"龙薇儿向天空挥舞着拳头，愤愤地发泄了一通

心里的委屈。平静下来之后，她已经来到了一个水池边。月亮早已爬上了枝头，柔和的光辉透过嫩绿的枝叶洒在静谧的水面上，像是一片片银色的梦之碎片。眼前的美景让龙薇儿的心绪稍稍平复了些。

"要想不被人嘲笑，那就继续努力吧！"龙薇儿握着拳头对自己说，深吸了一口弥漫花香的空气，再次闭上眼睛，继续尝试聚合灵蕴。

时间不断流逝，少女依旧不知疲倦地练习着，红色的长发在春风和月光里闪烁着美丽的幽光。

终于，在一次极顺畅的结印并用尽全力聚合之后，龙薇儿听见了"哗啦啦"的水声响起，并感觉到水汽浸润到了自己的掌心。

这是，成功了吗？

龙薇儿难以置信，她带着一种懦懦的怯意以及欣喜，缓缓地睁开眼睛。然而，出现在她眼前的却并不是她期盼的灵蕴带起水花的景象。

她朝水花溅起的方向看过去，水池边，一个不知何时出现的少年披着一身银白的月光，斜坐在池边的顽石上，及肩的银发随风舞动。月光流连他的银发，亲吻他眉间的轻灵，在他低垂的睫尖，绘出一串银色的碎光。坚挺俊秀的鼻梁下薄唇紧

抿，而最让人怦然心动的，是那双闪烁着迷离光泽且充满诱惑的红宝石般的眸子。

少年注视着水池里的水，专注的神色里带着若有似无的沉思。在他的注视下，水仿佛有了生命一样，缠绕上少年凌驾于水面的手指。因为前倾着身体，天青色的长袍松松垮垮地挂在了他的肩上，露出了诱人的锁骨。

水汽氤氲，折射着月光，笼罩在少年身旁形成了淡淡的光，看起来，好像是他在发光一样。

这个画面，美好得令人叹息。

"是……妖精吗？"龙薇儿忽然觉得有些嫉妒，比不过姐姐就算了，为什么连男生都长得比她好看！

"谁？"听到龙薇儿的声音，原本还浮现着迷离光泽的红色眸子突然亮了起来，警惕地望向了少女，那个反应就像一头受到惊吓的小兽一般。

"呃……"与那双红宝石一般璀璨的眸子对视的刹那，龙薇儿的灵魂仿佛被牢牢吸住了，顿时丧失了语言能力，只会傻傻地看着对方。

就在龙薇儿愣神的片刻，少年已经"嗖"地从池塘边跃起，快步走到她的面前，好奇宝宝般围着她转了几圈，歪着脑袋问："你在做什么？"

凤鸣篇

"喂，你知不知道这样对女孩子是很没有礼貌的。"龙薇儿回过神来，迅速把结印的手藏在了身后。她被少年看得心里紧张，语气不觉带上了隐隐的怒气。

少年一直歪着脑袋看自己，龙薇儿也大着胆子打量对方一番。这个人身上穿的法袍绣着蔷薇的印记，说明他也是蔷薇书院的学生，龙薇儿放下心来。

"我在聚合灵蕴。"龙薇儿回答少年刚才的提问，又担心他会像其他人一样嘲笑自己，于是赶紧补充，"不要小看它哦，这可是一项很复杂的工程……"

"聚合灵蕴……是这样吗？"

那人学着龙薇儿的样子快速结印，龙薇儿立刻感觉到一股浑厚而澎湃的灵蕴在涌动，顷刻间，少年身上便聚拢了一层白色的光晕，和先前月光透过氤氲水汽显现出来的光晕相比，这次的光泽更具实质感。

"好……好厉害！"龙薇儿咽了口口水。少年全身如同披上了一层灵蕴构成的外袍，她不觉呆呆地愣在那里。

曾几何时，也有一个人像这个少年一样能够随心所欲地运用灵蕴之力。当时，她的灵蕴虽然不像少年这般醇厚，但那年她才十岁啊，除了"天才"二字，任何词语都无法形容她的才华。那个人，就是她的亲姐姐——龙采儿。

为什么偷偷出来练习都能遇到天才？难道说这个大陆的天才已经不值钱了，还是她龙薇儿尤其倒霉，老天嫌她扛着一个鸭梨还不够，所以让天才到处泛滥？

"你怎么了？"似乎察觉到了龙薇儿的情绪波动，少年眨了眨充满诱惑的红色眸子问道。

"没……没什么。"龙薇儿别过脸。她才不要承认自己有那么一瞬间对人生绝望了呢！担心少年穷追不舍，她赶紧岔开话题："对了，你是哪个年级的？"

少年食指轻点了点太阳穴，故作深沉地思考了一会儿，回答说："嗯……不清楚。"

"你的导师叫什么名字？"

"不知道。"

"你叫什么名字？"

"呃……忘记了。"

"你是白痴吗？"

"什么是白痴？能吃吗？"

两人的交谈陷入尴尬境地。

龙薇儿瞪大了眼睛，她想知道眼前这个莫名其妙出现的少年是不是恶意戏弄自己。可是，少年一脸认真的模样，怎么看都不像是在和自己开玩笑。

凤鸣篇

　　龙薇儿感觉头顶上飞过了一只乌鸦。她该怎么处理这个连名字都不知道的人呢？正愁着，龙薇儿突然瞥见了少年胸前的胸牌。"青、青岚？原来你叫青岚。挺不错的名字呢，总算知道该叫你什么了。"

　　龙薇儿微笑地看着一脸懵懂的少年，不过对方似乎对这个名字没有什么反应，于是龙薇儿好心地指了指他的胸牌。

　　"上面有你的名字。"

　　少年抓起胸牌看了看，可是脑袋里一片空白，好像缺失了这部分记忆一样。他记得自己醒过来就待在这个满是书籍的地方了呢，之前发生过什么，自己是谁，全都没有印象了。龙薇儿的话让他再次勾起对回忆的探索，但脑海里空荡荡的，什么都没有，只好茫然地看着龙薇儿。

　　眼前的少女有一头绯红色的长发，此时被月色镀上了一层银晕。水汪汪的黑色眸子里满是笑意，透出让人炫目的神采。精巧的鼻子下，小嘴弯成一弯甜美的月牙。只是看着她，就让人情不自禁地想和她一起开心欢笑。

　　"哦。"鬼使神差地应了一声后，少年的心里突然一紧，随即便释然了。绯红色的长发，甜美的笑容，是看着便让人感觉温暖的东西呢。既然这个温暖的女孩这么称呼自己，那自己就叫青岚好了。

正当青岚这么决定的时候，龙薇儿眨着晶莹的黑色眸子，凑到了他的面前："忘记自我介绍了，我叫龙薇儿。"

"我叫青岚。"青岚一本正经地回答。

龙薇儿"扑哧"一下笑出了声，但回想起青岚那一手极为熟练的结印手法，她的心里一动。

"青岚，你很厉害对不对？那你教教我怎么聚合灵蕴吧。"望着那双闪亮亮的黑眸，青岚垂下眼帘，盯着自己手掌，讷讷地回答："心念一动就做到了。"

听着青岚的回答，龙薇儿只觉得头顶上一大群乌鸦排着队敲着锣鼓飞了过去。

"能不能稍微详细点？"她耐着性子继续请教。

青岚支吾了半天，也没说出个所以然来。龙薇儿垂头丧气，其实她也明白，修炼这种事是靠顿悟的，她还没有摸出窍门，别人再怎么说她也无法理解。龙薇儿算了算时间，发现自己出来瞎晃的时间够久了，于是决定跟青岚告别："我要回去打扫卫生了，下次再见吧！"

看着挥手道别的龙薇儿，青岚的心里没来由的一阵失落。他不希望龙薇儿就这样离开，可是他没有让她留下的理由啊。他看着不远处的图书馆，脑中灵光一闪。

"等等。"

凤鸣篇

"还有什么事？"龙薇儿有些狐疑地看着青岚。

"那里。"

"图书馆？"看着青岚指的方向，龙薇儿一脸疑问。

见她停下了脚步，青岚立即抓紧机会解释："那里有很多书，你可以在书上找聚合灵蕴的窍门。我听别人说，有什么不懂的就多看书，书好像可以解决一切难题。"

好主意！她怎么没有想到！既然是图书馆，一定收藏了很多珍贵的文献或手札。如果她把这些书都翻一遍的话，一定会有不小的收获……

龙薇儿瞬间觉得人生充满了光明，可是没高兴几秒，她就萎靡了下来。因为——没有老师的批准，私自翻看典籍是要受惩罚的。

看着蹲在地上，垂头丧气地画圈圈的龙薇儿，青岚理所当然地说了一句："你不说，我不说，没人会知道。"

"是呀，只要青岚不跑去老师跟前告密，又有谁会知道我看过图书馆里的书呢？"想到这里，龙薇儿也顾不得会受惩罚了，乐颠颠地奔向图书馆。兴高采烈的她没有注意到身后多了条小尾巴。

藏书室内，井然有序地排列着巨大的落地书架。龙薇儿将水桶随手放在书架前，开始一层层地搜索着书脊上的名字。

《大陆风俗志》？不是。

《灵蕴与武器的结合》？不对。

《帝都贵族秘史》？这是什么？

　　龙薇儿找了很久，一直没发现自己想要的东西。揉了揉在微弱的光线中开始发胀的眼睛，龙薇儿决定换个书架继续找。转身的那一刻，她发现青岚正好奇地站在身后东摸摸西看看，一只手已经将一本书从书架上抽出了一半。

　　"喂！不准乱动！你怎么进来了，把书弄坏了怎么办？"

　　龙薇儿立刻扑了上去，按住青岚的手背，把书推了回去。

　　"哦。"青岚并不反感龙薇儿的举动，反而觉得按在自己手上的小手有一种让他安心的温暖，于是他一副天经地义的表情展示给龙薇儿——很温暖。

　　被那双魅惑的红色眸子凝视，龙薇儿突然觉得脸颊被火灼伤了一般，猛地把手缩了回来。她强装凶悍地说："看什么看，没见过美女吗？"

　　"没有。"青岚一脸认真地回答。

　　怦怦怦——

　　龙薇儿心跳如鼓，手足无措，只好把青岚推到一边，飞快地走向书架的另一侧。

　　"走开啦，别妨碍我找书。"没想到的是，青岚没有站

稳，一个踉跄撞倒了一旁的水桶。

"哐当——"

水桶应声倒地，桶里的水飞溅起来洒向书架。

"不要——"看着飞溅起来的水花，龙薇儿一阵惊呼。这些珍贵的书籍要是被弄湿了，守夜人会吃了她的！

"什么不要？"

在水桶倒地的一刹那，青岚的身体本能地做出了反应。他一边疑惑地问龙薇儿，一边快速地结印。从体内溢出的灵蕴之力，瞬间缠绕上了飞溅的水滴，将它们凝结成冰块。这些冰块受灵蕴和引力的双重作用，直挺挺地落在地上。施展了漂亮的水系灵术之后，青岚依旧用茫然的眼神看着龙薇儿。

"啊，得救了。"看着"啪啦"落地的冰块，龙薇儿舒了口气，拍了拍不断起伏的胸口，看看还保持着结印手势的青岚，脸上再次洋溢起了甜美的笑容。

"我还以为这次完蛋了，没想到你这么厉害，谢谢你。"那个笑容就像一道定身符，把银发红眸的少年定在了原地，一抹淡淡的红晕涌上了少年的脸庞。

不过，这一切龙薇儿都没有看见，因为她正忙着清理地上的冰块和水渍，嘴里不停念叨："好险！不然这次铁定吃不了兜着走。今天还是到此为止吧，赶紧收拾一下走人。"

确定所有的"犯罪痕迹"都被清理干净后，龙薇儿脚底抹油准备闪人。刚走几步，突然想起什么，转身对还杵在原地的青岚说："青岚同学，不许跟老师打小报告哦！不然，哼哼。"龙薇儿象征性地挥了挥拳头，得到了青岚肯定的答复后，才转身离开。虽然她不知道自己的恐吓有没有用，但是想想青岚老实乖巧的样子，应该是唬得住的。

看了看天色，还有一会儿宿舍就要关门了。龙薇儿不再迟疑，提起水桶就朝宿舍狂奔。因为太过匆忙，她没发现在自己转身的时候，发髻上一道流光坠落在了地上。

望着渐渐远去的背影，青岚感觉到有些失落。他心里空空的，正不知道接下来该干什么，突然，地上的一道光亮吸引了他的注意。

"这是什么？"青岚拾起来一看，是一枚闪烁着金色光泽的羽状发卡。他好奇地将发卡放在鼻尖下嗅了嗅，紧抿的唇角扬起了一道喜悦的弧度。

竟然和龙薇儿身上的味道一模一样呢，青岚开心地把发卡收进了自己的怀里。

凤鸣篇

第二章
· · ·
金色书虫

"丁零零……"

一阵铃声猛地响起，惊得还在梦中徜徉的龙薇儿一个激灵。她睁开眼瞥向窗外，太阳还未升起，天边的云层里才将将勾勒出一条淡淡的金色细线。

窝在被子里的龙薇儿不禁咕哝："真讨厌，好不容易梦到自己聚合出了灵蕴……"

脑中还回忆着美梦，双手却已经反射性地揉了揉眼睛，迫使自己清醒过来。不甘心地惨叫了一声，龙薇儿在床上滚了几个来回无奈起身。盘膝端坐在床上，她开始了自己每天的必修课——冥想。从一年前进入蔷薇书院起，她每天都会早起进行冥想练习。因为自己不是天才，所以需要加倍努力，本着这样的想法，龙薇儿一直坚持到现在。

阳光透过了窗子，照到龙薇儿的脸上，闭着的双眼感觉到

了光照的温度。调息了一周后，龙薇儿深深地呼出了一口浊气，这才结束了早晨的冥想练习。

龙薇儿走到镜子前，仔细端详镜中的自己。镜中的少女有着一头绯红色的长发，梳着双丫髻，四周以琥珀琉璃珠装饰，简洁又不失轻灵。黑色眸子水汪汪的，映着朝阳的风采，精巧的鼻子下是微抿的丰润双唇，不施粉黛的瓜子脸上有着少女特有的朝气。她穿着菖蒲色的窄袖腰襦，腰上系藕荷色腰带，一同缀着的还有紫晶腰牌。下面是镶边月色绸缎覆茄紫羽纱短裙，脚踏藕荷色纹锦履。这是一身标准的蔷薇书院入学新生的行头。

"明年可不能再穿这种衣服了。"看着镜中活泼俏丽的自己，龙薇儿不觉嘀咕起来。

对着镜子左右照了照，自己的样子总让龙薇儿觉得有些别扭，突然看见自己抿着的嘴唇，龙薇儿顿悟，原来是自己的表情太严肃了。

今年的第一堂课就被老师罚，这换成任何人都不会高兴的。龙薇儿扯了扯嘴角，告诉自己，没有必要为了小事生气。不管今天再遇到什么样的刁难和嘲讽，她都决定不再理会。

龙薇儿谨言慎行，一上完课就匆匆跑去图书馆打扫卫生。

路上，穿着华美礼服的同学们三五成群，结伴往某个方向

走去。龙薇儿不住地打量她们。以金银饰品装饰自己的大多来自平民家庭，那些真正有钱的大家族子弟用的则是翡翠、玛瑙、琥珀、琉璃等名贵饰品。更有甚者，以千金难求的鲛珠制成的饰品装点自己。不论是什么样的出身，大家都尽力装扮自己，像一只只高傲的孔雀想要展示自己最美的一面。龙薇儿这才想起来，每年的这个时候三年级的同学都会举行舞会，欢送被选入精英班的人离开书院，去帝都进修。

今晚，新生们也有机会一睹精英们的风采，龙薇儿看到了不少面容青涩的一年级学生。龙薇儿心里涌起一股冲动，一低头，发现自己正手提水桶和抹布，像个女佣一样。这样一个欢乐的日子，老师却让自己去打扫图书馆……巨大的落差让龙薇儿心里很不是滋味。

"我才不稀罕参加那种无聊的舞会呢。"

眼角和鼻子都感觉有些微微发酸，龙薇儿噘起嘴来。"吧嗒！"龙薇儿将脚边的一颗石子踢向草丛，随后快步向图书馆跑去。

"不就是个舞会吗，有什么了不起！"龙薇儿吸了吸鼻子，用袖子抹了抹脸，"等着瞧吧，总有一天我会成为那个欢送会上的主角！"

跑进图书馆，打起精神的龙薇儿径直走到书架前，开始继

续寻找自己想要找的资料。

仔仔细细地找了几排书架，却依然没有找到自己想要的。

"唉，还是没有找到聚合灵蕴的窍门。"龙薇儿微微叹了口气，满脸无奈。她望着犹如密林般的一排排书架，默默地鼓励自己。虽然去找了也不一定能找到，但是放弃的话就一定找不到了！

打定主意，转身走到另一边的书架前，一道身影突然从书架的一侧探了出来。

"啊！"龙薇儿吓了一跳，扬起手上的抹布就丢了出去，直接砸中了对方的头部。

抹布落地，发出了轻响，龙薇儿也看清了那张被抹布弄脏的脸庞，还有那双让人过目不忘的红宝石般的眸子。

"你又来了啊。"被抹布砸到的青岚没有生气，只是用袖子抹了抹脸上的水渍，脸上依旧缺少表情，但一向漠然的眸子里却闪烁着一丝惊喜的光芒。

"吓死我了，我还以为是幽灵！你……你是从哪里冒出来的？"龙薇儿拍了拍胸口，平复了下刚才的惊惧，龙薇儿开始数落青岚。

"眼睛红红的。"

敏锐的青岚第一时间发现了龙薇儿的异常。

凤鸣篇

龙薇儿愣住了，暗自思忖：怎么能让这个家伙发现自己的窘迫呢？这也太丢人了。

"刚才不小心让沙子进了眼睛……"龙薇儿目光四处漂移了起来。突然，她发现青岚领口上有一抹光亮。

"咦，这不是我的发卡吗？"

龙薇儿手指微微颤抖地指向青岚的领口。那里正别着自己遗失的发卡，本来今天想戴的，却因为突然不见了才选择了现在戴着的琥珀琉璃珠。

"还给我！"龙薇儿伸手向青岚的领口抓去。

"漂亮，我要。"青岚双手捂着领口，灵巧地躲过了龙薇儿的"魔爪"。

"喂——"

"送给我。"青岚表情木然，要求直接。

"你是男生啊！男生又不能戴这个的。"龙薇儿头都大了，知道跟青岚讲理就是白费唇舌，不自觉暗中将脚步移动，准备随时"明抢"。

"为什么男生不能戴？"看上去懵懵懂懂，但感觉异常敏锐的青岚顺势往后退了一步。

"这种东西，只有女孩子才能用。男孩子和女孩子是不一样的。"

对方始终和自己保持着一定的距离，即使想下手抢也绝无可能。龙薇儿停下脚步，有点无奈。

"男孩子和女孩子有什么不同？"好奇宝宝青岚似乎问上瘾了，一副打破砂锅问到底的样子。

"长得就不一样啊。"龙薇儿不耐烦地搪塞说。

龙薇儿瞪着青岚，正感觉有些烦躁的时候，脸上突然感觉到一丝柔软的清冷。

一只纤长的手指轻轻地在她的脸颊上戳了戳。

"没什么不一样啊。"

青岚用一只手戳了戳自己的脸，另一只手又戳了戳龙薇儿的脸颊，然后像是得到了什么答案似的，认真地看着龙薇儿。

"都是软软的。"青岚一本正经地总结。

"不准随便戳女孩子的脸！"

龙薇儿迅速拍开了那只仿佛戳上瘾的手指，睁大了眼睛，气急败坏地看着青岚。

她用手揉了揉被青岚戳过的地方，他的手指明明是冰凉的，可是为什么自己的脸却像是被火烫了一样。

"哦。"青岚点点头。

"快还给我，不然我可不理你了！"

龙薇儿因为那种被火灼烫的感觉而有些脸红，青岚却是毫

不在意的样子，这让龙薇儿心里懊恼，索性伸出手，摆出一副爱给就给不给走人的架势。

"好吧。"

虽然不明白龙薇儿为什么生气，但当她说不理自己的时候，青岚觉得就算得到了这枚发卡也没有意思了。虽然很不舍得，但是他更不想龙薇儿不理自己，还不如把发卡还给她。

龙薇儿看着青岚从领口取下发卡，恋恋不舍地递给自己，心里不觉好笑。不就是个发卡吗，至于这么不舍得吗……龙薇儿突然心念一转。

"等等！看你逛图书馆的样子，你肯定对这里很熟悉啦，那你知不知道哪本书里能学到最厉害的灵术？如果你告诉我，我就把发夹送给你。"

"真的？"青岚眼睛一亮，一手托着下巴，歪着脑袋皱起了眉头，开始思索起来。

"对呀对呀，记载最厉害灵术的书……在哪里？"看着青岚认真思索的样子，龙薇儿怕这个家伙摆乌龙，便循循善诱，"一般来说，这种书会放在最重要的地方吧。"

听着龙薇儿的提示，青岚突然想起了什么。

"最重要的书……我知道了！跟我来。"

把发卡夹回领口，青岚拉着龙薇儿的手往二楼跑去。龙薇

儿吓了一跳，忙拉住青岚，提心吊胆地问："在二楼吗？守夜人大叔说二楼是不能去的。"

"最重要的书，当然藏在最重要的地方，别管那么多了，快跟我来。"青岚似乎完全没有把学校的规定放在心上，拉着惴惴不安的龙薇儿就往二楼跑。

二楼的格局和一楼差不多，只不过存放的都是重要典籍，所以才不允许学生随意接近。龙薇儿犹豫了一下，对力量的渴望让她把守夜人的话抛在了脑后，跟着青岚跑了上去。青岚带着龙薇儿在书架间左穿右拐了一阵，终于停下了脚步，气喘吁吁的龙薇儿这才看清了四周的情况。

这是一个极为隐秘的角落。书架和柜子交错排列，巧妙地将这里隐藏了起来。被隐藏的主角却是一面墙。龙薇儿不禁有些困惑，走近了才发现其中的奥妙。墙中心的位置上绘有五芒星组成的奇异图案。仔细一看，这些图案不是由线组成的，而是由细小的古字组合而成。繁复而巨大的图案中间则悬浮着一本厚厚的典籍。

这本典籍的封皮是由不知名的兽皮制成的，红色的封皮上隐约散发着黯淡的金色光芒，虽然不清楚是什么灵兽的皮，但从光芒中可以推测那头灵兽的品阶是不低的。

封面上是龙薇儿看不懂的古字，每一个都苍劲有力。虽然

不明白上面写的是什么，龙薇儿却能感受到字的笔画里流动着灵蕴的力量。更神奇的是，墙上的图案仿佛也受到了书上灵蕴的牵引，跟着书上的金色光芒一明一灭。龙薇儿知道，这本书绝不是一般的普通书籍。

太好了！虽然青岚看上去呆呆的，但没想到他竟然真的给自己找到宝了。龙薇儿才付出一个发卡的代价，真是赚大了！

"是……这本书？"

那就是自己一直渴望的力量吗？现在就在自己伸手即可够得到的地方。龙薇儿的眼睛直勾勾地看着那闪着金光的神秘典籍，右手不自觉地伸了过去。

接触到书的手指感觉有些发烫，封面上闪过几道微弱的光，打到龙薇儿的手上，随即湮灭。原本悬浮着的书突然一颤，但很快就恢复到了先前的样子，只是封面上的灵蕴似乎消散了。

青岚红眸微震，有些惊异于典籍上灵蕴的消失。他迟疑了一会儿，忍不住提醒："好像没人能打开这本书。"

"怎么会有打不开的书？"

一脸不相信的龙薇儿随手一翻，轻而易举地翻开了这本书。她脸上洋溢着得意的笑容，朝青岚挤了挤眼。

"想骗我，还早得很呢！让我看看里面有什么好东西。"

首先跃入眼帘的不是文字，而是一团趴在书页中的金光，小指般大小，模样像是一只虫子，火焰般的红色底纹上点缀着大片金色的花纹。那些花纹就和墙上的图案一样，忽明忽灭地跳动。

"这是……书虫？"龙薇儿的表情写满了震惊。

没有像一般的女孩子那样，看到虫子马上尖叫或者昏倒，龙薇儿果断地伸手抓向虫子，想要捏死它。就在她即将触及虫子的一刹那，那只虫子仿佛察觉到了危险，身上的花纹突然爆发出耀眼的金色光芒。龙薇儿的眼睛一阵刺痛，不觉眯起了眼。虫子没有逃走，而是迎面扑向了龙薇儿。

"啊——"随着龙薇儿的一声大叫，以虫子为中心，爆发出了一股强大的灵蕴旋风。龙薇儿被这股旋风刮得睁不开眼，额头上突然传来一阵剧痛，龙薇儿一个重心不稳，向后倒去。"咚"一声，她后脑重重地磕在了地上。

"痛！"一声惨叫，龙薇儿眼前一黑，竟然一下子失去了意识。

完全没有搞清楚状况的青岚瞪大了眼睛，等他回过神来，发现龙薇儿已经倒在地上了。他看着那本倏然落地的典籍，皱紧了眉头，喃喃地说："原来这本书是可以打开的……"

凤鸣篇

狂风过后，书本凌乱地散落在四周。离龙薇儿较近的几个书架也歪倒在地上，而这一地狼藉的制造者正安静地躺在地上沉睡着。

龙薇儿的周身围绕着七彩光晕，像是身上罩上了一个蛋壳。一团凝练的赤金色灵蕴仿佛水滴一般，自半空滴入她的额头。渗入龙薇儿体内的这团灵蕴闪耀着赤金色的华彩，仿佛有生命一般，以自身为起点伸出无数条犹如发丝般的灵蕴细丝，沿着身体的蕴脉轨迹蔓延到她的全身。直到这些细丝勾勒出人类灵蕴的流动脉络之后，所有灵涡开始有节奏地跳动着，由弱变强，赤金色的灵光也跟着忽明忽暗。

青岚试着靠近龙薇儿，但是每每要碰到她的时候，便被七彩光晕弹开。青岚运用起灵蕴，试图突破这层壁障的时候，竟然都被挡了回来。像是受到青岚的影响，昏睡中的龙薇儿皱起了眉头，露出痛苦的表情。

反复几次，青岚发现了这个现象。虽然他很想帮助龙薇儿，但如果贸然尝试会让她痛苦的话，现在只能作罢。青岚收回手，安静地守在一旁。

许久，灵蕴细丝的脉动逐渐舒缓下来，终归平静，然后缓缓地沿着先前的轨迹收缩回去，重新汇集到龙薇儿的额头。重新汇聚成凝练的赤金色灵蕴之后，在额前来回流转了几次才没

入了龙薇儿眉心的深处。

与此同时，在龙薇儿的小腹处，有一团小小的散发着火焰光芒的灵蕴正慢慢形成。这团小小的灵蕴就像一只饥饿的小兽一样，开始拼命地吞噬环绕在龙薇儿四周的七彩光晕，不断地吞噬并壮大着自己。直到把光晕全部吞噬了个干净，变大了好几倍的火焰灵蕴才缓缓没入龙薇儿的小腹内。

看到七彩光晕消失，青岚连忙凑上前去，想要看看龙薇儿的情况，正好对上了一双悠悠转醒的黑色眸子。

龙薇儿缓缓睁开眼，她的意识停顿在自己摔倒的那一瞬间。青岚俊美无俦的脸庞近在咫尺，银白色的发丝垂落到脸上，轻挠着脸颊，让人不觉脸红心跳，龙薇儿原本清醒过来的脑袋顷刻又陷入糨糊之中。

"让开！"

龙薇儿下意识推开了青岚，整了整自己的衣衫，扶着墙壁摇摇晃晃地站起来。

"我怎么了？刚才发生了什么事？"

龙薇儿揉了揉太阳穴，看着被自己推坐在一旁的青岚，有些不好意思，只得岔开了话题。

"你昏倒了。"青岚起身，拍了拍身上的尘土，看着龙薇儿，波澜不惊地回答。

"我知道我昏倒了……哎哟！"

龙薇儿感觉后脑勺有些刺痛，用手一摸，居然发现有个凸起的包，肯定是刚才不小心跌倒地上时磕的。不过这个包并没有让她觉得心中郁闷，因为她现在有一种好好睡了一觉之后的舒爽感。龙薇儿向四处望去，到处都凌乱地散落着书籍和歪倒的书架。

这一地狼藉是怎么回事？刚才到底发生了什么？

没等龙薇儿搞清楚状况，一只纤长的手指已经点在了她的额头，指肚轻轻地摩挲着她的眉心。看着那块赤金色的印记隐入眉心，青岚对此充满了好奇。他的手指是冰凉的，可是龙薇儿每次被它碰到，都会有种被烈火灼烧一样的感觉。

"你要干什么？"又惊又怒的龙薇儿猛地拍开了青岚的手，满脸通红地呵斥。

"好看……"

龙薇儿正要再次发作，一个冰冷的没有一丝温度的声音突然响了起来，让她把剩下的话硬生生吞了回去。

"谁允许你们进来这里的！"

龙薇儿和青岚不约而同望向声音来源处，一个提着灯笼的黑色影子站在书架间的阴影里，仿佛与黑暗融为一体。

那个提着灯笼的身影由远及近，曳地的黑色斗篷在前行时

发出了沙沙的声响。

龙薇儿认出了这是守夜人的身影，不知是不是光线的原因，守夜人的气质和以前完全不同了。如果说以前的守夜人是和煦的太阳，那么现在就是清冷的月亮，冷漠而疏离。这样陌生的守夜人让龙薇儿感觉到莫名的不安。

守夜人环顾四周，看到地上满是凌乱的书籍，不远处是歪倒在地上的书架。他微微摇了摇头，目光落到墙上的时候突然一怔。

"书呢？"

守夜人的语气又冷冽了几分，浑身散发着一股慑人的气势。他的眼睛虽然被风帽遮挡着，但是龙薇儿依旧能感觉到那仿佛是野兽盯上猎物般的森冷目光。

"在这里。"

龙薇儿迅速拾起了掉在脚边的典籍，双手递给守夜人，胸口怦怦直跳。看到守夜人僵硬的表情有所缓和，龙薇儿的心稍稍松了松。

将灯笼放在一旁的架子上，接过典籍的守夜人马上检查起来。打开书的一刹那，他全身的肌肉突然紧绷起来，表情难以置信地看着眼前的书页。

"怎么可能？这本书是谁打开的？"

凤鸣篇

守夜人猛地抬起头，看向龙薇儿和青岚，努力克制着怒意的声音微微颤抖。周围安静得有些异常，灯笼里的火苗不安地跳动，发出细微的响声。

"是我不小心翻开的，不过我不是故意的……"

单是被那种森冷的目光盯着，龙薇儿已经感觉心慌意乱了。现在听到守夜人因为愤怒而有些颤抖的声音，龙薇儿终于意识到这次犯的错误有多么严重。

"对……对不起……"

垂下头，龙薇儿不安地绞着手指，因为害怕，声音也颤抖得厉害。

"你翻开的？"

听到守夜人不带任何感情的询问，龙薇儿吓得全身都颤抖了起来。她鼓起勇气想承认错误，求得谅解，但当她抬起头的时候，有个身影在眼前一阵晃动，转眼间，守夜人已经站在自己的面前。

"怎么会？你竟然……"

原本想要责备龙薇儿的守夜人却在她抬头的瞬间噤声了，被龙薇儿额头上的异样吸引住了视线。龙薇儿额头上残留的赤金色印记正慢慢渗入肌肤，守夜人看着这一奇异景象，一时竟不知道说什么好。

看着满脸愧疚，被自己吓得紧张不已的少女，守夜人收起了逼人的气势。事情既然已经发生了，再去责备这个孩子也于事无补，而且，另一个小家伙似乎有所准备了。他瞥了一眼青岚，对方正一脸戒备地望着自己。

守夜人像是思索着什么，过了好一会儿，突然微微放软了语调。

"算了，过来登记一下，图书馆的物品被损坏了，是要照价赔偿的。"

"啪"一声合上书，守夜人提起灯笼在前面带路。

龙薇儿跟在守夜人的身后，向一楼走去，脚步非常沉重。瞥了一眼跟自己并肩的青岚，龙薇儿心里有些愧疚：这次算是把这个家伙给拖下水了。

没想到平日里温文尔雅的守夜人发起怒来竟然那么可怕。这次犯的错误恐怕没那么容易了结，反正她一直就是个不被看好的主儿，如果要罚的话罚她一个好了。一人做事一人当，只要她把一切错误都承担下来，青岚就不会受到太重的惩罚而断送前程。

打定主意，龙薇儿扯了扯青岚的衣袖，轻声说："待会儿守夜人问起来，你就说是我强迫你带我进去找书的。"

"为什么？"

凤鸣篇

"别问为什么，你就照我说的这么告诉守夜人就是了。"

就在龙薇儿和青岚停下脚步，嘀嘀咕咕商量事情的时候，守夜人突然停了下来，转身面向他们。

龙薇儿看到守夜人手里灯笼的光线，以为守夜人发现了他们正在"串供"，急忙低下头，快步往前走去。

"砰"一声，龙薇儿的头撞到了墙壁。

"哎哟，好痛。"

龙薇儿揉着额头，似乎感觉到又有一个小包微微凸起。等守夜人拉开旁边的一扇门，龙薇儿才发现自己对面是一堵墙。

"到了，进来吧。"

守夜人率先进入了办公室，龙薇儿一阵腹诽：可恶，他一定是发现了我们的小算盘，所以故意逗我的。

"坏心眼儿的大叔。"

龙薇儿咕哝着跟了进去，还不忘拿眼四处打量守夜人的办公室。

这是一间不大的办公室。环境整洁有序。四周是高大的书架，上面存放着图书馆内所有典籍的相关资料。办公桌摆放在南向窗子的右侧，桌上整齐地放置着笔架和书本。书桌的左边是一个特制的架子，上面挂着守夜人常年不离手的巡夜灯笼。书架的右侧是一个可供一人通行的窄门。除此之外，房间里再

没有别的东西了。

守夜人走到办公桌前，在椅子上坐下，随手拿起笔架上的笔，摊开桌上的本子，瞥了一眼两个犯错的学生，开始例行公事地询问。

"姓名？"

"龙薇儿。"

"学籍号？"

"2578。"

"年级？"

"一年级。"

此时，守夜人不禁抬起头来，正看到龙薇儿一脸羞愧的样子。早在半年前，她就是图书馆里的"常客"了，可是现在还在新生的圈子里混。龙薇儿垂下头看着地面，恨不得现在有条地缝让她钻进去。

仿佛是感受到了龙薇儿此刻复杂的心情，守夜人没有追问下去，而是将目光投向了旁边的男生。

"姓名？"

"青岚。"

守夜人一怔，放下了手中的笔，猛地抬起头，将目光凝聚在青岚身上。他的目光中隐隐透露出一股疑惑，反问道："你

叫青岚？"

青岚点点头，守夜人从椅子上霍然起身。

"不可能！"

看着守夜人的反应，两个学生的脸上写满了疑惑。守夜人离开座位，来回踱了几步，平复了一下自己的情绪。

"青岚是三年级精英班的学生，他在今晚参加完庆祝会后，就要离开书院去帝都了。"守夜人顿了顿，目光再次投向了青岚，似乎想从这个少年身上找出些什么。不过很可惜，青岚那张冰块脸上除了淡定之外，什么东西都看不出来。

"如果你是青岚，现在应该在去往帝都的马车上，而不是在这里。"

"哦，我不去了。"

青岚此刻表现得云淡风轻满不在乎的样子，但在一旁的龙薇儿却换了另一副表情看着他，水灵灵的眼睛睁得极大。

这个看起来不太靠谱的图书馆常客是自己的学长？三年级的精英？这或许可以解释为什么他能凝聚出那么浓厚的灵蕴。

既然他是三年级精英班的学生，为什么不告诉自己呢？难说是为了逗她玩吗？可是不对呀，如果只是逗自己玩的话，为什么被赏了一记栗暴都不还手？

而且会对一个不值钱的发卡恋恋不舍？甚至愿意为了陪她

找书而不去参加庆祝会，结果错失了去帝都的机会？

天呢，谁能告诉她，这个青岚到底是怎么想的？

这边，龙薇儿因为青岚这个不明生物的举动深陷自己凌乱的思绪里，那边，守夜人双手交错撑着下颚，沉默不语。青岚也不由自主地魂游太虚。办公室里呈现出诡异的安静。

"暂时先这样吧，你们以后不许随便逗留在图书馆了。时间不早了，你们回宿舍吧。"

守夜人的话打破了这诡异的气氛，随后，他起身拿起架子上的灯笼，领着还在懵懂状态的两个人走出了办公室。

龙薇儿清醒过来的时候，是自己早已拿好了抹布和水桶，与青岚并排站在台阶下。守夜人转身回去，图书馆的大门被关上了。

"好可怕，吓死我了！没想到守夜人就这样放过了我们。"龙薇儿拍拍胸口，一脸庆幸。

"怪人。"看着走远的守夜人，青岚闷闷地说。

"好啦，时间不早了，我要回去睡觉了，你也赶紧回宿舍去吧。"

望了望天上的月亮，龙薇儿跟青岚告别，可是却又被青岚那个呆子给拖住了。

"宿舍是哪儿？"

"就是你住的地方呀。"被青岚茫然地盯着，龙薇儿不觉眉头一皱：难道说这个家伙又开始装傻了？

"住的地方……"青岚呢喃了一声，随后转身便往图书馆走去。

"喂，你搞什么啊？"龙薇儿赶紧拉住了他，"守夜人刚才说过，不能随便在图书馆逗留，你现在进去是想找骂啊！"

"我住图书馆。"看着一脸激动的龙薇儿，青岚一本正经地回答。

"别开玩笑了，除了守夜人，书院不允许任何人住在图书馆！"以为青岚还在装傻，龙薇儿愤愤地甩开了他的手。

"我真的住在图书馆。"看着面色不善的龙薇儿，青岚一脸诚恳地解释。

"你是不是生病了？烧坏脑子了？"龙薇儿踮起脚，伸手摸了摸他的额头，"没有发烧啊。"

"不知道，以前的事都不记得了，现在能想起来的事情就是从图书馆开始。"青岚摇摇头，坦白了自己的情况。

"难道……你失忆了？"

龙薇儿张大了嘴巴，看着努力思索却依旧什么都想不起来的青岚，同情心开始泛滥。原来青岚不是不明生物，只是一个失忆的可怜人。先前对青岚的猜忌和不满都释然了，龙薇儿毅然决定护送青岚回宿舍。

精英班的人离开了书院，其他人大多在外执行任务或修炼，整个三年级的宿舍楼显得空荡荡的。宿管爷爷特别闲，听到青岚的名字才佝偻着身子出来查看。

宿管爷爷眯缝着眼睛上上下下打量着青岚，用狐疑的语气问道："你住这栋？哪个宿舍？怎么看着这么面生？"

青岚眨了眨眼睛，他自己也说不清楚，还是龙薇儿帮忙解释："老爷爷，青岚是三年级精英班的学生，您以前肯定见过的，不过这里每天来来往往这么多人，您不一定全都认识。"

宿管爷爷长长地"哦"了一声，觉得龙薇儿的话有道理，点了点头又问道："那你现在在这里做什么？精英班的人都已经离开书院了。"

"他临时有事不能去帝都了。"龙薇儿朝宿管爷爷露出神秘一笑，凑近对方耳朵，悄悄地说，"他喝醉了，不记得自己住哪个宿舍了，您能帮他查一下吗？"

宿管爷爷睁大了眼睛，盯着青岚看了一会儿，摇摇头叹了口气，回去翻记录簿。

"叫青岚是吧？五楼三号房。"

"谢谢老爷爷，我先送他上去啦！"

"嗯，快去快回。"宿管爷爷叮嘱了一声，看着龙薇儿和

青岚上楼的背影，眼里还留有一丝疑惑。

这个少年，还是感觉太陌生了啊。

龙薇儿帮青岚找到宿舍，好像完成了一项重大任务一般，长长地松了口气。她叮嘱青岚早点睡觉，然后一路狂奔回自己的房间。洗漱一番之后，周围已经安静下来，龙薇儿看着窗外的月色，不禁想到了在图书馆认识的青岚。

这么美好的一个少年，竟然失忆了啊……

龙薇儿不禁想到他那双红宝石般的眸子，心里一动，忙拍拍自己的脸颊，提醒自己不要胡思乱想。

"还是快快修炼吧！"她迅速爬上床，开始在床上打坐。"我不是天才，所以要比别人加倍努力。"

一边给自己打气，龙薇儿双手熟练地结起印记，尝试着聚合灵蕴。

时间一分一秒地过去，龙薇儿始终闭着双眼，终于，在她没有察觉的情况下，有一层淡淡的白光自她的小腹处浮现。薄薄的灵蕴缓缓地弥散到全身，包裹住了她娇小的身体。

窗外，始终注视宿舍的守夜人扭过头，望向了远方天空中露出微光的一颗星星。他思索了许久，似乎终于想通了什么事情，提起灯笼缓缓地离开了这里。

月光从窗外悄悄地钻进来，照在龙薇儿脸上，原本白皙的

脸上泛着羊脂玉般温润的色泽。绯红色的长发被镀上了一层银辉，淡化了红色的妩媚，增添了一份柔美。她的眉心有一块不知何时出现的赤金色印记，映着纯白的月色散发着耀眼的光。

第三章
纯白之焰

　　万物初醒，清晨的第一缕阳光洒向了蔷薇书院的女生宿舍楼，一切都是那么美好。但这个美好的清晨却被宿舍楼内传来的一声歇斯底里的尖叫给破坏了。宿管担心出了什么大事，直奔向尖叫声的来源，却在推门前的瞬间踉跄了一下。

　　"怎么长痘痘了！"

　　宿管站在房间门口，听到一声令人啼笑皆非的怒吼，这个声音还响亮到整个舍楼都能听清的程度。宿管的额头上满是黑线，一边感叹这个学生的神经不是一般的迟钝，一边劝退前来围观的学生。

　　"哪个白痴一大早搞这样的乌龙！"一个从梦中惊醒的女生明显带着严重的起床气。

　　"还能有谁，不就是那个龙薇儿！住她隔壁可真倒霉。"住在龙薇儿左边的女生也走出了房间，看向龙薇儿紧闭的房门

抱怨说。

"连灵蕴都聚合不了的人不担心今天的新生入学考试，反而有心情关心脸蛋，真是奇葩！"

"新生入学考试？"

龙薇儿听到外面的吵闹声，想起了今天是新生入学考试的日子，脑袋不觉一沉。每年的这个时候，蔷薇书院都会举行新生入学考试。这是一场摸底考试，同时也是选拔考试。通过这场考试，书院对全体新生的底子会有一个大致的了解，而新生们，则将在这场考试中被分配给最适合自己的专业指导老师。

龙薇儿无法聚合灵蕴，自知及格都很难，但她不敢怠慢，换好衣服匆匆赶去了竞技场。

竞技场的平面是圆形的，周长一百五十米，中央的"竞技区"周长八十一米。观众席有九排座位，逐排升起，分为五区。前面一区是荣誉席，最后两区是外来群众的席位，中间是书院学生和老师们的位置。荣誉席比"竞技区"高三米多，外来群众和书院师生的席位之间也有两米多的高差用来区别身份。这里是用来竞技和举行庆典的场地。

负责新生理论教学的炎林老师带着身穿训练服的新生们进入考试场地，他们所在的竞技区四周都被三米高的魔石碑围住了，魔石碑上勾勒着复杂的纹路，不时闪烁着灵蕴的光辉，用

来支撑结界，以防止场上的人在竞技的时候误伤观众。

观众席上已经坐了不少的导师，他们都是来观摩这次入学考试的，希望在这些学生中找到适合自己教导的好苗子。

看着学生们眼也不眨地打量这座雄伟的建筑，炎林老师轻咳一声，唤回了大家的注意。

"每年，新入学的学生都要在这里举行灵蕴考试，这是书院的传统。经过入学考试后，学院会根据每个人的天赋和灵蕴特点，将你们分派到不同的导师班上，进行更加专业、细致的学习。"

他用手指了指坐在观众席上的导师们，情绪激昂地说："拿出你们最好的表现，让自己成为导师们中意的弟子。大家有没有信心？"

"有！"被老师带动了情绪，新生们齐声回答，每个人的脸上都露出了跃跃欲试的表情。

炎林老师举手示意了一下，语气严肃地说："开考之前，我来说明一下考试规则和注意事项。这场考试是以两两组队进行对抗的方式进行，和谁组队由抽签决定，抽到同一个号码的同学组成一队。考试的目的是为了检测，点到为止，考生绝对不能做出恶意伤害同学的行为。如果一组的两个人都无法战斗或者自愿认输，考试就结束。好了，请同学们到抽签箱前排队

抽签吧。"

　　龙薇儿排队准备抽签，微微垂下眼帘，心情却是难以抑制的激动。"我从去年入学开始就一直聚合不了灵蕴，所以没有导师愿意选我。我只能在大众班跟炎林老师学习理论知识。今天……说什么也是一个机会，我一定要全力以赴，希望有导师看上我！"龙薇儿抬起头看着观众席上的老师们，握紧了拳头，暗暗给自己打气。

　　"喂，到你了，还在发什么呆啊？"

　　被身后的女生推了一下，龙薇儿打了个激灵，回过神来。她快步上前，抽取号码，展开字条，字条上写着一个黑色的大字："一"。

　　抽签完成，老师给每位同学发了一把木剑，宣布大家有三分钟时间熟悉自己的队友。交代完毕后，炎林老师退到一旁，竞技区却陷入了一片混乱。各种声音混杂在一起，有扯破喉咙寻找队友的喊声，还有商量战术的窃窃私语声。

　　"谁抽到了一号？"

　　龙薇儿也尽可能地大声喊叫，但始终没有人回答她。

　　过了一会儿，同学们都找到了自己的队友，只有龙薇儿还在东张西望，突然间，她的袖子被人一拉，回头一看，竟然是一个只到自己胸口高的女生。

女生手中正举着另一张写了"一"字的字条。

"我……"矮个子女生的声音就像蚊子的嗡鸣。

看了看女生手中的签，再看看她的身高，龙薇儿像被泼了盆凉水一样，心里拔凉拔凉的。

这个女生有着一头淡绿色的长发，梳成两个妥帖的麻花辫，乖巧地垂在脑后。水汪汪的黑色眸子里噙着氤氲湿气，像两滴露珠儿仿佛随时都会落下来。圆鼓鼓的包子脸，脸颊上泛着少女特有的羞怯，小巧的鼻子下面是微抿着的双唇。但她的个子实在矮小，以至于身上穿的训练服显得特别宽大。

这个人就是自己的队友？看起来好像很弱的样子啊。

龙薇儿暗自思忖着，小个子女生低着头，手指不安地绞着衣角，声音低得几乎听不清。

"我、我叫……森茉丽，擅长辅助，所、所以……你来进攻吧……我负责防守……"

"一年级最弱的两个家伙被分到一起了呢。"

旁边女生小声地嘀咕让听觉敏锐的森茉丽听见了，她的脸颊上突然升起了两坨羞愧的红晕。

"别听她们胡说！我们一定会赢的，一起加油！"

既然森茉丽已经是自己的队友，龙薇儿当然不能坐视不管。她愤怒地瞪了旁边的女生一眼，紧紧握住森茉丽的手，一

脸坚定地给她打气。看着表情坚定的龙薇儿，森茉丽仿佛也被她的自信所感染。

"呵呵，白痴果然是会传染的。"

就在龙薇儿和森茉丽好不容易有了信心的时候，一个熟悉的声音冷不防传了过来。龙薇儿抬起头，眯着眼睛看向从不远处走过来的两个人，一个金发一个紫发，看样子都是出身高贵的家族小姐。

"哎呀呀，废物和胆小鬼的组合，还真是绝配呢！"

森茉丽把龙薇儿的手捏得紧紧的，低头沉默不语。

头戴鲛珠和银丝发带的金发少女，即使身穿训练服，也遮掩不了那凹凸有致的身材。她高傲地昂起头，一脸不屑地看着龙薇儿。旁边的紫发少女像小尾巴一样，紧跟在她的身后。

"可恶，你什么意思？"

"就是字面上的意思。"

一瞬间，龙薇儿与金发少女对望的视线交织出一片激烈的火花。

"考试第一场，楚堂堂、林峰对战贝塔、罗杰。"老师的话音刚落，场上就响起了尖叫声。

"第一个上场的竟然是号称本届新生中最强的楚家少爷！诺诺，别跟这个白痴啰唆了，我们快去看看吧！"紫发少女兴

奋地跳起来。

听到"楚家少爷"四个字，金发少女眼里闪过一丝令人惊异的神采，嘴角浮起一个冷笑，轻轻地哼了一声，和紫发少女转身走了。

龙薇儿原以为要和这两个女生不战不休，没想到这场舌战这么快就结束了，不禁好奇，那个"楚家少爷"到底是何方神圣，竟然有这么大的魅力。

看到身边沉默失神的森茉丽，龙薇儿拍了拍她的肩膀。

"茉丽，我们也去看看吧！看看其他人的考试，对我们也是有帮助的。"龙薇儿拉起森茉丽的手，将她保护在身后，朝围观的人群跑过去。

好不容易挤到前排，龙薇儿只看到一阵耀眼的电光，战斗竟然已经结束了。一个被烤得皮肤黝黑、头发根根竖起的少年僵硬地站着，下一秒就直挺挺地倒了下来，嘴里吐出一口浊气，马上就昏了过去。他的面前，站着一个身穿银色训练服的少年，少年的右手还缠绕着嗞嗞作响的雷电。

看到同伴倒下，另一个人慌慌张张跑去找旁边的炎林老师理论，无意中接触到少年的一个的眼神，顿时丧失了迎战的勇气，全身都萎靡下来，直接跟老师认输。那个少年就这样静静地站在场地中央，甚至不需要队友出手，仿佛王者君临般使对

手折服。

　　周围的人全都瞪大了眼睛，仿佛不相信眼前发生的一切。

　　"一击必杀，不愧是楚家的大少爷！"

　　"更厉害的是，他竟然能用眼神让对手屈服！"

　　围观的新生里，男生们充满敬佩，女生们几乎全都痴迷了，眼睛不时闪烁着看见心上人的光芒。虽然没有看到战斗的经过，但是从周围人的表情里，龙薇儿也能想象场上的那个少年有多么厉害。

　　当所有人都在感慨这场短暂却又精彩的战斗时，炎林老师已经宣布了第二场考试的名单："考试第二场，龙薇儿、森茉丽对战朱诺、凌菲。"

　　突然听到自己的名字，龙薇儿如遭电击。虽然知道迟早会轮到自己上场，但没有想到竟然这么快。龙薇儿紧张得微微发颤，手心上直冒冷汗。她一把拉过身边的森茉丽，给彼此打气："轮到我们了，加油，我们一定能赢！"

　　"嗯……一起加油……"森茉丽的声音依然微若蚊吟，但好歹回应了龙薇儿。龙薇儿听到回答，平复了一下心情，拉着看不清楚表情的森茉丽走上了竞技场。

　　竞技场上，双方一个照面便让四周弥漫起了一股浓重的火药味。

凤鸣篇

"真是人生何处不相逢，啊不，应该说这是天意。"老师一宣布开始，挥舞着木剑的金发少女就笑了，"告诉你们吧，我和凌菲一个拥有自然系的火属性灵蕴，一个是召唤系的灵师。别说你们这两个废物了，放眼整个一年级，能赢过我们的人几乎不存在。"

"是啊，我劝你们还是乖乖放弃吧，我们还真不忍心看见同学受皮肉之苦。"被唤作凌菲的少女望了一眼休息区，美目流转，表情温婉可人。

"还没有开打就说大话，到底谁赢还不一定呢！"龙薇儿看不惯她们得意的样子，不由自主开始反击。

"到底是谁在说大话呢！"凌菲窘红着脸看了一眼休息区，考完试的少年正在闭目养神，完全没有在意场上的情况。

"哼，我要让你为自己所说的话付出代价！"

凌菲恶狠狠地剜了一眼龙薇儿，念起了咒语。顷刻间，空气开始产生微微的颤抖。一个紫色的空间大门在凌菲身边轰然打开，一只足有半米长，全身皮肤呈紫黑色的蜥蜴从门中跳了出来。蜥蜴转动着眼睛，环顾四周，一滴滴唾液从蜥蜴嘴里滴落。唾液一沾地就发出"嗞嗞"的声音，场上立刻被烧出了一个浅坑。一看这种情况，大家都明白过来，这是一只毒性了得的灵兽。

"嘻嘻嘻……"凌菲得意地笑了,"小宝贝,给我上!"

没等龙薇儿反应过来,凌菲玉手一指,毒蜥蜴猛地冲向了龙薇儿。一阵土黄色的灵蕴暴然而起,龙薇儿身后的女生开始低声吟唱咒文。

就在毒蜥蜴离龙薇儿只有一步之遥的时候,森茉丽一声轻喝:"土牢!"

毒蜥蜴的舌头如利剑般正要刺向了龙薇儿的咽喉,下一秒毒蜥蜴却陷入了如流沙般不断下陷的地面。突然下沉的地面让毒蜥蜴错失了一击封喉的机会,无比暴躁的它想冲出这个土坑,却像被看不见的网网住了一样。

突然爆发灵蕴让森茉丽的额前冒出了一层薄汗,她擦了擦额头上的汗水,一脸谨慎地看着那只毒蜥蜴。幸好自己的土牢术及时完成了,不然龙薇儿可就危险了。

看到森茉丽的这一记漂亮防守,围观的同学们都很诧异,大家都没想到平日里柔柔弱弱的森茉丽居然真有两下子。

"已经会使用灵术了,不错,不错。"

"后发制人,相当优秀的时间掌控。"观众席,老师们不住地点头议论。

龙薇儿有一种劫后余生的感觉。刚看到森茉丽的时候,那个瘦小的身影让她感到有些不安,但现在,龙薇儿十分庆幸自

己有这样一位搭档。

"茉丽干得好！"

龙薇儿高兴地拍了拍森茉丽瘦小的肩膀。

"考试还没有结束呢……小心……"被龙薇儿夸赞的森茉丽先是一愣，随后红着脸小声嗫嚅。

"嘿嘿，你说的对，我们继续考试吧！"龙薇儿握着木剑，转向了对面的人，"你那么爱笑，你的毒蜥蜴是不是就叫'笑嘻嘻'？哼，我会让你们都变成'苦哈哈'的！"

龙薇儿握紧了手中的木剑，露出一个狡邪的笑容，对着被束缚住的毒蜥蜴一阵猛戳。毒蜥蜴的敏捷性和攻击力都很优秀，由于常年爬行，本身的防御能力也不错，就算龙薇儿使出全身力气，没有借助灵蕴力量的她始终无法重伤这只蜥蜴。

但毒蜥蜴只能像靶子一样任由龙薇儿百般欺凌，看起来非常可怜。凌菲刚学会召唤术不久，为了召唤出这只毒蜥蜴，她几乎耗尽了自己的灵蕴。看到灵兽的惨状，凌菲马上将目光投向了一旁的朱诺。

"收起你那副勾引人的表情，好好掂量自己的身份，那些大家族不是靠使些狐媚手段就能攀上的。"

朱诺的言下之意非常明了，凌菲满目含怒，却不敢发作。朱诺没有再理她，而是望向了对面，心里盘算着："以森茉

丽的灵蕴修为，要保持一个这么长时间的束缚术，她的灵蕴应该快到极限了吧，这样就只剩下一个连灵蕴都没有的废物。呵呵，这场考试，我赢定了！"

"雕虫小技，不足挂齿。看我的！"

朱诺伸手在木剑上一抹，一层淡淡的红光就依附在了剑上，她凌厉的目光锁定在森茉丽的身上，轻声一喝向她冲过去。龙薇儿心中暗暗叫道"不好"，马上停止对蜥蜴的凌虐，转身推开了森茉丽，让朱诺的蓄力一击落空了。

"讨人嫌的家伙，既然你这么想吃苦头，那我就成全你吧！"双眼闪烁着怒意，朱诺转而开始攻击龙薇儿。她盯着龙薇儿，不断发动攻势。看着布满灵蕴的木剑，龙薇儿不敢硬接，只能狼狈地逃窜。每次被木剑划到，衣服上都会被划出一道缺口。

"你就逃吧！连接我一招的勇气都没有吗？废物就是废物，作为天才的妹妹，你还真是丢脸啊！"

玩腻了猫捉老鼠的游戏，朱诺勾起嘴角，说出了最能刺痛龙薇儿的话语。

龙薇儿稍微一停，一道凌厉的劈斩便迎面而来。她就地一滚，躲过了对方的打击，但依然被木剑划破了袖子，手臂上皮肉瞬间绽开。鲜血顺着胳膊滴落在地上，伤口火辣辣地疼。

凤鸣篇

　　龙薇儿站了起来，刘海儿遮住了她的双眼，滴血的右手握紧了手中的木剑，她默默地站着，一动不动。

　　"怎么不逃了？继续逃啊！"朱诺露出恶意的笑容，毫不留情地讽刺，"也对，废物呢，就该乖乖认输，被强者永远踩在脚下！"

　　朱诺举起木剑刺向龙薇儿。就在剑尖即将触到龙薇儿胸口的时候，就在旁观的人以为胜负已定的时候，朱诺脚下突然升起了一道土黄色的灵蕴光辉，让朱诺的攻势戛然而止。

　　"土牢！"

　　随着一声熟悉的轻喝，大家再次看到土系束缚术的出现。在众人惊异的目光下，森茉丽擦了擦额上的汗珠。第二个土牢消耗了森茉丽大量的灵蕴，她的脸上也浮现出了不自然的苍白，现在，她的双脚开始发软，几乎快站不稳了。

　　"竟然能用土牢术同时控制两个目标，这个小姑娘潜力很大呀！"导师们露出了赞赏的神色，不住地窃窃私语。

　　自己的攻击再一次被阻断，朱诺恨恨地咬紧了牙，想要挣脱束缚。她用力挣扎，但这个浅浅的土坑却牢牢地将她钉在此处，丝毫不能挪动半步。

　　可恶，早知道应该先攻击森茉丽的。就在朱诺为自己的错误判断而后悔的时候，她的视线捕捉到了一动不动的龙薇儿，

愤恨的怒火全都涌上了心头。

"废物！如果不是森茉丽帮你，你早就被我砍成肉泥了！"对于朱诺的嘲讽，龙薇儿没有丝毫反驳。此刻，龙薇儿表面看似平静，脑海里的思绪却如同奔腾的海浪般不住翻滚着。"你就逃吧！连接我一招的勇气都没有吗？废物就是废物，作为天才的妹妹，你还真是丢脸啊！"

"怎么不逃了？继续逃啊！"

"也对，废物呢，就该乖乖认输，被强者踩在脚下！"

一句句刺耳的话如同巨锤一样砸在龙薇儿的心里。是啊，从战斗开始到现在，她一直都被森茉丽保护着。除了逃跑之外，她什么都没有做。可是，一味地逃避有用吗？

记得自己很小的时候曾经问过姐姐，姐姐已经是天才了，为什么还要这么努力。当时，龙采儿清丽的脸上浮现出一丝笑容，但慢慢地就变成了坚定的表情。

"不管我们龙家再怎么显赫，作为家族女儿的我们，多半会成为家族与其他势力维系关系的牺牲品。但我不想这样，我不想成为一个摆设。所以，我要变强，强大到能凭自己的意志来决定以后的人生！"望着龙薇儿茫然的眼神，龙采儿只是笑了笑，轻轻摸了一下妹妹的脑袋，"薇儿还小，这些事，等你长大了就会明白的。"

凤鸣篇

　　虽然对姐姐的感情很复杂，但是龙薇儿一直明白，自己对姐姐的敬仰就是从那个时候深深扎下根的吧。即便再怎么叫嚣着要超过姐姐，那也是因为龙采儿是自己一直憧憬的偶像啊！

　　龙薇儿垂下头，将手上的木剑握得更紧了，用只有自己才听得到的声音说："只会逃跑的人是永远也无法强大起来的，我不能再让姐姐和家族因为我而蒙羞！"

　　龙薇儿猛然抬起头，眼里闪烁着坚定的光芒。

　　感觉到龙薇儿的气势陡然一变，朱诺眯起了杏眼，笑道："废物，难道你还想反击？"

　　龙薇儿没有回答，而是用行动来证明自己的决心。"唰！"龙薇儿的木剑狠狠地劈向了朱诺。

　　"就这点本事？你们龙家也不过如此！"朱诺横剑抵挡，一脸挑衅，暗地里却为龙薇儿那暴怒一击而惊诧，这个丫头好大的蛮力。

　　"不准你再侮辱我的家族！"

　　原本僵持着的双剑却在龙薇儿的一声怒喝之后分开来了，还没等朱诺缓口气，那如暴风骤雨般的攻势已经迎面袭来。

　　龙薇儿发疯了一样不停地挥剑砍向朱诺，嘴里疯狂叫喊："教你看不起我！教你侮辱我的家族！我要把你打趴下！"

　　"蠢货，你疯了吗？你这样是伤不了我的！"

面对龙薇儿暴风雨般却又毫无套路可言的蛮力乱劈，朱诺感觉很火大。等森茉丽维持不住这个土牢的时候，她一定要让这个仗着家族嚣张的废柴明白什么是实力的差距！

朱诺打定主意，一定要让龙薇儿吃够苦头！正盘算着，龙薇儿突然大喊一声，沾满鲜血的双手高高地举起凹凸不平的木剑，用尽全力朝朱诺砍了下去！

她的木剑突然蒙上了一层纯白的光，朱诺惊讶地看着那把几乎快要断裂的木剑在一瞬间被裹上了灵蕴！眼看龙薇儿的剑就要砍过来，朱诺忙举剑相迎。与朱诺剑上的淡红色灵蕴一接触，龙薇儿剑上的白色光晕突然更加强烈起来。"啪"的一声，朱诺的木剑应声而断。

朱诺难以置信地看着手中的断剑，又看了看龙薇儿，对方也像脱了力一样，弯下腰不住地喘息着。

竞技场上，许多准备看龙薇儿出丑的人都噤声了，众人张大了嘴巴，一个个惊得目瞪口呆。

那个传说中的废柴竟然打败了朱诺与凌菲的实力组合？竞技场上陷入了死一般的沉寂。

龙薇儿呆呆地看着自己手中的木剑，一时间千头万绪。这时，森茉丽走了过来，站在龙薇儿面前，她发自内心地露出一个微笑，语气轻快地说："恭喜你，终于能聚合灵蕴了！"

第四章
特别的导师

  蔷薇书院的新生入学考试还在如火如荼地进行着。但对龙薇儿来说，喧闹的比赛都视而不见，周围的议论声都听而不闻。待在休息区的龙薇儿看着自己被简单包扎过的右手，仍然有些不敢相信刚才发生的事。

  她真的聚合出灵蕴了？一年了，整整一年了，她一直被定义为没有灵蕴的废柴，没想到竟然能在这个时候聚合出灵蕴，简直像是做梦一样！龙薇儿掐了掐自己的脸，强烈的痛感提醒她这不是做梦，而是真实发生了。

  看着龙薇儿的小动作，森茉丽忍不住羞涩地笑道："薇儿，这不是做梦哦，你真的成功了！"

  森茉丽善意的笑容感染了龙薇儿，让她心里轻松了许多。"太好了！"她喜不自胜地大喊了一声，马上招来一片异样的目光。龙薇儿轻咳一声，掩饰自己的兴奋。不过，她还是眉开

眼笑地对森茉丽说："茉丽，谢谢你！你是最棒的队友！"

森茉丽眨了眨亮闪闪的眼睛，腼腆地低下了头。

去年因为无法聚合灵蕴，所以龙薇儿没有被分配到导师。这一次，她已经能够聚合灵蕴了，而且她和森茉丽还打败了朱诺她们。龙薇儿握拳："今天，一定会有导师选中我的！"龙薇儿信心十足地看向了观众席，焦急地等待考试的结束。

直到黄昏时分，持续了将近一天的入学考试终于临近尾声。最后一组学生考完之后，炎林老师宣布考试结束，但观众席上的导师们有些已经等不及了，心里像被猫儿挠痒痒似的，考试一结束，他们就迅速进入竞技场，寻找自己心仪的学生。

"今年的新生都不错。"导师们不住地点头。年长的导师大都想找到最优秀的苗子加以培养，年轻的导师则想通过培养出杰出的灵师来巩固自己在书院的位置。

导师们把心仪的学生一个个挑走，森茉丽被不下两个导师相中，最后还是一位年长的导师将她收入了门下。龙薇儿由衷地为自己的队友被导师选中而高兴，脸上洋溢着喜悦的微笑。看着森茉丽从自己身边走过，龙薇儿挤挤眼，冲她竖起大拇指："茉丽，加油！"

"谢谢！"森茉丽与龙薇儿擦身而过，声音依旧像蚊子嗡嗡声一样轻。

凤鸣篇

目送渐渐走远的森茉莉，龙薇儿又将热切的目光投向了还留在竞技场内挑选新生的导师。竞技场上，剩下的学生越来越少，导师也越来越少。"扑通！扑通！"龙薇儿的心跳不由得加快了，她眼巴巴地看着导师们。不知道是不是她的错觉，龙薇儿发现导师们似乎在有意无意地回避自己。每当和她的眼神对上，导师们都尴尬地避开或者干脆视若无睹。

"今年还是没有导师选我吗？"龙薇儿缓缓扫过那些已经挑选好学生的导师，眼神渐渐暗淡下来，从刚才在比赛中成功聚合灵蕴并击败朱诺的狂喜中，一下子跌入了无人问津的失落中。被夕阳拉长的身影伫立在竞技场上，龙薇儿依然在倔强地等待着被导师选中。她的身影显得那么孤单和无助，然而，导师们只是垂下眼帘，叹息一声。

"唉，倒是个很努力的孩子，可惜灵蕴的反应太慢了。"

龙薇儿隐约听到了导师们的低语，心里发苦："又只剩下我一个人了。难道……我真这么差劲吗？"看着满脸落寞的龙薇儿，负责新生理论教学的炎林老师从导师中走了出来。他走到龙薇儿面前，轻轻拍了拍龙薇儿的脑袋。

"炎林老师！"看到老师熟悉的脸庞，龙薇儿有些意外。

"龙薇儿同学，在找到合适的导师之前，你先跟着我学习吧！你已经能聚合灵蕴了，老师相信你很快能够追上其他同学

的！你一直是个很努力的好孩子，继续加油吧！"炎林老师轻轻拍了拍龙薇儿的肩，话里满是鼓励。

"是。"龙薇儿低下头，看着被拉得极长仿佛下一刻就会消失的影子，低声应了一句。

看着脸色灰白的龙薇儿，炎林老师叹了口气。他算是最熟悉龙薇儿的一个老师了。炎林老师虽然不太喜欢这个没有天赋的孩子，但通过一年来的相处，让他不禁对这个孩子产生了一点同情之心。现在，她终于能聚合灵蕴了。只是，这一天来得太晚了些。

当天空的最后一抹余晖消失在天际，孤单的影子也彻底地消失了。

龙薇儿变得很是茫然，不禁想到了自己的将来："如果今年没有办法升到二年级，明年还要和新生一起学习吗？我果然不能跟姐姐比。姐姐……"

龙薇儿抬头看了看幽暗的天空，想找个地方静一静，想想以后该怎么办。正在这时，炎林老师的声音从身后传来。

"龙薇儿同学，等一下！有一位特别的导师选你做他的学生。"听到炎林老师的话，龙薇儿的脚步顿住了，被冰冻得麻木的心一阵悸动：什么？竟然有导师愿意教导自己，这不是做梦吧？

"特、特别的导师？"

龙薇儿猛地转身，连声音都激动得颤抖了，一脸惊喜地看向炎林老师。一个高挑的黑影正站在炎林老师的身边，沉默地看着龙薇儿。

风带动起了黑色的长袍，发出沙沙的响声。他的手里提着巡夜的灯笼。灯笼微弱的光芒在风中摇曳，却没有被风吹灭。

"这……这不是图书馆的守夜人吗？"

望着那标志性的黑色斗篷和巡夜灯笼，龙薇儿诧异不已。守夜人虽然将光源握在手中，但巨大的斗篷和风帽依然将他裹得严实，给人一种神秘莫测的感觉。

为什么会是大叔？难道我……被彻底放弃了吗？龙薇儿完全呆住了，眼神里充满了挣扎与失落。

"是的。"炎林老师望着龙薇儿发愣的表情，以为她是担心守夜人并非专业的教学老师而解释道，"说起来，夜华老师可是一位见多识广的优秀导师呢！早些年不知为何主动申请留在图书馆照看图书，能看得出他是一位非常喜欢读书的人呢！"这个解释听起来似乎有些牵强，龙薇儿皱起眉头问："可……大叔是图书馆的守夜人，这样也可以吗？"

虽然没有明说，但龙薇儿的态度还是有些抗拒的。

炎林老师沉吟了一会儿，说："虽然夜华老师不在书院导

师的编制里，但书院并没有规定图书馆的管理者不能教导学生，而且，夜华老师认为你适合做他的学生。我觉得这对你来说是好事，也是一个机会，说不定，夜华老师能把你的潜能彻底发掘出来！"

听了炎林老师的话，原本不情愿的龙薇儿眼里流露出一道希冀的光。虽然没有听说守夜人兼做老师教导学生的，但有导师总比没有强，就算死马当活马医吧。

"其实，你根本就没有把接受我的教导太当回事吧。当然，你也可以选择不跟我学习，继续上一年的理论课。"一直沉默着的夜华开口了，望着全身突然僵硬的龙薇儿说，"没关系，你有选择的权利。书院是个藏龙卧虎的地方，在这里任职的每个老师都是很厉害的，你跟着炎林老师多学点理论知识，也不是坏事。"

龙薇儿没想到自己的心思在守夜人面前如此轻易地被拆穿，而夜华在话语间隐隐透露出的自信与傲然让龙薇儿不觉咽了咽口水。她忽然觉得，跟着夜华或许是一个不错的选择。思考完毕，龙薇儿快步走到夜华面前，一脸恭敬地向夜华深鞠了个躬。

"老……老师好！我是一年级学生龙薇儿，以后请您多多指教了！"

凤鸣篇

"嗯。"夜华对龙薇儿的态度丝毫不在意，淡淡地回复了一句，"明天记得来图书馆上课。"说完，他提着灯笼漠然转身。望着渐渐走远的守夜人，炎林老师眉头皱了起来。夜华的才华，他以前听别的老师提起过，没想到他竟然会想教导龙薇儿。不知道，他是出于可怜呢，还是真的看出了龙薇儿的潜力？炎林老师没有细想，随口安慰了一下龙薇儿："现在有了导师了，以后你可要好好加油，早点赶上其他同学！"

"是，老师！"龙薇儿握紧拳头，朗声回答。她望着老师们离开竞技场的背影，隐隐感觉到，从明天起，她的人生将发生翻天覆地的变化。

"呼呼……老师！我来了！"

在大众班上完基础课程后，龙薇儿匆匆收拾起了物品，在同学们惊愕的目光下直接狂奔向图书馆。

跑进图书馆，龙薇儿习惯性地向一排排书架望去，不过她没有看到夜华的身影，反倒是和一双闪烁着红宝石光泽的眸子撞上了。

"怎么又是你？"看着坐在书桌前翻阅书籍的青岚，龙薇儿有些难以置信地揉了揉眼。

"我在看书。"青岚将目光从书本上移开，看见龙薇儿，

随手合上了手里的书。

"他也是我的学生。"身穿黑色斗篷的守夜人从图书馆深处转出来,看着一脸不悦的龙薇儿随口解释了一下。

"可是……老师,您不是说他是三年级的学生吗?"龙薇儿发现夜华也在,忙收起了脸上的不悦,显出一脸疑惑的表情。"青岚同学经常来图书馆,我了解了一下他的情况,他似乎遇到什么意外失忆了。三年级精英班的同学去了帝都,他留在书院无所事事,我跟书院申请,把他收入我的门下,顺便查一查他之前遇到了什么事情。"

夜华看了一眼端坐的青岚,将刚才取来的一本书和一只木匣子放在桌上。

"失忆了……以前的导师也不要他了吗?"龙薇儿不死心地追问。

"我喜欢这里。"这次,没等夜华解释,青岚先开口解答了龙薇儿的困惑。

龙薇儿扭头看着夜华,对方微微点头,她耸了耸肩,表示接受了自己还有个失忆的同门师兄。

龙薇儿和青岚一起坐在书桌前,安静地等待夜华授课。意料之外的是,夜华并没有像龙薇儿想的那样,摆出一副高高在上的姿态。他很自然地和龙薇儿他们坐在一起,用一种非常了

解学生心理的口气说："有什么问题就问吧。"

龙薇儿一愣，马上就提出了一直困扰自己的问题："老师，为什么我不能像其他同学那样聚合灵蕴？"长久以来，这个问题就像噩梦一样纠缠着她，难道说，她真的是废柴吗？

就在龙薇儿惴惴不安的时候，夜华沉声说："其实，你已经打开了灵蕴这扇大门。"

看着龙薇儿茫然不解的表情，夜华勾起好看的嘴角，淡淡地问："还记得你在入学考试上的最后一击吗？当时是什么感觉？"龙薇儿不好意思地摸了摸自己的头，讪讪地回答："那个时候我很生气，只想把那个朱诺痛揍一顿。"

"这就是你打开灵蕴大门的契机。其实，你自己都没有发现平时积累的灵蕴有多充沛吧？"

龙薇儿眨了眨眼睛，表情一片茫然。

"我问你，还记得自己练习了多久聚合灵蕴吗？"

"从去年入学开始，我就一直在练习了。别的同学很早就能聚合灵蕴了，我比较笨，练了一年却还是做不到。"龙薇儿不好意思地低下了头。

"勤能补拙，你听说过这句话吗？"

"老师的意思是……我真的能聚合灵蕴了？"听着夜华的话，龙薇儿的眼睛越来越亮。

　　夜华点点头，龙薇儿一阵雀跃，连忙站起来，快速结印想聚合灵蕴。她满心欢喜地期待着灵蕴光芒的出现，可手上依旧空空如也。

　　"怎么会这样？老师，您不是说我已经能行了吗？"

　　"别急，龙薇儿同学。"看着龙薇儿露出宛如溺水的人抓住救命稻草一样的表情，夜华微微一顿，继续讲解，"通过昨天在入学考试上的观察，我发现你的灵蕴积累并不比别人差，甚至比绝大多数人都要强一些，这源自于你坚持一年的冥想修炼。以前之所以一直聚合不了灵蕴，是因为你还没有打开那扇'门'。也许是因为今天受到刺激，情绪激动之下，你的灵脉突然打通了，所以，你就能聚合灵蕴了。"

　　"既然这样，那为什么……"

　　没等龙薇儿说完，夜华摆摆手打断她，示意她听自己继续说下去。

　　"虽说灵脉通了，但你身体里灵蕴的流动却不够自然。为了尽快让你熟练灵蕴的使用，我有件东西要给你。"

　　说完，夜华将桌上的匣子递给龙薇儿。接过匣子，龙薇儿感觉手上一沉，险些将匣子摔在地上。龙薇儿忍不住在心中嘀咕：什么东西这么沉？

　　"打开看看吧。"夜华示意。

"是！老师。"

龙薇儿打开了木匣，看见里面静静地躺着一把约80厘米长的封藏在暗红色剑鞘里的宝剑。"咕"龙薇儿咽了口口水，在脑海里幻想出各种宝剑出鞘的景象。她小心翼翼地握住剑柄，一手抓牢剑鞘，缓缓地把剑拔出来。

"铮"的一声清鸣，封藏的宝剑露出了全貌。

没有想象中的华光，四周也没有出现任何异象，甚至连剑铮鸣声都那么轻。除了剑身上绘着的七星阵，这把剑没有任何特殊的地方，这……只能算是一把品相还不错的剑而已。

"这把剑封存已久，看起来没有特殊之处，但绝不是一把普通的剑。这把剑是用陨铁淬以天火煅烧，再加上其他天材地宝打磨而成，名为'七星彩虹'。它最大的妙处是能够牵动人身体内的灵蕴，单从这一点来说，已经是大陆上稀有的宝物了。"夜华拍拍龙薇儿的肩，"来吧，试试这把剑。"

"好！"龙薇儿按照夜华的要求放松自己，用心去感受七星彩虹的牵引。只是一会儿的工夫，龙薇儿就感觉到了一股强大的牵引力将自己体内的灵蕴汇聚起来。

龙薇儿闭目凝神，夜华和青岚明显感觉到了一股暴起的灵蕴。龙薇儿体内的灵蕴被牵引着，全都附着在了七星彩虹上。七星彩虹散发着乳白色的光晕，这次的光晕比龙薇儿在入学考

试时要凝练厚实了许多，仿佛一条白练，紧紧缠绕在剑身上。

这种纯度与厚度的灵蕴，已经和新生们在演武场上的表现所差无几了，甚至超越了部分资质一般的人。

"不错，这么快就和七星彩虹完成了共鸣，接下来就看你和这把剑的磨合了。时间不多了，加紧练习吧。"夜华赞许地看着龙薇儿，心里已经有了打算。

"好厉害！"

一睁开眼睛，龙薇儿就看见手上的七星彩虹包裹着厚实的灵蕴，她心里的喜悦早已爬上了眉梢。

"这下，没人再敢说我是废物了！好，我一定要让她们看看，我龙薇儿有多厉害！"

挥舞着手上的七星彩虹，龙薇儿自信地笑了。

"不要高兴得太早！四年前，你姐姐参加入学考试的时候，曾经用灵术打败了老师。你的灵蕴还只是混沌的状态，没有表现出它真正的力量，这说明你的修炼才刚刚起步。要追上那个天才，你还有很长的路要走。"看着有些翘尾巴的龙薇儿，夜华的语气严肃起来。果然，听了夜华的话，龙薇儿马上萎靡了下来。

夜华见泼的冷水已经收到效果，轻叹一声："如果你真的想证明自己，从今天开始就跟着我努力修炼，到了期末考试的

时候，把瞧不起你的对手一一击败，让所有人都看到，你，龙薇儿是真正的强者！"

"是！我一定会努力修炼的，夜华老师！"原本被夜华的冷水泼得冰凉的心，在他的一番刺激之下重新澎湃起来。

龙薇儿握紧手中的七星彩虹，一脸郑重地对夜华说："即使吃再多的苦我都不会退缩！我一定会强大起来，再也不被别人嘲笑！"

"你真的能坚持下来吗？"看着龙薇儿信誓旦旦的样子，夜华露出了淡淡的微笑。

"是、是的。"看着裹在斗篷里的守夜人笑了，龙薇儿突然有种毛毛的感觉，就像被黄鼠狼盯上的小鸡一般，不觉打了个冷战。

"这本书你回去好好研读，对你掌握七星彩虹会有所帮助。这把剑就暂时寄放在你这里了。"

把手上的书递给龙薇儿，夜华浅浅一笑。修炼才刚刚开始，吃苦的日子多着呢！不过，看到龙薇儿这么活泼又机灵，多少让他有点期待接下来的教学了。

没有看见夜华的表情，龙薇儿低头抚摸着书本封面上的褐色字体，喃喃自语："《灵蕴与武器的结合》……怎么感觉有点眼熟？"

"好了，该教的已经教了，东西该给的也已经给了，今天就到这里吧。"望了望窗外，夜华觉得时间差不多了，结束了今天的课程。

"啊？结束了？"龙薇儿惊愕不已，没想到夜华的课这么简单就结束了。按照常理，对于像龙薇儿这样的"差生"，一般老师不是都会加强教导吗？怎么夜华老师就这么……像是敷衍了事了？

"不用担心。对于你，我自然会用心教导。但是，过犹不及，这个道理你总该明白吧？"看着龙薇儿诧异的表情，夜华不得不解释了一下原因。

"老……老师，这是什么意思？"龙薇儿有些怯怯地问，她只知道勤能补拙，从没听说过过犹不及的道理啊！

"想不明白就别想了，回去好好休息吧。"夜华也不在意龙薇儿到底有没有懂，嘱咐一句就消失在了层层的书架中。

"笨蛋。"看着发呆的龙薇儿，许久不出声的青岚站起身来，抱起桌上的书摇着头离开。

"喂，你们……这到底什么意思啊？"看着莫名其妙的两个人，龙薇儿大声问道，却没有一个人回答她。

龙薇儿狠狠地跺了跺脚，有些气恼地往宿舍走去。第一堂课，就在这有些微妙的气氛中结束了。

凤鸣篇

第五章
火之力量

午后，慵懒的阳光洒向蔷薇书院的各个角落。被这和煦的春光一照耀，让人不觉产生一种困意涌上眼皮的感觉，但在书院后山的一个角落里，一个纤细的身影却在日光下不停地挥舞着长剑。

"九百九十七、九百九十八、九百九十九……哈！一千！"

一声轻喝，龙薇儿猛地绷紧手臂，用力挥出最后一剑。"铮——"长剑发出一声清鸣，七星彩虹上围绕着独属于龙薇儿的纯白色灵蕴，远远望去，就像云朵一样洁白无瑕。

吐了口浊气，龙薇儿将七星彩虹收回剑鞘，拖着步子向树下走去。她一屁股坐在了地上，随手将七星彩虹放在一边，揉了揉酸痛不已的肩膀，拿起放在旁边的毛巾开始擦汗。龙薇儿

的心里充满了喜悦，现在自己终于能够熟练地聚合灵蕴了，这其中，七星彩虹的牵引之力对她起了非常大的作用。

龙薇儿瞟了瞟坐在一旁悠然翻书的青岚，对方一脸惬意的样子，自己却要在烈日下挥汗如雨地练剑。龙薇儿撇了撇嘴，嘟哝道："臭大叔，难怪我总觉得他的笑容有点诡异，原来他就是一只笑面虎！"

龙薇儿轻轻地叹气，不禁联想到了一个月前……

"哈？老师你是不是在开玩笑？"

站在书院后山的一片开阔地上，龙薇儿难以置信地望着夜华，脸上的表情有些僵硬。

"你没有听错，我要你用左右手各挥七星彩虹一千次，直到每次挥剑时都能牵引出灵蕴。"夜华的语气不容置疑。

"一千次！大叔，你有没有搞错？这个训练也太……我又不是那些五大三粗的雇佣兵，我只是一个柔弱娇嫩的小女生好不好！"

夜华在第二节课就下猛料，龙薇儿不觉哀号起来。哪有这么不怜香惜玉的老师，简直是乱来的好吗？

"不练也行。"听着夜华报出连男生都望而却步的练习量，龙薇儿只是发了个小小的牢骚。因为，只要是为了变强，

凤鸣篇

龙薇儿再怎么咬牙都会坚持下来的。没想到，一直坚定无比的夜华竟然松口了，龙薇儿在心里暗道侥幸。不过，还没放下来的心霎时又被夜华接下来的话给提了起来。

"但你永远都成不了强者，只能一直做一个柔弱娇嫩的少女，这样你也愿意？"

"不！我练。"被戳中死穴的龙薇儿下意识脱口而出，紧接着突然捂住嘴，因为她看见夜华的嘴角噙了一抹笑意。

上当了！龙薇儿不禁微微恼怒，看着在一旁翻书的青岚，对夜华抗议："既然要练，为什么不算上师兄？"

青岚莫名其妙被牵扯了，随即不再翻书了，将目光投向了夜华。

"既然这样，青岚你现在就挥剑一千次吧。"夜华伸手将一把寻常的木剑丢给青岚，示意他挥剑牵引灵蕴。

"哦。"把书放到一旁，青岚随意地挥舞起了木剑。木剑瞬间就被浓厚的灵蕴光芒包裹住了。随着青岚的动作，木剑每挥舞一次就会出现一次光晕。更让人惊讶的是，青岚每一次灵蕴的聚合都非常稳定，无论是亮度还是灵蕴的密度，几乎都一模一样。不得不说，这是极为恐怖的灵蕴控制力。

从惊讶到无话可说，龙薇儿就像一根木头一样杵在原地，

目瞪口呆地看着青岚一剑一剑地挥舞，直到双手都挥满一千次。完成最后一次挥剑，青岚只是轻轻地吐了一口气，面不红气不喘地将木剑还给夜华，然后安静地回到位置上继续看书。

看着如此表现的青岚，夜华也不觉暗暗点头：这个少年的实力很强，如果他恢复记忆，不知道究竟是何种程度呢？

龙薇儿咬了咬嘴唇，发现自己的想法真是太肤浅了。强者的道路上，除了天赋之外，剩下的就是汗水和付出。梦想成为强者的自己，连天赋都没有，这一千次挥剑又弥补得了多少呢？握紧了手中的七星彩虹，龙薇儿默默走到一旁，再也没有丝毫抱怨，一下一下挥舞起了手中的剑。

"力度不够。"

"灵蕴太散了！"

"对！就是这个样子。"

夜华双手环胸，在旁边不时地指出龙薇儿挥剑时的不足。直到数百次后，龙薇儿终于将灵蕴控制在了最恰当的程度。看到七星彩虹被包裹在纯白的灵蕴之中，夜华终于点了点头。

"记住这个感觉，以后每一次挥剑都要达到这种程度，挥满一千次才算结束。"

"是的，老师。"

没有再给自己找借口，龙薇儿就这样默默地挥着剑，一次比一次更加清晰地触摸到了那种感觉。随着时间的流逝，龙薇儿完成一千次挥剑的时间也越来越短……

"薇儿，基础练习做好了？"

就在龙薇儿愣神之际，身着黑袍，头戴风帽的夜华已经踱步到她的身边，随意地坐在树荫下。

"咦，老师您来了？"

"这段时间你的进步很大。"夜华点了点头，"既然如此，我们可以进入下一个阶段了。今天我们就来讲一下灵蕴的实体化。"

一听说要学习新的东西，龙薇儿马上兴奋起来，满脸期待地看着夜华，生怕错过了什么内容。

"这个解释起来倒是有些麻烦。你还记得考试时的那个使用雷系灵术的男生吗？他的攻击形式就是灵蕴实体化的表现。他的灵蕴非常纯正，并且强大，能随时随地爆发。在实战中，我们需要这样的灵蕴。一年级新生的灵蕴等级普遍只有一级，但那个少年却有接近二级的实力。"

看着龙薇儿一脸认真思索的表情，夜华继续解释："还有那个和你搭档过的森茉丽，不得不说，她也是个非常厉害的

角色。虽然她的灵蕴目前只有一级，却已经能使用灵蕴的技能了，也就是我们所说的灵术。她施展的灵术范围很小，威力也不大，如果不是那个召唤系女生的灵兽太弱小，森茉丽的束缚术是支撑不了多久的。即便如此，新生中能出现这样的人才，已经很不容易了。"

听到夜华提起森茉丽，龙薇儿的脑海里立刻就浮现出了那个纤弱而且易害羞的女生的模样。让她没有想到的是，老师竟然给了那个性格内向的受气包这么高的评价。龙薇儿握紧双拳，渴望变强的心情更加强烈了。

"老师，森茉丽她……是怎么做到的？"

"聚合灵蕴之后通过突然的爆发，将灵蕴作用于某一个目标，从而改变其外形或者内在结构。"

"灵蕴的爆发？"

"对，我今天就是要教你如何爆发灵蕴。"夜华顿了一下，接着说，"控制灵蕴也是讲究技巧的。比如，可以将灵蕴作用于武器，从而增强武器的威力，就像入学考试时，和你对战的那个女生一样。灵蕴还可以作用于全身，增强自身的防御力或敏捷性，而召唤系的同学，他们的灵蕴则是作用于精神领域，加强与灵兽的沟通。也就是说，灵蕴爆发的方式不同，作

用也不一样。"

夜华说完了，伸手指向一块大石头，对似懂非懂的龙薇儿说："去，劈开那块石头。"看着那块和自己差不多高的巨石，龙薇儿不觉惊叫了起来。

"那么大！剑锋会损坏的！"

"不要太小看七星彩虹了，这种硬度的东西对它来说不算什么。"晃了晃手指，夜华的语气波澜不惊，"如果你能将灵蕴提升一个等级，爆发之后要劈开这块石头是轻而易举的事。"看着还一脸将信将疑的龙薇儿，夜华淡淡一笑，顺便把灵蕴的等级也解释了一遍。

"在所有灵师之中，灵蕴一共分为九个等级。随着等级的提升，灵蕴的颜色会越来越接近其属性的颜色，而到了九级，基本是接近于神了。当然，这些对你来说还太遥远。但你就以九级为目标，一步步前进。你现在要做的，就是用你的一级灵蕴，劈开这块石头。"

龙薇儿重重地点头，下定决心要努力修炼。夜华看着她的表情，就知道她已经有了坚定的目标，于是很快结束了今天的课程，把时间留给龙薇儿练习。

目送夜华走后，龙薇儿马上来到了那块巨大的石头前。

握着七星彩虹，龙薇儿很快就找到了挥剑时的感觉。她用力一挥，只听"叮"的一声，巨石上留下了一道寸许深的切口。真的起作用了！龙薇儿一阵欣喜，虽然这道切口距离"切开"还很远，但龙薇儿没有沮丧，而是静下心来，一次又一次地尝试。

独自一人练了很久，龙薇儿始终不得要领。早知道会这样，刚才应该好好向夜华讨教技巧。龙薇儿有些后悔上课的时候没有抓住机会提问。看着渐渐暗下来的天色，龙薇儿把目光投向了已经把书收起来的青岚。

"喂，师兄，我说……这个，你会吗？"龙薇儿用剑指了指面前的巨石。

青岚慢吞吞地站起来，拍了拍衣服上的尘土，一抬手，全身便布满了一层雾气。他的灵蕴也散发着白色的光晕，但和龙薇儿的不一样。龙薇儿的灵蕴是纯白一片，还无法分辨灵蕴的属性，但青岚的灵蕴则呈现出一种近乎水质的黏稠感，稍微靠近一点就能感受到一股浓重的湿气。

"哇，不愧是师兄，好厉害！你能劈开这块石头吗？"

看着青岚瞬间就完成了灵蕴的爆发，龙薇儿的眼中闪烁着炙热的光芒。她将手中的七星彩虹递了过去。

凤鸣篇

　　青岚接过龙薇儿手中的剑，剑身发出一阵清脆的"铮铮"声，灵蕴蔓延到了剑刃上，弥漫着湿气。他挥手一划，"啪"的一声细微的轻响，竟然隔空将石头劈开了。石头太过巨大，即使被劈开，两边并没有立刻分离。但那道贯穿石头的口子，却是骗不了人的。

　　"真、真厉害！师兄你还会别的什么吗？"

　　龙薇儿咽了咽口水，发现像空气般存在感极弱的青岚竟然有这么一手，所以她更好奇的是，青岚会不会还藏着掖着其他绝技。

　　"不会了。"听着青岚的回答，龙薇儿打心眼儿里不相信。她直勾勾地看着青岚，想从他的脸上找出破绽。盯着看了许久，青岚还是一脸坦然的样子，龙薇儿很失望，只好悻悻地拿回了七星彩虹。

　　看着失落的龙薇儿，青岚无奈地一笑，解释说："没骗你，我都是跟你学的。你会的我都会，你不会的我也不会。"

　　"那为什么我劈不开石头呢？"

　　龙薇儿很困惑，既然青岚说他是跟自己学的，没道理他能成功而自己却做不到。到底有什么东西被自己忽略了呢？

　　"难道爆发灵蕴没有什么技巧吗？那你刚才在想什么？"

"什么也没想。"

"什么也没想……"

龙薇儿嘀咕着，显然很不满意青岚的说法，虽然她知道青岚失忆了，无论好的坏的统统都不记得了，单纯得就跟一张白纸似的。

"等等！……什么也没想？原来如此！"

龙薇儿脑子里灵光一闪，似乎知道自己以前忽略什么东西了。她走到巨石面前，试着让自己忘掉身外的一切。她闭上眼睛，将自己的意识化为一道能量融入体内的灵蕴洪流之中，如同鱼儿一般畅游。她感受着自己的灵蕴在体内流转、汇聚。慢慢地，龙薇儿进入了浑然忘我的状态，如行云流水般完成了灵蕴的聚合与爆发。一瞬间，七星彩虹的剑身蒙上了一层流动的白光。这道光比以往更加纯净，也更加凝练，龙薇儿握着这道光，仿佛手持利剑的女神一般。

她睁开眼睛，就势一剑劈下！"咔嚓"一声，巨石骤然裂开，一条整齐的切口将它一分为二。

"成功了！"看着那块像豆腐般被劈开的巨石，龙薇儿不由得雀跃起来。

"我真是个笨蛋！以前都是我太急切了，太想摆脱天才姐

姐的阴影，太想要变得强大，反而让心蒙上了杂念。我就是
我，世界上独一无二的龙薇儿啊！姐姐的阴影也好，他人的嘲
笑也好，将这些统统丢掉，专注于修炼本身，我才能进步。"

龙薇儿喃喃自语，感觉心里一松。

"趁着这个势头再练习一下吧，一定要将这个感觉刻在身
体里啊！"

龙薇儿一连劈开了十几块巨石，灵蕴被提炼得越来越纯
粹，控制技巧也越来越纯熟。在体内灵蕴即将透支的时候，她
终于停了下来，盘坐在地上，调整好呼吸，立即进行冥想修
炼，以最快的速度恢复自己的灵蕴。

"好饿！"

龙薇儿的灵蕴只恢复了一半，耳边便传来了青岚的嘟哝
声。她睁开眼睛，看见整个后山都笼罩在了夜色里，天空闪烁
着几颗星星。原来已经这么晚了！今天要不是青岚的指点，龙
薇儿只怕很难摸到灵蕴爆发的窍门。

"走吧！师兄，今天我心情好，待会儿请你吃饭！"

"嗯。"听到龙薇儿说要请客，青岚很是高兴，虽然很难
从他紧绷的脸上找到笑容，却可以从他的眼底发现一抹笑意。

对于青岚的冰块脸，龙薇儿已经不抱什么期待了。她拍了

拍身上的灰尘，朝青岚招招手，两人一起下山，往食堂的方向走去。

"师兄快点！去晚了就没什么吃的了！"在饥饿与食堂潜规则的刺激下，龙薇儿与青岚一路飞奔向食堂。经过图书馆旁的水池时青岚突然停下了脚步，目光深邃地望向一旁的树丛，双手不自觉微微握紧。

"怎么停下了？肚子都饿扁了！"龙薇儿催促说。

"不对，好像有什么……小心！"

话音未落，一阵急切的沙沙声从树林里传来。紧接着，一个黑影从阴影中扑出来，目标正是他们二人！青岚本能地将龙薇儿掩护在身后，却没有想到这个黑影立刻就放弃了龙薇儿，直接抓向了他！

"痛！"青岚的双手被反剪在身后，白皙的脖子被一只强有力的手掌紧掐住了。

"浑蛋！快放开青岚师兄！"龙薇儿见状，"唰"一声拔出了七星彩虹，纯白的灵蕴立刻依附于剑身。

"哼！"黑影发出一个苍老沙哑的声音，气定神闲的一个移步，避开了龙薇儿的剑尖。他带着青岚，轻松突破了龙薇儿的拦截。龙薇儿担心伤到青岚，不得不退后了一步。黑影逼退

龙薇儿，立刻拖着青岚往书院外逃去。

青岚拼命地挣扎，似乎惹怒了黑影，锁在咽喉的手更加用力了，他忍不住痛呼："好痛，放开我！"

"站住！把我师兄还来！"

听到青岚痛苦的呻吟，龙薇儿的心里不由地升起了一股怒气。七星彩虹发出了轻声的嗡鸣，剑身上的灵蕴越来越稠密，龙薇儿决定将剩下的灵蕴全都用在这一次攻击上。

"站住！"

龙薇儿怒喝一声，挥剑斩向了黑影，七星彩虹上爆发出了耀眼的光芒。

"愚蠢！"

黑影不闪不避，而是抓着青岚挡在自己身前。龙薇儿一阵慌乱，及时收住了剑，黑影冷笑，抬起腿踢向龙薇儿的胸口。

龙薇儿急忙用剑横挡在胸前，但还是被那股蛮横的力道给踢飞了。"哐当"一声，七星彩虹脱手飞出，龙薇儿也重重地摔倒在地。

龙薇儿的嘴角渗出了血丝，她颤巍巍地抬起头，不甘地望着站在不远处的黑影。

"薇儿！"

被紧紧束缚住的青岚看见龙薇儿受伤，眼底里闪现出一种莫名的情绪。刹那间，他整个人都被淡白色的灵蕴笼罩住了。黑影顿时觉得周遭都冷了起来。原来，青岚在无意识的情况下发动了灵术，借助空气中的水分冻住了敌人。黑影的四肢都被冻得有些僵硬，他知道拖延下去没有什么好处，便抓住青岚，强行带着他离开。

为什么夜华老师不在这里，我一个人不行吧？这个人好强……龙薇儿的心里着急起来。

她喘着粗气，意识到自己和入侵者的实力有很大差距，开始怀疑起自己来。她不知道自己能不能救回青岚，可是，夜华老师并不在身边，青岚的安全，就只能靠她了！

对，不管能不能做到，她必须倾尽全力去救青岚！

再也不要有这种无助的感觉了！

"别想逃，我还没有认输呢！"龙薇儿下定决心，手腕一翻，将七星彩虹握在手里，从地上一跃而起！

眼看黑影就要带着青岚翻过书院高墙，龙薇儿用发麻的手握紧了七星彩虹，再次爆发了灵蕴。似乎是感应到了龙薇儿的情绪，七星彩虹发出了清脆的鸣响，牵引之力也比平时强了很多，剑身上汇聚了比往日更加凝练的灵蕴。这一次，七星彩虹

上闪烁的不再是纯白色的光晕，而是热情跳动的蔷薇色！

灵蕴变成了淡粉色，龙薇儿晋级了！原本纯白色的灵蕴变成了蔷薇的颜色，强度和纯度都提升了！龙薇儿发现自身灵蕴的变化，顿时欣喜不已。她的灵蕴一直都是白色的，无法判断属性，现在的这一点变化，让她距离明确自己的修炼方向更近了一步。虽然，她和其他同学的灵蕴不一样，但拥有能进化的灵蕴，就意味着她有无限提升的可能。龙薇儿激动起来，救出青岚的信心增加了一倍！

剑随心动，一击破敌！龙薇儿再次进入练习劈石块时的玄妙心境，朝飞奔的黑影砍过去。刚猛的剑技在灵蕴的加持下爆发出极强的攻击力，黑影避无可避，只能腾出一只手和龙薇儿硬生生地拼了一下，身上的伪装因为灵蕴的对撞徒然崩裂，露出了蔷薇书院的标志图案。

伪装剥落的同时，青岚也被松开了。龙薇儿的攻击却没有停下，她见一击不成，甩手又是一剑，大有不是你死就是我亡的架势。

"住手！"黑影一手抓住了龙薇儿握剑的手腕，轻轻一翻，七星彩虹脱手飞出。

"薇儿，是我！"

"老……老师？"

听到了熟悉的声音，龙薇儿难以置信地看着眼前的人。这个掳走青岚的人竟然是……蔷薇书院的图书馆守夜人，龙薇儿的导师夜华？龙薇儿目瞪口呆，难以适应眼前发生的一切。

夜华呼出一口气，显然，他刚才也被龙薇儿的攻击弄得紧张了。

"因为观察到你在受到刺激的情况下能激发出更大的潜力，所以我才假扮坏人来试探你今天的修炼成果。"夜华解释说，"我并没有真正伤害青岚。"

获得自由的青岚警惕地退到一旁，用狐疑的眼神看着夜华，不过，他看起来确实没受到什么实质性的伤害。

黑影竟然是夜华假扮的，龙薇儿张大了嘴巴，半天没从震惊中回过神来。"老师你……你假扮得也太到位了吧，下手竟然这么狠！"

"如果不下狠手，你怎么能晋级呢？"夜华赞许地看着龙薇儿，"火之力量的继承者，很好！作为奖励，七星彩虹就送给你做佩剑吧！"

"七星彩虹送给我了！太棒了！火之力量？难道说……"

将灵蕴汇聚到手上，龙薇儿看到一圈热情跳跃的蔷薇之

火。原来，她竟然是一个火属性的灵师！龙薇儿高兴坏了，她好不容易终于向前迈出了一步，这一步，她可是等了好久好久。想到这里，她拍了拍站在一旁青岚："从今天开始，我可以保护你了！"

青岚的目光还没有从夜华身上移开，龙薇儿悻悻地收回了手。青岚的灵术解除了，他自己也被融化的冰弄湿了。龙薇儿感觉自己的手上黏黏的，好像沾上了什么污秽的东西。

"什么味道，好难闻！"

一股腥味直冲进鼻子，龙薇儿低头一看，手上赫然是浓浓的血渍。看着手上的血渍，龙薇儿愣住了。虽然自己刚才也受了些伤，但是夜华老师很有分寸，几乎没有伤到她的筋骨。那么，这血迹是青岚的？

"你受伤了？"龙薇儿满脸惊惧地看着青岚。

"没有啊！"青岚被她看得一愣。

"那你身上为什么会有血？"

"什么有血？我没有对他下狠手啊！"听到龙薇儿的质疑，夜华也将目光投向了青岚。他让青岚将外衣脱下，意外地在他后背上发现了一大片裂开的旧伤口。

"怎么会这样？这……会不会就是你失忆的原因？"龙薇

儿睁大了眼睛，看着这狰狞的伤口，惴惴不安地问。

面对这种情况，青岚沉默了半天，却只是摇摇头："我不知道。"

"到底是怎么回事啊？"龙薇儿发狂。这个迷糊师兄，真的把什么事都忘掉了吗？这可有关他的性命安危啊！龙薇儿气了半晌，抓着青岚仔细研究起伤口来。

夜华将注意力放在青岚身上。

这个少年……实力也不赖，他的身上似乎还藏着很深的秘密呢。

第六章
第一个灵术

清晨，蔷薇书院。

"医师，他怎么样？"

龙薇儿一大早就跟炎林老师请了假，拉着青岚跑到医务室做检查。医师给青岚号完脉，还在龙薇儿的再三要求下让青岚脱了衣服，检查他身上是否再次受过伤。检查过程中，龙薇儿一直忐忑不安。

"这位同学的气息十分稳健，只是旧伤口裂开了，没有什么大问题。"

"真的吗？"

听到着校医笃定的回答，龙薇儿还是不太敢相信。那么狰狞的伤口……不过，确定青岚没有受伤后，这让龙薇儿一直悬着的心终于放了下来。

"青岚师兄，你真的一点都记不得过去发生了什么事

吗？"龙薇儿轻咳一声，郑重地询问面无表情的青岚。

从来到医务室开始，他就像一个木头人一样任由医师摆布，让人完全猜不出他到底在想什么。不知道他会不会生气，不过，看他万年不变的冰山脸，似乎对检查身体什么的也不是特别反感。

"一点都不记得了。"青岚的回答一如既往。

听着青岚如此斩钉截铁的回答，龙薇儿叹了口气，知道从他本人这里是找不到突破口了。算了，反正也看过医生了，她总算放心点了。要知道青岚身上发生了什么事，就必须知道他过去是一个怎么样的人。可是，龙薇儿连他最基本的情况都不了解，这要怎么查呢？等等！最基本的情况……龙薇儿的脑海中灵光一闪，突然想到书院里有一个地方也许能找到线索——学生档案室！

就像在黑夜里迷路的人找到了北极星一般，龙薇儿满怀希望地带着青岚赶往学生档案室。一刻钟后，他们跑到了这栋高大的建筑前。

在前台询问了情况之后，龙薇儿拉着青岚直奔目的地。

"咚咚咚。"

"请进。"

得到咨询室老师的许可，龙薇儿和青岚走进了档案室办公

室，只见一位留着山羊胡子，身穿蓝色长袍的老者正在埋头整理资料。

"老师您好！请问，您能帮我们查查本届三年级学生的基本资料吗？"

龙薇儿上前一步，礼貌地询问老者。

"学生的资料一般是不对外开放的，除非你有院长的许可。"老者停下了手上的活儿，抬起头，眯着眼睛打量龙薇儿和青岚。

"老师，是这样的，这位青岚同学……"龙薇儿迟疑了一会儿，便把青岚失忆的事情简单说了一下，希望能获得老师的帮助。

"哦，原来你就是那个不愿意去帝都进修的学生。"老者看着青岚说道。

"您知道他？"龙薇儿又惊又喜，没想到档案室的老师竟然知道青岚的名字，这对了解青岚的过去有很大的帮助。

"说起来，我跟这个小家伙还见过几次面呢。"老者微笑着望向青岚，"他是个孤儿，是跟着加列老师来到我们书院的，可惜加列老师过世很久了。我有好几年没见过这位同学了，没想到已经这么大了，模样也越来越好看了。最近听说有一位漂亮的男生拒绝了前往帝都学习的机会，刚才听到你叫他

青岚,我才想起原来那个男生就是他。"

"既然老师认识青岚师兄,那您能不能帮帮我们?"龙薇儿满怀希望地看着老者,"我想看看青岚师兄的档案,看能不能找到帮他恢复记忆的办法。"

"好吧,就当我还加列老师一个人情吧。"

老者摇摇头,叹息了一声,转身走到一个柜子前,将封存在底部的一个资料袋取了出来。他轻轻地擦拭了上面的灰尘,撕开了袋口的封条。

"怎么可能?"

翻开资料簿的封面,老者立刻睁大了双眼,惊呼起来。

在老者的惊愕声中,龙薇儿刚放下的心又悬了起来,她偷偷地探过头去,发现原本应该粘贴学生画像的地方竟然空空如也。那老者反复查看档案封存的情况,自言自语道:"真是怪了,档案袋封存得很好,没有丝毫损坏,封条也是刚刚才撕开的,画像怎么会不翼而飞呢?"

"老师,怎么了?"看着老者一脸凝重的样子,龙薇儿有些不安,这是好不容易才找到的线索,可不能就这样断了啊。

"你们自己看吧。"

从老师手中接过资料,龙薇儿仔仔细细地看了起来。

"青岚,男,年龄,十六,灵蕴属性,风,灵蕴等级,A,

监护人及引荐导师，大导师加列……"

　　除了画像，其他资料基本没有缺失，但这些信息却让龙薇儿更加疑惑。因为她认识的青岚与资料上记载的"青岚"的灵蕴属性完全不同。资料上记载的"青岚"是风属性，而事实上，他的灵蕴明明是水属性，和龙薇儿的灵蕴属性不相容。

　　想到这一点，龙薇儿犹豫了很久，最后还是没有说出心里的困惑："会不会重名了？"

　　"不可能！我们这里所有的资料都是按照规定填写管理的。况且，全书院近十年来只有一个名叫青岚的学生。"老者立即否定了龙薇儿的猜测。

　　"上个月，图书馆的守夜人向书院递交申请，将拒绝前往帝都修行的学生收入自己门下，除了这一点还没有登记在青岚的档案中之外，其他资料都是真实齐全的。"老者的语气十分坚定。

　　龙薇儿泄气了，好不容易找到了一点线索，却越来越让人糊涂了。在这份残缺的资料上继续耗下去也没什么意思，龙薇儿拉着青岚跟老者告辞。

　　"等等，今天让你们看档案的事情不能说出去，这是违反书院规定的，知道吗？"老者再三叮嘱。

　　龙薇儿和青岚信誓旦旦地保证绝不会对外提及此事，老者

这才放他们离开档案室。

从档案室出来，龙薇儿更加担忧了。青岚身上到底发生了什么事呢？她忍不住感叹，在这个遗忘了过去的师兄身上，竟然有这么多解不开的谜团。

如果有一天，她也忘记了自己是谁，一定会惶惶不可终日吧？不知道自己该做什么，不知道自己存在的意义。

在离图书馆不远处，龙薇儿突然停下了脚步。

"突然忘记了自己是谁，这种感觉是不是很难过？"龙薇儿背对着青岚，轻声问。

青岚茫然地看着突然停下的龙薇儿，下意识反问："难过是什么？"

"就是心痛的感觉。"

"我失忆那天就遇到了你啊，好像不会心痛。"青岚歪着脑袋思索，眼神却很亮。

看着依旧平静的青岚，不知道为什么，龙薇儿却总觉得这样的青岚很孤独。她的心里仿佛有一种说不清的东西在悄悄蔓延，看向青岚的眼神变得越来越温柔。

"你放心好了！"

龙薇儿踮起脚，用力拍了拍青岚的肩膀，正好看见青岚的衣领上别着自己的发夹。龙薇儿不由地勾起了嘴角，一种由心

底渗出的喜悦让她的笑容像蜜糖一样甘甜。

"如果把什么都忘记了，那就从现在开始；如果什么都没有了，就从拥有我这个朋友开始。我会一直陪着你的！"

"哦，好。"

青岚的脸上还是流露着似懂非懂的神情，但在心里，却有一种莫名的情绪宛如种子破土而出，正在渐渐苏醒。

"走吧，上课去了。"

望着伸向自己的纤纤玉手，青岚下意识伸手握住。看着龙薇儿爽朗的笑容，青岚的嘴角也自然地向上勾起了一个醉人的弧度。一时间，龙薇儿只觉得天地间所有的东西都失去了色彩，只有眼前的青岚是唯一鲜活灵动的。

"走了。"

当龙薇儿还沉浸在青岚那堪称毁天灭地的浅笑中时，青岚已经拉着她往图书馆走去了。

龙薇儿浑浑噩噩，任由青岚牵着自己走，脑子里回荡的只剩下高响的警报：青岚那张万年冰块脸竟然笑了！

"怎么样，有什么收获？"

龙薇儿好不容易回过神来，耳边就响起了夜华温和的声音。不知不觉间，青岚已经带着她回到了图书馆，罩着一身黑

斗篷的夜华正好从书架中转出来。

"老师，您说什么？"龙薇儿有些茫然地看着夜华，脑海中的那个警报似乎还没有完全解除，导致她没听明白夜华说的什么。

"看你刚才心神不定的样子，我估摸着你会去调查青岚的事情，所以顺便问问情况。怎么样，很糟糕吗？"

"也不能说糟糕……我只觉得，越调查，真相反而离我们越远。"

看着龙薇儿叹气的样子，夜华不由地皱了皱眉，眼中却看不出情绪。夜华安慰地拍了拍她的肩，说："好了，先把这件事情放下，打起精神来学习今天的课程吧。"

听到要学习新的内容，龙薇儿立刻掰开青岚的手，乖乖地回到座位坐好，摆出一副认真听讲的样子。夜华清了清嗓子，说："这堂课我们要学习的是灵术。"

一听到灵术二字，龙薇儿简直就像打了鸡血一样，睁大眼睛竖起耳朵，全神贯注地盯着夜华。

看着被灵术激起积极性的龙薇儿，夜华感到很满意，继续道："学习灵术，首先要学会的是如何隐藏自己的灵蕴。"

"灵蕴为什么要隐藏起来？"

龙薇儿不解。她以往认识的人里，大家都是以彰显自己的

灵蕴强度来获得别人的尊重，现在夜华老师却说要隐藏自己的灵蕴，这似乎和自己以前学到的有点背道而驰。

看到龙薇儿大惑不解的样子，夜华向她问道："你知道我们人类的敌人是谁吗？"

龙薇儿立刻大声回答："是精灵！我们修炼灵蕴，就是为了对抗精灵族的幻术。"她几乎是条件反射般地回答，但是她不明白，为什么夜华会问这个连小孩都知道的问题。

"对。人类和精灵族的战争由来已久，面对精灵的时候，可不像面对自己的同学那样。在书院，你们和同学之间的比试点到为止，但是面对敌人，每一次都将是生死搏斗。因此，我们就不能在第一时间将实力暴露给敌人。为了能够生存下去并且击败敌人，我们必须隐藏自己的实力，试探出敌人的强弱。敌弱我打，敌强我撤。为了能够生存下去并且击败敌人，在学习灵术的时候，首先要学习的就是如何隐藏灵蕴。"

通过夜华的讲解，龙薇儿终于明白了，为什么有导师教导和自己盲目地钻研学习会有这么大的差别。因为导师们具备自己所没有的实战经验，而这种经验是像她这种菜鸟最宝贵的财富。这些经验甚至可以决定一个人在战斗中的生死。从以前的学习与实践中，龙薇儿也清楚地知道，所谓灵蕴，就是隐藏在身体每一处角落的内在力量。而灵涡就是汲取储存灵蕴的地

方。龙薇儿今天要学习的，就是在聚合灵蕴的时候，不能让灵蕴在身上显现出来，同时将它们全部储存到身体里最大也是最重要的一个灵涡位置——丹田里。当战斗开始的时候，将灵蕴从丹田瞬间引导至武器或者身体其他部位。

"你要做的，就是储存好灵蕴，并在需要的时候将灵蕴附加在你的武器——七星彩虹上。以前你所学过灵蕴的爆发，那都是为了现在而打的基础。基础扎实了，你就知道什么是事半功倍。"

说完，夜华便让龙薇儿自己进行练习。青岚觉得有些无聊，他不明白龙薇儿刚才为什么会问自己难不难过，低头思索了片刻，还是没想明白，索性走到书架旁，抱起一本书坐在一旁翻阅起来。

瞥了一眼在旁边看书的青岚，龙薇儿的心里不再有什么不平衡了。对于像姐姐一般的人物，她要做的不是羡慕嫉妒恨，而是以他为目标，不断地前进。想到这里，龙薇儿的心里燃起了熊熊的斗志。

由于前一个月的地狱式苦修，龙薇儿的灵脉已经畅通不少，为这次的修炼打下了坚实的基础。龙薇儿冥想了一会儿，很快就有了收获。她能够清晰地感觉到，丹田处巨大的灵涡正在飞快旋转，将原先游走在灵脉四周的灵蕴汇聚在这里。原本

凤鸣篇

四处流散的灵蕴光点受到了强大的吸引，不断地涌向丹田灵涡。虽然有些能量光体还在做着本能的挣扎，但终究抵不过丹田灵涡的巨大吸引力。灵蕴能量在丹田处的灵涡里不断被压缩提炼，逐渐转化成液态状的灵蕴水滴。这滴能量液体漂浮在丹田的灵涡之中，周围浮现着一层淡淡的隔膜，阻隔了灵蕴能量的外泄。龙薇儿身上的灵蕴气息顿时减弱了许多。虽然灵蕴气息变弱了，但是龙薇儿知道，她现在的灵蕴能量比起刚才来说只强不弱。

"不错，你的进步很快。"看着龙薇儿身上发生的变化，夜华满意地点了点头。

听到夜华对自己的赞许，龙薇儿惊喜万分，从来没有想过，自己有一天能够在这么短的时间里完成老师的要求。龙薇儿睁开眼睛，以崇拜的目光望着夜华。龙薇儿发现，对她来说，图书馆的守夜人，简直就是神一般的角色。因为他能让龙薇儿这种废柴般的家伙脱胎换骨，甚至创造奇迹。

"不用这样看着我，这是你自己努力的结果。现在你知道一个月的一千次挥剑没有白白练习了吧？"

原来那个变态的基础练习是为了让她有稳固的基础，以前真是错怪大叔了。明白了夜华的良苦用心，龙薇儿有些不好意思，调皮地吐了吐舌头。

龙薇儿状态不错,夜华轻笑了一声,说:"根据上次你在入学考试时的表现,我挑选了一个最适合你的灵术。你的第一个灵术,就是依托于储存的灵蕴,我要求你在一瞬之间,将压缩提炼的灵蕴能量牵引到七星彩虹之上,为其增加十倍的攻击力。这是一个灵蕴的集中爆发术,叫焚心诀。"

"十倍?"

龙薇儿眼前一亮,如果武器的威力增加十倍,后山那些大石头,不是轻而易举就能划开了吗?如果是这样的话,她自己再也不会被身边的同学看不起了!龙薇儿幻想着自己威风凛凛地站在姐姐面前的那一天,口水都快流出来了。

好,拼了!

握紧了手中的七星彩虹,龙薇儿心中斗志满满,开始了新一轮的修炼。

凤鸣篇

第七章

· · ·

蔷薇大卖场

　　四月天，太阳被埋在厚厚的云层里。细雨总会在没有注意到的时候一阵一阵飘落下来，但这样的天气丝毫没有影响到龙薇儿出游的好心情。

　　书院好不容易放假三天，学生们大多回家或者外出踏青。这让开学至今几乎没有离开过书院半步的龙薇儿雀跃不已。蔷薇书院是建在山巅上的一所寄宿制学校，平时，学生们很少有能去山下玩的机会。这个难得的假期让所有人都无比喜悦，闲不住的龙薇儿跟夜华打了个招呼，迫不及待地带着青岚往山下的蔷薇镇走去。

　　蔷薇镇临海，是一个不大却很热闹的小镇。在这座小镇中，最为热闹的莫过于坐落在小镇中心广场上的拍卖场。今天，拍卖会又如火如荼地举行着。最爱热闹的龙薇儿怎么会错过这个凑热闹的机会呢？不过，进入拍卖场是要交押金的，

龙薇儿的家境虽然优渥，但她向来不怎么受家族人的待见，吃穿用度都很一般，身上没有多少闲钱。她拉着青岚在周围转了转，趁门卫不注意的时候，一猫腰迅速钻了进去。拍卖场里聚集了一大帮人，大家都伸长了脖子往拍卖台上望去。台上正摆放着一个精致的笼子，里面是一只没有认主的灵兽。

"各位看官，请看台上的这只灵兽。"说话间，拍卖师掀开了遮在笼子上的红布。

"这是一只被鉴定师评为品阶良好的灵猫。在灵师的战斗里，灵兽是必不可少的帮手！灵猫的特技'漫步无声'是许多灵师的最爱，他们借助灵猫的轻盈和灵巧来实现一击必杀。作为一只品阶良好的灵兽，这只灵猫还被赋予了召唤者黑夜视觉的附加技能。拥有如此强横的两个技能，相信得到这只灵猫的灵师一定会成为黑夜中的王者！"

听着拍卖师的介绍，场上的一些灵师的眼睛里发出了炙热的光芒。拍卖师见时机成熟，趁热打铁，开始报价。

"这只灵猫的起拍价是两千金币，看中的灵师们千万不要错过！"

"三千五！"

"四千！"

"五千五！"

凤鸣篇

随着灵猫的价格越炒越高，观众呼声越来越大，拍卖师脸上的笑容也越来越灿烂。

"拼了！我出八千金币！"

最后，一个看似一脸凶相的男人狠狠地砸了下桌子，咆哮着看向四周。这股威慑力似乎成功震住了一些人。最终，他以八千金币的价格将这只灵猫收入囊中。

"一只灵猫竟然能卖到这个价钱，都抵得上我在书院好几年的花费了。"龙薇儿看着那个挥金如土的凶恶男人，简直不敢相信人们在拍卖场上的疯狂。她出身大家族，从小衣食无忧，但还是不能理解土豪们的想法。

"恭喜这位得到灵猫的客人！暂时没有拍到心仪宝物的客人不要灰心，也别急着走，接下来，我们还有更好的东西要呈现给各位！"

拍卖师从一个护卫的手中接过一只精雕细琢的沉木盒，小心翼翼地放在拍卖台上，这个动作重新调动了在场所有人的胃口。他缓缓地掀开盒盖，一颗约有拇指大小的珠子静静地躺在盒子里。

"今天最特殊的一件拍卖品已经呈现在各位看官的面前了，这就是传说中海底精灵的眼泪——鲛珠！"

"鲛珠！真的假的啊？"人们立刻交头接耳，场上顿时吵

111

闹起来。

"海底精灵的眼泪，在黑暗中也能散发出光芒，被誉为'月之泪滴'。"拍卖师示意护卫关掉台上的灯，瞬间黑下来的拍卖台上，只有这颗珠子散发出了柔和的光晕。

灯光重新亮起，拍卖师继续介绍道："鲛珠之中的极品能提高佩戴者的水性防御和攻击，同时减免自身所受到的水属性伤害。如果是女士佩戴这种饰物，则可以起到美容养颜的作用。顺便透露一下，鲛珠曾入选美人们最想得到的礼物前三名！这种集观赏性与实用性于一体的珠宝，相信任何一位女士都无法抗拒它的魅力！"拍卖师有意无意地向财大气粗的拍客看去。这些油面肥肠的家伙虽然不是强大的灵师，但是他们有钱，更重要的是，他们愿意为心上人花钱！

拍卖师的话果然触动了财主们的神经。眼看那些好色之徒垂涎地看着鲛珠，拍卖师觉着煽动气氛的目的已经达到，当机立断地宣布："现在开始竞拍这颗鲛珠，起价三千金币！"

"三千五！"

"三千八！"

"四千！"

看着双眼充血、竞相出价的男人们，龙薇儿皱了皱眉头，忍不住说："这种鲛珠，那个讨厌的朱诺也有，有什么好的？

唉，夜华老师让我们淘几本古书回去，看样子这里是不会有了，我们还是去别的地方看看吧！"

龙薇儿没什么心情待在这里看财主们砸钱，就在她打算离开的时候，嘈杂的人声中出现了一个熟悉的声音。

"五千。"

声音有些纤细，却让原本闹哄哄的拍卖场渐渐安静下来。众人将惊异的目光移向那个发出声响的角落。

一个穿着月白色衣裙的纤弱身影出现在众人的视野中，宛如一朵娇嫩的雏菊在风中摇曳，为这个乌烟瘴气的地方带来了一缕清新之气。

怎么会是她？虽然这一袭月白色的衣裙让女生看起来成熟了一些，但两个乖巧的发辫却出卖了主人的单纯。龙薇儿实在有些意外，森茉丽怎么会出现在这个鱼龙混杂的地方？

"八千！"

就在龙薇儿犹豫着要不要上去打招呼的时候，一个浑厚的声音又一次吸引了所有人的注意。一个浑身是肉的胖子从人群中站起来，大声加价。他的双眼被脸上的肥肉挤成了一条细缝，大蒜瓣样的鼻子下是两条肥香肠般的嘴唇。胖子吐着烟圈，两颊的肥肉向下垂着，说话的时候一颤一颤的。他身边还站了几个跟班，看样子是颇有势力的主儿。

森茉丽本以为五千金币一定可以拿下这颗鲛珠，没想到半路杀出个有钱的胖子。看胖子志在必得的样子，她有些委屈地咬住了嘴唇。胖子得意地笑起来，以为森茉丽马上就会放弃这颗鲛珠，没想到对方再次举起了手中的牌子。

"一万金币！"

森茉丽的话音刚落，周围响起一片吸气声。

"败家啊！"

"鲛珠虽然珍贵，但也到不了万金之价，这个丫头是不是疯了？"

"没想到还真有为了美丽一掷万金的主！"

"加价啦，这位小姐加价啦！还有哪位客人想加价？如果没有的话，这颗鲛珠就属于这位小姐了！一万金币一次……"

四周议论纷纷，拍卖师却没有理会，只是暗暗窃喜今天遇到了金主。这单做下来，这个月的提成又能涨不少。不过人性都是贪婪的，拍卖师看向那个坐在贵宾席的胖子，他打心眼儿里希望鲛珠的价格再升高一点。

"哼！老子出三万金币！"

一口浓烟从鼻子喷出来，胖子竖起了三根粗短的手指，上面戴着硕大的黄金戒指。袒胸式的上衣将颈间那条麻绳般粗细的金项链露了出来，衬着黝黑的胸毛随着胸膛的起伏晃动。胖

子一加价，身边的喽啰们像打了鸡血一样，大喊老大威武。

"我看还有谁敢跟老子抢！"

全场沸腾了！这颗鲛珠再难得，也就值个千金价。森茉丽的出价已经让人咋舌了，而这个财大气粗的胖子愿意出三万买一颗鲛珠，实在让人忍不住怀疑他肥大的脑袋里是不是除了脂肪之外就没有装别的东西了。

场上最兴奋的人莫过于拍卖师，眼看着一颗品相一般的鲛珠竟被炒到三万金币的高价，他用激动得有些颤抖的声音说："贵宾席的2号客人出价了，三万金币！还有加价的吗？"

拍卖师看了一眼角落里的森茉丽，那个女孩垂着头，眼睛被刘海儿遮住了。他猜想这个女孩子大概也已经到极限了，所以也没有再接着煽动。拍卖师轻咳一声，准备结束这颗鲛珠的拍卖："三万金币一次！"

"三万金币两次！"

"三万金币……"

"五万金币！"

森茉丽颤悠悠地举起了牌子，再次报出了自己的价格。她的声音小小的，略显底气不足。森茉丽不是没有犹豫过，因为真的到极限了，但她却抗拒不了在心里不住盘旋的执念。森茉丽脑子一热，不管不顾地砸下了这个让人晕眩的数字。

全场哗然！

首先被这个数字砸晕的就是拍卖师，他掐了掐自己的大腿，确定不是在做梦，嘴角几乎咧到耳根了。

"五……五万金币！还有没有比这位小姐更高的报价？"

众人大张着嘴巴，头脑陷入停滞状态，就连胖子的脸也涨成了猪肝色。拍卖师环顾四周，知道不会再有人加价了，立刻用最快的速度报了三次价格，重重地砸下了小木槌。他可不想煮熟的鸭子从嘴边飞了。

看着拍卖师落锤，一颗心高高悬着的森茉丽这才舒了口气。刚才惊心动魄的价格战也给了她很大的压力，这会儿还没缓过劲来。

胖子狠狠地瞪了角落里的女生一眼，吐了一口唾沫，愤恨说："敢跟老子抢东西，给我等着，哼！"

放了句狠话，胖子带着几个手下气冲冲地离开了。森茉丽没有把他放在心上，众人也只当看了一场热闹。拍卖会临近尾声，森茉丽被侍女通知去后台结账拿货。

"这颗鲛珠到底有什么特别，茉丽竟然不惜这样的代价也要买下。"龙薇儿看着跟着侍女进入后台的森茉丽，心里好像有一只猫在挠痒痒。

真是奇怪，那个受气包不但会跑到这个鱼龙混杂的地方，

还敢跟那头肥猪抢拍东西，按照她那种性格，早该吓哭了才对！龙薇儿的好奇心已经爆棚了，她急切地想知道森茉丽拍下鲛珠的原因。

"哎呀！刚才出去的有钱小姐遇到镇上的地头蛇了。"

"那个梅梁兴可是个睚眦必报的家伙，我看那位小姐要倒霉了！谁让她跟大财主抢东西呢……"

身边有人在低声议论什么，龙薇儿的耳朵动了动，就像猫儿发现了猎物一样，眼中突然散发出一道炙热的光芒。

"青岚师兄，我们跟上去看看！"

"我们不是要买书吗？"

"书等下再买，先出去看看啦！"龙薇儿用力挥挥手，拉过还在犹豫的青岚，兴冲冲地跑了出去。

一踏出拍卖场的大门，森茉丽就感觉自己被人跟踪了。她摸了摸怀里的东西，知道对方十有八九是冲着鲛珠来的，不由得心头一紧。正想着，三个人影拦在了她的面前，其中一个大块头正是那个在拍卖场跟自己争夺鲛珠的胖子。

森茉丽猛地停下脚步，看着他们不怀好意的笑容，惊慌地叫起来："你们……要干什么……"

"干什么？大爷我看上的东西从来没失过手，你这个小丫头片子，竟然敢跟我抢东西！乖乖把鲛珠交出来，否则要你好

看！”胖子露出面目狰狞的表情，一开口就恐吓住了胆小的森茉丽。森茉丽强装镇定，可是眼里浮起的湿气却出卖了她，她不自觉地往后退了一步。

“嘿嘿，这种小事用不着大哥出手，交给我们吧！”

两个小喽啰不知从哪里冒了出来，堵在了森茉丽的身后。现在，梅梁兴五人组正以包围之势将森茉丽团团围住。前有狼后有虎，森茉丽发现自己陷入进退两难的境地了。

不管怎样，她绝对不会把鲛珠交出去的！绝对不会！

因为害怕而涌出来的眼泪即将落下，森茉丽努力地将它们逼回眼眶。她咬了咬嘴唇，开始默念咒文。

“土牢！”一道浅黄色的光芒从森茉丽身后暴起，两个正在接近的小喽啰脚下一个踉跄，瞬间下沉的地面将他们困在了原地，顿时动弹不得。成功！森茉丽见小喽啰被制住了，提起裙子转身就跑。

没想到这个看起来柔柔弱弱的小丫头突然发起难来，胖子一怔，马上吼道：“她是灵师，给我拦住她！”肥硕的身体跑动起来，他身边的两个喽啰立刻跟着追上去。

森茉丽越过那两个中了束缚术的小喽啰，正要庆幸自己成功逃脱的时候，左脚脚踝突然被一股拉力猛地一拽，她的身体重重地摔倒在地上！“嘶”的一声，森茉丽的裙子被刮开了一

个口子，裸露的小腿顿时被地面磕破。

"好痛……"伤口传来一阵火辣辣的疼痛，她的眼泪差点夺眶而出。

"想逃？哼，让你看看本大爷的手段！"

森茉丽拼命地抠着地面的泥土，用力往前爬，但她的力量实在太弱小了，和虎背熊腰的地痞一比，这种反抗显得苍白无力。"小丫头，乖乖就范吧！哈哈哈！"胖子满脸淫邪笑容，似乎已经把鲛珠抢到手了。森茉丽心里的恐惧再也无法抑制，惊声尖叫起来："救命啊——"

"吵什么吵！就算你叫破喉咙，也不会有人来救你的！"胖子指使手下把森茉丽拖到自己面前，正在这时，矮墙上出现了一个逆光的身影。

"浑蛋！把你的脏手拿开！"一声怒喝，那个身影一跃冲向森茉丽和胖子这边，飞起一脚狠狠地踢在抓着森茉丽小腿的小喽啰手上。"咔嚓"一声轻响，小喽啰号叫起来："哎哟，我的手断了！"

小喽啰手一松，来人迅速拉起森茉丽，退到了安全区域。

森茉丽擦了擦满是泪痕的小脸，这才看清眼前的人，救自己出魔爪的人竟然是和她有过一次合作的龙薇儿。

"薇、薇儿……"森茉丽像受惊的小兔子般，全身瑟瑟发

抖，眼眶通红。

看着森茉丽狼狈的样子，龙薇儿心里涌起一股怒火。她握紧了手上的七星彩虹，大步向前，指着以胖子为首的地痞们，恶狠狠地说道："敢把我的伙伴弄成这样，看来你们该有所觉悟了！"

龙薇儿语气冰冷得仿佛四周的空气都冻结了一般。胖子看着她那双充满愤怒的眼睛，不禁呆了一呆。

"我呸，当老子是被吓大的吗？"胖子回过神来，对龙薇儿破口大骂。因为感觉不到龙薇儿身上的灵蕴波动，马上恢复了自信。

"臭丫头！没有实力也敢强出头！今天你们两个谁也别想逃！给我上！"胖子一招手，小喽啰们立刻扑了过来。

将森茉丽挡在身后，龙薇儿一脚踢在扑过来的一个小喽啰身上，她毕竟是身负修为的灵师，这一脚踢在普通人身上还是很疼的。借着这一脚，龙薇儿成功震住了敌人。

看着缩在地上像毛毛虫一样的同伴，另一个人迟疑了。这时，被森茉丽困住的两个人终于挣脱土牢，追了过来。

"薇儿，我们还是快走吧！他们人太多了！"看到敌人越来越多，森茉丽不禁害怕得发抖。

"蠢货，竟然连个小丫头都收拾不了，给老子让开！"

凤鸣篇

胖子见手下竟然被一脚踢飞，决定亲自出手，好好教训一下这两个不知天高地厚的小丫头。他抽出随身携带的手撑子套在了右手上，然后猛地挥拳砸向龙薇儿。

这个胖子的手撑子竟然带有灵蕴！龙薇儿感觉出不对劲，把七星彩虹横在胸前，挡住了胖子的一拳，但是强大的惯性让她后退了好几步。

"好强的力道。"龙薇儿的手臂被震得有些发麻，不由得仔细打量起了眼前的胖子来。他叫梅梁兴？虽然这个家伙看起来有些恶心，但力量真蛮横的，怪不得能在蔷薇镇这么横行，如果跟他硬拼的话，自己只怕会吃亏。

"薇儿，小心身后！"看见有两个想趁机偷袭的家伙接近龙薇儿，森茉丽马上念起了咒文，土牢之术再现，成功保护了龙薇儿。

"茉丽，干得好！"见森茉丽成功地控制了场面，龙薇儿决心让胖子瞧瞧自己真正的本事。手握七星彩虹，龙薇儿用心感受体内灵蕴的流动。她用手轻轻一抹，剑身上光晕流动，粉色的灵蕴包裹住了七星彩虹。长剑一挥，浓厚的灵蕴仿佛在剑身上燃烧起来，龙薇儿立刻冲向了梅梁兴。

被龙薇儿挑衅的梅梁兴头上青筋直跳，怒吼一声，挥着充满灵蕴之力的铁拳迎了上去。

"尝尝老子的拳头吧！"

七星彩虹发出一声嗡鸣，在焚心诀的增幅之下，这把剑的攻击力增加了十倍。龙薇儿横剑一挡，"砰"一声巨响，剑身硬生生地和梅梁兴的手撑子碰在一起，灵蕴与灵蕴之间产生了激烈的撞击，对撞的气流形成的气浪将龙薇儿与梅梁兴狠狠推开。强劲的气浪将四周吹得一片狼藉，除了还站立着的龙薇儿和梅梁兴，小喽啰们已经横七竖八地躺在地上了。

可恶！没想到这个丫头这么厉害。梅梁兴被巨大的推力弹开了，好不容易稳住身形，看着崩裂的手撑子，在心中暗暗嘀咕起来。

"哼，今天本大爷心情好，暂且放你们一马！下次别再让我看到，否则要你们好看！"

"老大！等等我们！"原本躺在地上装挺尸的喽啰们看见老大撤退，马上鲤鱼打挺，撒开丫子追上梅梁兴。

龙薇儿借着身体的柔韧卸掉了气浪的大部分冲击，稳稳站定。看着迅速撤退的梅梁兴等人，龙薇儿没有去追。虽然这次险胜，但再来这么一下，她真不知道自己是否吃得消。她拍了拍身上的尘土，看见森茉丽呆坐在地上，赶忙过去搀扶。

"我没事。谢谢你，薇儿！没想到，薇儿你现在变得这么厉害了……"

凤鸣篇

　　"那当然，有一句话叫'士别三日，当刮目相待'，现在的我，可是有保护别人的力量了！"听到森茉丽的赞美，龙薇儿很是得意，头也扬得更高，一副天下无敌的样子。

　　"茉丽，你的膝盖擦破了。"得意了一会儿，龙薇儿发现森茉丽小腿上的伤口。

　　"我、我没事……"

　　"不行！女孩子的身体怎么可以留下疤痕呢！你太不爱惜自己了！"

　　"不、不用了……"发现龙薇儿正准备去找些布条来包扎，森茉丽忙摆摆手，迅速把自己残破的裙子撕掉一截，包扎好了伤口。

　　"茉丽，你……"看着森茉丽行云流水般的动作，龙薇儿目瞪口呆，她自问做不了这么精细的活儿！

　　龙薇儿突然露出笑意，这样一个女孩，必须跟她成为朋友！龙薇儿坚定了自己的决心，正打算说什么，森茉丽站起来身来，一脸诚恳地跟她道谢。

　　"薇儿，今天真是谢谢你了！如果没有你出现的话，我不知道自己会怎么样。下次有机会，我请你吃饭吧，我现在有事，先走一步了。"森茉丽挤出一个歉意的笑容，不等龙薇儿说话，转身就走了。

她在大街上拦了辆马车，乘车向镇外奔去。

"今天的茉丽怎么怪怪的？"看着渐行渐远的马车，龙薇儿喃喃自语，"她身上带着让人眼红的鲛珠，怎么还往镇外跑，再次遇到危险该怎么办？"

龙薇儿在一个角落里找到乖乖等待的青岚，朝他招手。

"师兄，走，我们跟着茉丽去看看！"看着兴致不减的龙薇儿，青岚挑了挑眉，问："都解决了？"龙薇儿点点头。青岚皱起眉头，问："那为什么还要去追？"

"她一个人跑去镇外了，我担心她再遇到危险。"虽然森茉丽的态度有点奇怪，但龙薇儿不能对她坐视不理。

青岚若有所思地点点头。

海泣篇
** **

第八章
冲突！精灵

蔷薇镇临海，但距离大海还是有一段距离的。就这么一会儿，森茉丽乘坐的马车已经不见了踪影。咸湿的海风吹拂着龙薇儿绯红色的长发，有几根发丝俏皮地跑进了她的嘴角，马上就被狠狠扯开。

龙薇儿和青岚追到镇外时已有些气喘吁吁，青岚修为比她深厚，倒是看不出疲惫之态。"我们叫辆马车吧！"龙薇儿拨开眼前飞舞的长发，喘息地说。

"看！她往海边去了。"青岚拉着龙薇儿来到山边，往山下一指。疲惫的龙薇儿振奋起来，因为她真的看到了森茉丽的身影！

森茉丽正往海滩上走去，瘦弱的身体被海风吹得摇摇晃晃，绿色的发辫特别显眼。

"快追！"发现了目标的龙薇儿一下子就来了精神，反手

抓住了青岚的衣袖，一溜烟儿冲下山坡。眼看就要追上了，青岚不小心踩到了一根枯枝，"咔嚓"一声脆响，把森茉丽惊得停下了脚步。

森茉丽猛地转身，俯下身小心地环顾四周。身后的灌木丛发出"窸窣"的声响，她全神戒备，灵术的发动咒文已经在嘴边默念。突然，灌木丛里窜出一只山猫，瞟了森茉丽一眼，大摇大摆地走了。

"呼……"森茉丽拍拍胸口，轻声地自我安慰。

看来，她果然被刚才发生的事吓到了，现在还疑神疑鬼的。森茉丽等了一会儿，没有发现什么动静，这才向海边继续走去。

森茉丽没有发现，灌木丛里其实有另一番景象。刚才，森茉丽被惊动的时候，龙薇儿怕被她发现，猛地按倒了走在前面的青岚，两个人扑倒在灌木丛里。没想到，他们的动作惊动了一只山猫，这才糊弄了过去。

龙薇儿将青岚牢牢地压在身下，一手捂住了青岚的嘴，一手放在自己的嘴上，做噤声的手势。过了好一会儿，龙薇儿听到森茉丽渐渐远去的脚步声，这才松了口气。忽然，她感觉脸上被温热的气息侵袭了，心里不禁怦怦直跳。龙薇儿定睛一看，才发现自己和青岚的姿势有多暧昧。她的手掌能清晰地感

觉到青岚嘴唇的温度，垂下的头枕着他坚实的胸膛，清楚地听见青岚强有力的心跳声，而她纤弱的腰间，不知何时环绕了一双有力的臂膀。

"放开我！"龙薇儿的声音刻意压低着，但那股怒火却无法掩饰。

"哦。"青岚噘了噘嘴，悻悻地松开了手。

从灌木丛里钻出来，龙薇儿抖了抖身上的树叶，瞟了一眼同样在整理衣服的青岚，脸上不禁泛起一片红晕。

幸好师兄的脑袋比较迟钝！龙薇儿拼命地说服自己不要跟失忆的人一般见识，但刚才的情景却无法立时从脑海中抹去，甚至还在一遍遍回放着。

手掌上温热的唇，耳畔强有力的心跳，以及那双搂在腰间的手。

青岚看着她，脑袋里挂满了问号。他只是担心龙薇儿摔跤而已，难道说刚才她真的摔伤了吗？他看着龙薇儿绯红的脸和危险的表情，又不好直接问。等龙薇儿好不容易从纠结的状态中缓过来，太阳已经快落到海平面了。

走出灌木丛，他们看见了独自一人坐在海边的森茉丽。

森茉丽望着海上起伏的波浪，找了块还算平坦的石头坐下。她看着缓缓沉入海平面的夕阳，从怀里取出了鲛珠。在夕

阳的照耀下，鲛珠散发着柔和的光晕。她凝视着手上的鲛珠，眼神出奇地温柔。

"对不起，我能做的只有这些了……"

森茉丽对着鲛珠自言自语，丝毫没有察觉到身后有两个鬼祟的身影正在悄悄接近。龙薇儿和青岚蹑手蹑脚地走过来，隐蔽在一块可以遮挡身形的巨石后面。

"让我送你回去吧！"

森茉丽站起身，握紧了手上的鲛珠，用尽全身力气将鲛珠投向大海。鲛珠在空中划过一条优美的弧线，"咕咚"一声轻响，瞬间就被海浪吞噬。森茉丽呆呆地站在海边，望着鲛珠沉没的地方，任风吹乱她的头发，海水浸湿她的鞋子。

鲛珠被投向大海的一刹那，躲在不远处的龙薇儿差点发狂。那可是五万金币啊！森茉丽就这么像扔垃圾一样把五万金币扔进了海里，这让零用钱并不宽裕的龙薇儿差点冲出去把鲛珠抢过来。还没等她冲出去，青岚已经捂住了她的嘴。

"呜呜呜……这么多钱，可以买好多新上市的金砖巧克力呢……"龙薇儿的话被青岚的手劲压了下去。

就在龙薇儿和青岚僵持的时候，森茉丽那边却起了变化。

吹了许久的海风，森茉丽感觉身体有些发冷，忍不住抱住了双肩。突然，海面上浮现出一片光晕，海水随着光晕起伏，

像是受到某种力量的驱使，缓缓地将什么东西从大海中托了起来。波光粼粼中，四个身影从海浪中浮现出来。

黄昏的光线中，森茉丽看清了从海浪中浮现的身影。他们一个个都有着俊美的外貌，银色的发丝仿佛被月色晕染了一样，银灰色的眼眸里闪烁的却是冰冷的杀意。他们有着纤细修长的身形，苍青色的皮肤，鱼鳍一般的尖耳朵，手里握着尖锐锋利的三叉戟。

这是……精灵！

森茉丽失声惊呼："海精灵！"

还没等森茉丽回过神来，一道急浪化作利刃向她袭来！

"啊——"就在森茉丽以为自己要被杀掉的时候，那道急浪硬生生地停在了她面前，哗啦一声化作水珠四散开来。森茉丽吓得跌坐在地上。

"哈哈哈！"一阵嘲弄的笑声传了过来，"这就是贪婪无耻的人类吗，怎么被我一吓就不知所措了？"

"嘿嘿，蛮不错的玩具呢。"

"真麻烦，早点解决掉好了。"

森茉丽被浪刃吓得瘫坐在地上，那四个精灵的对话更是让她的心一紧。森茉丽眼眶含泪，低声说："我跟你们无冤无仇，为什么要这样对我？"

"无耻的人类将我们屈辱的泪水换成金币的时候，仇怨早就结下了！你既然被我们遇到，就别想活着离开，好好尝尝被欺辱的滋味吧！"

话音刚落，一个精灵挥手，又是一道浪刃朝她袭来，气势更胜之前。

森茉丽浑身无力，只能恐惧地闭上了眼睛。一个淡粉色的身影从她的身后窜出来，手里的长剑狠狠地劈在浪刃上。顿时，浪刃化作水汽，消散在大气中。

"谁敢坏我的好事？"

在海精灵的暴怒声中，水雾散去，森茉丽被来人护在了身后。龙薇儿手持七星彩虹，剑锋直指刚才释放浪刃的海精灵。

"不管你是什么东西，想对我的伙伴动手，先问下我手上的剑吧！"

"薇儿！"看到熟悉的身影，森茉丽先是一愣，忍了好久的眼泪止不住地落下。

"别哭了，快站起来！忘记在学校里学的东西了吗，或者你想死在这里？"龙薇儿一脸戒备地看着敌人，一边把擦眼泪的森茉丽从地上拉起来，一边开始在心里盘算。

这次真的危险了！这些家伙和流氓地痞可不一样，他们眼露凶光，除了刚才那个发出浪刃的，还不知道其他三个都使用

什么招式，这样真被动。情况已经糟得不能再糟了，她们还是在学校里修行的初级灵师，却在这个时候遇到了精灵。看茉丽的样子，大概不能指望她参加战斗了，得先保证她的安全再说。打定主意，龙薇儿将手放到身后比画了一下。

看到龙薇儿的手势，森茉丽一愣，这是上课时老师教的手势，意思是：你先撤退，我断后！

怎么可以，海精灵可是大海的宠儿啊！森茉丽还没来得及出声，龙薇儿已经冲了上去！

七星彩虹在空中划出漂亮的弧度，向敌人劈去。蔷薇色的灵蕴从剑身上蔓延开来，化为巨刃横切敌人！精灵们举起三叉戟格挡，武器散发出的水汽，化解了龙薇儿的蔷薇之焰。

"可恶的人类，竟然轻视我们，一定要你后悔！"释放浪刃的海精灵默默地念动了咒文，海面上一阵剧烈的颤动，一条由海水组成的长蛇从海面升起，猛地向龙薇儿冲来！

看着来势汹汹的海水，龙薇儿将七星彩虹横在胸前，身上灵蕴暴起，一团淡粉色的火焰与海水剧烈碰撞在了一起！

虽然早就学习过属性相克的知识，但没想到，在实战中，属性的影响是这样巨大。

龙薇儿的火焰被水汽抵消，胸口被撞得发闷。她被巨大的海浪狠狠地推开了三四米，脚步踉跄地停下。

海泣篇

"竟然挡住了，怎么可能……"那个海精灵睁大眼睛，难以置信地望着龙薇儿，"不要得意，再接我一招！"

"够了，罗森，你的灵力波动太大了！"为首的一个女精灵看了看不远处的蔷薇镇，制止了同伴。她用阴冷的目光看向龙薇儿，仿佛在看一具死尸，冷冷地说："罗拉，帕琪，一起上，直接杀了她们！"

说完，女精灵身形一跃，脚踏海浪，借着冲力奔到龙薇儿面前，提着短戟展开近身战，"叮！"七星彩虹与短戟碰撞在了一起。

"莎娜，我不用你说教，如果不是因为少族长的关系，我才不会听你的！"被唤作罗森的海精灵自然明白莎娜的意思，过度的灵力波动势必会引起人类的注意。

"可恶！真是个会使唤人的女人！"虽然不甘，罗森却无可奈何，只能不时地以浪刃配合莎娜的近身攻击。

剑戟分分合合，不知道交接了多少回。龙薇儿越来越处于弱势，每当有机会攻击莎娜要害的时候，都会被浪刃阻止。还有两个使用海沙进行辅助战斗的精灵，时不时对龙薇儿进行骚扰。龙薇儿的动作被彻底限制了，完全没办法实现削弱敌人战斗力的计划。

消耗了大量的体力和灵蕴，龙薇儿开始喘息起来。她只有

一个人，对方却有四个人，而且配合得很好，自己完全被压制住了。

"有本事就跟我单挑！"龙薇儿用起了激将法。

海精灵们没有理会龙薇儿，更没有给她喘息的机会，从四方合拢过来，所有攻击直指龙薇儿的要害处。

"薇儿，右边！"森茉丽的声音突然响起，龙薇儿一怔，没想到森茉丽没有离开。

看到龙薇儿僵住的身体，森茉丽急道："薇儿，再不突围就危险了！"

看到全部退路都被封死，龙薇儿眼睛一转将一小股灵蕴注入了双脚。霎时，她脚下仿佛踏着蔷薇色的火焰，整个人快速奔跑起来。

她一脚踩在海精灵的三叉戟上，高高跃起，反身一个横扫，七星彩虹发出的灵蕴巨刃横着劈向对方。那个精灵来不及躲开，竟然被劈中。龙薇儿朝右边冲去，出乎意料地顺利突围。龙薇儿停下飞奔的脚步，发现森茉丽跪在离自己被围困处的十米之处。她双手撑地，土黄色的灵蕴蔓延到了地下。

"土牢！"森茉丽轻喝，正在操控海沙干扰龙薇儿的两个精灵骤然无法动弹，身体被限制在封闭的土牢结界里。

一段时间不见，森茉丽的土牢之术越来越厉害了！

海泣篇

"茉丽，你可真厉害！"龙薇儿得到了喘息之机，竖起大拇指称赞道。

听到夸赞，森茉丽抬起头，正要对龙薇儿报以一笑，一道浪刃突然向她袭来！

"危险！"距离太远了，龙薇儿无法援护森茉丽。

森茉丽来不及躲避，但一道阴寒的冰之利剑从森茉丽身后飞出，直接撞上了浪刃，两股力量一接触，浪刃竟然被击退！

躲在岩石后的青岚露出了半个身子，垂下的指尖似乎还散发着逼人的寒气。是青岚师兄！龙薇儿松了口气，突然，一股危险的预兆袭来，她下意识地将身体往外一侧，一种刻骨的冰冷刺中了她的左肩。原来，莎娜趁龙薇儿不备，用短戟刺中了她的左肩。

"薇儿！"森茉丽用带着哭腔的声音喊道。

鲜血从龙薇儿左肩上的伤口流出来，沿着手臂滴落在地，整个左肩似乎已经不能动弹了。龙薇儿抬头看了看莎娜，只见她嘴角噙着一抹残忍的微笑。

失血与灵蕴的急速消耗让龙薇儿感到晕眩，森茉丽看着摇摇欲坠的龙薇儿，再也忍不住眼中的泪水，哭着喊道："薇儿，你快走吧，他们留不住你的！"

龙薇儿喘着粗气，慢慢挺直了背，笑着说："茉丽，还没

有到最后一刻，你叫我怎么放弃啊？只有我一个人逃走的话，又怎么配称你的朋友啊！"话音刚落，龙薇儿爆发了身上所有的灵蕴，化作一道蔷薇色的闪电，直接冲向不远处的罗森。罗森吓了一跳，连忙发出三道浪刃接连扑向龙薇儿。莎娜也迅速追了上来，短戟又一次刺向龙薇儿的胸口。这时，龙薇儿的嘴角扬起了一丝笑意。

"你、上、当、了！"

在莎娜惊异的目光中，龙薇儿用滴血的手抓住了她的手腕。一个借力，龙薇儿和莎娜陡然换了个位置，罗森的三道浪刃直直袭向了莎娜！

形势逆转，罗森急忙控制浪刃转向，勉强让两道浪刃偏离了原来的轨迹，但还是有一道狠狠地撞在了莎娜的背上，一口青色的血液从莎娜口中喷出。龙薇儿用力将莎娜摔在地上，随即向罗森冲了过去！罗森还没来得及反应过来，龙薇儿已经像一颗炮弹一样到了面前！她举起拳头，包裹着火之灵蕴的拳头直轰罗森的面门！

罗森倒地的那一刻，龙薇儿也支撑不住了，摔在了地上，再使不出一点力气。

正在这时，先前受了一记浪刃的莎娜挣扎着站起来。看着躺在地上的罗森，莎娜眼中充满了怨毒。她狰狞地笑道："与

其杀了你，还不如让你亲眼看着想要保护的东西被毁灭。"

她撑着受伤的身体，一步步走向了森茉丽。龙薇儿心里着急，但眼皮却越来越重，在意识陷入黑暗之前，看到的最后一幕是满脸惊恐的森茉丽和笑容狰狞的莎娜。

"薇儿，在战场上，我们会受到很多因素的制约，比如人数、灵蕴的属性等等。要在不利的环境中取胜，关键就在于如何充分地运用灵蕴。"

"在天赋上，人类远远比不上精灵，但我们也有自己的优势。只要我们冲破瓶颈，就能得到更加强大的力量。这种力量不是借来的，而是真正属于你的东西。这种力量将完全服从你的意志，保护你想要保护的人。"

"突破瓶颈的契机，就是生与死的考验……"

意识深陷的黑色空间中，仿佛出现了一丝龟裂。有什么东西正在悄悄地积蓄着，生长着，只为刹那的绽放。

森茉丽看着面目狰狞的莎娜慢慢靠近自己，眼泪早就滴答滴答地落在了地上。但是森茉丽知道，她还不能放弃，她必须坚持到潮汐退却的时候——这是她们唯一的生机。

"没看出来，你这个只知道哭的丫头性格倒是很倔强！"还没接近森茉丽，莎娜就发现自己也被困在土牢里了，"臭丫头，你以为你困得住我吗？连你的同伴都被我们打倒了，现在

就凭你一个人，能起什么作用？"

看着森茉丽有些发白的脸，莎娜露出了嘲弄的笑容。

"真是太天真了！你以为凭你的灵蕴，能拖到潮水退去的时候？还是以为，那个已经不省人事的丫头会活过来救你？"

"说起来，我还真要谢谢你呢！要不是你在这里拖后腿，那个丫头至少能活着逃走，我们也不可能有机会把她当活靶子揍一顿了！"

"因为你，她不得不分神挡下浪刃；因为你，她不得不承受我所有的攻击；因为你，她不得不以命相搏！她现在躺在那里，而造成这一切的原因都是你……这一切都因为你！"莎娜的话，句句诛心。

"不，不是的，不是这样的！我想救她的！"森茉丽的情绪突然激动起来，再也无法维持三座土牢的平衡，"砰"的一声，结界破裂了。

"不管是不是，你和她都得死！"莎娜摆脱了束缚，手持短戟用力刺向森茉丽。与此同时，一同被解开限制的两个海精灵也一起施放了一道巨大的沙浪冲向了森茉丽。

就在莎娜的短戟即将刺破森茉丽皮肤的一刹那，她周身突然升起一片蔷薇色的光幕，竟然弹开了沙术的攻击，莎娜的短戟被挡住了，无法靠近半步。

海泣篇

砰砰砰！沙滩上几声巨响，一座高达三米的冰山平地而起，成功挡住了海精灵的沙浪。青岚从岩石后面缓缓走出，双手不断变换，冰山移动起来，渐渐逼近了两个海精灵。

"啊！"海精灵大惊失色，在强大的力量面前恐惧地向海里退去。

"薇儿！"森茉丽看到挡在自己身前的熟悉身影，惊喜地叫起来。

"哼，竟然还没有死吗？"看到狼狈不堪却拼命用剑抵抗攻击的少女，莎娜心里有些懊恼。

"我说过……想对我的伙伴动手，得先问我手上的剑同不同意！"

龙薇儿缓缓抬起头，用凌厉的眼神盯着莎娜。七星彩虹上流动着一层蔷薇色的华光，剑身发出鸣响，好像在回应龙薇儿的话一样。

"哼！"莎娜冷哼一声，没有放弃对森茉丽的攻击，再次挥戟，却依然被挡住。

"在我倒下之前，任何人都伤不了她！"龙薇儿的气势震住了莎娜，对方的动作不禁一滞。

"可恶，那我就先杀了你！"

莎娜三人放弃了森茉丽，直接扑向了龙薇儿。突然，莎娜

发现龙薇儿的灵蕴之力似乎变得不一样了，只要靠近她，就能感受到分外灼热的气息。

"以沙为形，聚水为灵。施予吾身，战无不胜！"

一阵强光之后，出现在龙薇儿面前的是一条十米来长的岩蛇，蛇的七寸处露出了莎娜的脸。

"决不原谅，决不原谅！"

"如果不是人类，海精灵怎么会遭受到这样的屈辱！"

岩蛇开始发狂地进行无差别攻击，只要是它能看见的活物，都会被它的尾巴狠狠扫上一记。

"青岚师兄，帮我照顾茉丽！"龙薇儿见青岚将两个海精灵赶到了海里，朝他喊道。她拉着森茉丽跑到一块巨石下，将森茉丽藏匿起来后，迅速跑开，挥舞着七星彩虹吸引岩蛇的注意力。

青岚回头看了一眼，迅速来到巨石旁边。

龙薇儿靠着敏捷的身手，和岩蛇周旋了一阵。突然，岩蛇停止了追赶龙薇儿，静静地盘在一处。以它为中心，地面上冒出了十字形的地刺，不断向四周延伸出去。地刺所到之处，所有东西都被刺得粉碎，附近可以躲藏的掩体都被岩蛇彻底破坏。龙薇儿朝地上吐了一口沙子，身上的灵蕴开始暴涨起来。

"来一决胜负吧！"

在短暂的停顿之后，双方几乎同时发动了攻击。岩蛇腾跃而起，张开满是利齿的巨口扑向龙薇儿。龙薇儿身上的蔷薇色灵蕴不断外溢，形成越来越明亮的火焰。澎湃的灵蕴具象化为深色的蔷薇火焰，夹杂着毁灭的炙热，随着七星彩虹砍向了岩蛇的蛇头。

七星彩虹还没有接触到岩蛇，火焰的热量已经让岩蛇的身体产生了龟裂。

被火焰吞噬的刹那，莎娜感觉到了火焰中隐藏的力量。那无形的威压与暴虐的炙炎，这种力量，仿佛来自远古……

"不！这不可能……"

发出一声歇斯底里的尖叫之后，包裹在岩蛇里的莎娜因为岩蛇的碎裂而裸露出来，蜷缩在地上，忍不住灼烧的痛苦，发出悲惨的呻吟声。

"薇儿，不要杀她！"

龙薇儿的剑高高举起，却被森茉丽的疾呼制止了。龙薇儿硬生生收回了力量，灵蕴的反噬让她再也撑不住，缓缓地倒在了地上。青岚跑了过来，把龙薇儿抱在怀里，伸手探了探她的鼻息。

"薇儿！薇儿，你没事吧，你不要吓我……呜呜……"森茉丽飞奔到他们面前，眼泪哗哗落下。

"我没事，但你再哭，我就要被你哭死了……"龙薇儿有气无力地说，没好气地翻了个白眼。

"我不哭！"森茉丽吸了吸鼻子，赶忙擦了擦眼睛。

"他……他是谁啊？"森茉丽的目光转向了青岚，看着对方俊朗的面容，小脸不禁一红。

"你们还能走吗？"青岚惜字如金。

"我没事，但是薇儿……"

"我又没死……师兄你出现得可真及时，刚才……哎哟！"龙薇儿还想说什么，伤口突然开裂，疼得她龇牙咧嘴。青岚扶起了她的身体，让她把头靠在自己肩膀上。

森茉丽有些吃惊地看着他们，在敌人面前凌厉慑人的龙薇儿，在这个少年面前却安静顺从得很。他们到底是什么关系？

在森茉丽愣神的时候，青岚已经将龙薇儿抱到了一块巨石下，顺手把几个失去反抗之力的海精灵也带了过来。

"怎么处理？"

已经没有力气的龙薇儿软软地靠在石头上，目光看向了森茉丽。

森茉丽却只是垂着头，用蚊子般的声音说："我想……"

"只有战死的精灵，没有活着的俘虏！"

莎娜的语气充满愤恨，话一说完，她张开嘴就准备咬舌自

尽，却咬在了一团柔软的东西上，血腥味顿时弥漫开来。

"茉丽！"龙薇儿来不及阻止。

为了阻止海精灵自尽，森茉丽竟然将手塞进了莎娜的嘴里，细嫩的手指被咬得鲜血直流。

"我无意伤害你们……"森茉丽紧咬着嘴唇，不让痛楚的泪水落下。看到她这个样子，龙薇儿睁大了眼睛，很难想象眼前的这个女孩就是自己认识的受气包。

"你……为什么？"苏醒过来的罗森看到这情景，有些难以置信地看着森茉丽。

"对不起，我知道人类对你们做了很过分的事情！我……很抱歉……"

森茉丽没有理会自己手上的伤口，一直低着头，就像做错了事的孩子一样，海精灵面对这样的状况目瞪口呆。

莎娜吐出一口血水，瞪着森茉丽，问："这么说，那颗鲛珠不是你虐待精灵所得到的？"

森茉丽点点头，解释说："那颗鲛珠是我用金币买下来的，我只是想把精灵的眼泪还给大海。这是我和一个精灵朋友的约定。"

森茉丽望向了大海的深处，目光深远。

海精灵面面相觑，似乎同时想到了什么事情。过了一会

儿，罗森心念一动，小心翼翼地问了一个让人咋舌的问题。

"小姐的名字……是不是叫茉丽？"

所有人都愣住了。

海泣篇

第九章
···
不会哭的精灵

　　"你……你是怎么知道我的名字？"森茉丽惊讶不已，这些海精灵竟然知道自己的名字。

　　"我们少族长说，人类并不全是坏人，他认识的茉丽小姐就是一位善良的女孩，她对精灵很好。"

　　森茉丽身体一颤，认识自己的精灵，难道说……难道说是他？她的情绪激动起来，急切地问："你说的是不是明欢？他……没死？"

　　罗森一阵沉默，然后点了点头。

　　"原来他没有死！没有死！"森茉丽用双手捂住了眼睛，积蓄了许久的感情化作泪水决堤，但嘴角却挂着喜悦的笑容。

　　"他现在……好不好？身上的伤……怎么样了？有好好治疗过吗？我……能不能见……见见他？"抽泣不已的森茉丽似乎想到了什么，飞快地抹了抹哭得像小花猫一样狼狈不已的

脸，语气急切。

眼前的人类少女又哭又笑，对于精灵们来说，这实在是一幅颠覆他们思维的诡异景象。罗森似乎明白了少族长为什么会对一个人类念念不忘，也许，这个少女，真的和其他人类有所不同。

"求你了！我只想见见他，哪怕只是远远地看一眼也好！我绝对不会给你们添麻烦的！"森茉丽看着低头沉思的罗森，生怕他不理自己，连忙走到对方面前，双手合十，低声下气地开口请求。

罗森看着恳求自己的人类女孩，她从某种意义上已经得到了他的尊重，但是这个请求……

"我们是不会答应你的，进入精灵领地的人类只有死路一条！"罗森进退两难之时，莎娜的声音插了进来，语气嘲弄，"明欢也不会见你的，你死心吧！"

森茉丽如遭雷击，一下子瘫坐在地。

他是不会见自己的，死心吧……死心吧……死心吧……

森茉丽的脑海中一直回响着这句话。

"你这个多嘴婆快给我闭嘴！"龙薇儿再也忍不住了，情绪激动之下，手中握住了一簇蔷薇色的灵蕴火焰。她狠狠地剜了一眼莎娜，成功震慑住了对方。

"茉丽，如果你真的想去看那个什么精灵，我就帮你把消息问出来！"龙薇儿的目光逐一扫过面前的海精灵，手握蔷薇之火，气势汹汹的样子吓了森茉丽一跳。

"薇儿，不要！"森茉丽知道龙薇儿在想什么，赶忙拦住了她，带着些请求的语气说："请不要伤害他们！如果可以的话……能不能放了他们？"

"你是不是糊涂了？他们刚才想杀了你啊！"龙薇儿有些不可置信地大叫。

森茉丽一脸恳切，楚楚可怜的眼神让龙薇儿狠不下心来。龙薇儿抓了抓头发，无奈地说："算了，我不管了！你想怎么样就怎么样吧！"说完，她一脸愤愤不平地坐在了地上。

"我就知道薇儿最好了！"

森茉丽好言好语安慰着龙薇儿，然后又把精灵们从地上扶起来。

"下次不要再袭击人类了，你们走吧。"

"哼，我们不会感激你的！"海精灵倔强地回答。

"再废话就把你们变成烤鱼！"看到森茉丽受欺负，龙薇儿握紧了拳头。

精灵们看出龙薇儿的脾气不好惹，不再多说话，纷纷奔向了大海，"扑通扑通"地跃入水中。走在最后的罗森停了下

来，将手中的东西扔给了森茉丽。

"靠近海精灵领地的时候，鲛珠会受到感应发出蓝色的光。"说完，罗森飞快地跃入大海，翻涌的海面再也看不到精灵们的身影。

"谢谢……"森茉丽看着手中的鲛珠，不自觉出了神。

龙薇儿看她发呆的样子，迟疑了一会儿，还是把心里的话说了出来："茉丽，仁慈是对的，但过分的仁慈只会给自己带来麻烦。先前遇到的流氓地痞，你放过他们也就算了，但为什么连要置你于死地的精灵也放了？"

森茉丽愣了一下，低声说："薇儿，你说得没错，可是……精灵……精灵是我们必须与之战斗的吗？"

"你在说什么傻话呢？"龙薇儿的声音不自觉抬高了，"与精灵对抗不正是我们作为灵师的职责吗？书上说，精灵是残忍嗜杀的种族，你看今天遇到的那些……"

"不，我觉得这不是宿命，精灵也不是残忍嗜杀的种族，他们也是有血有肉的生灵，我相信他们也渴望和平。"

"茉丽，不要说这么幼稚的话！"龙薇儿听得瞠目结舌，想用一桶冷水把森茉丽的脑袋浇醒，连青岚都觉得她的语气有点重，忍不住拉了拉她的衣袖。

森茉丽沉默半晌，终于开口："薇儿，你愿意听听我的故

海泣篇

事吗？"

龙薇儿盯着她看了一会儿，知道森茉丽一定和精灵间有过一段不同寻常的经历，于是叹了口气，说："你说吧。"

森茉丽深深地呼出一口气，脸上挂着恍惚的微笑，目光看向了远方。

"虽然已经过去了很长的时间，但对我来说，那件事却好像发生在昨天一样……"

六年前，森家大院。

森家作为一个在灵师界拥有崇高地位的大家族，擅长强大的控制系灵术，家族世代强盛。

森家的嫡系继承人无一例外，全都拥有强大的控制能力，是战场上不可或缺的一分子。正因为他们的灵术很特别，经常能在战斗中俘获精灵，甚至能把精灵带回家里。所以，森茉丽从小就见过不少被人类俘虏的精灵。

大院里挂满了灯笼，仆人穿梭忙碌在各个角落。今天是森家一年一度的家族聚会，整座宅子里都洋溢着热闹喜悦的气息。作为家主女儿的森茉丽，依照惯例必须身着家族的传统服饰出席宴会，那套烦琐笨重却华丽非凡的服饰让年仅八岁的森茉丽看起来高贵无比。

宴席上，大人们觥筹交错，推杯换盏好不热闹。森茉丽则有一口没一口地吃着精致的菜式，心情可不像周围人那么欢快。和同龄的孩子一样，比起打扮得像傀儡似的参加大人们的宴会，森茉丽更愿意自己跑到花园里去玩儿，那才真的轻松自在。酒过三巡，趁着大人们不注意，森茉丽带着姆妈悄悄地离开了。

"还是外面好玩儿！"

森茉丽边走边将头上繁重的饰品交给姆妈，一进房间，立马换下了那套沉重的华服，将它丢在一旁。

"哎哟，小姐，您这样可不行啊！"

"衣服好重，茉丽好可怜！呜呜呜，姆妈不让茉莉脱衣服，姆妈不喜欢茉丽了！"

"哎哟，我的小祖宗！姆妈哪里会不喜欢了，既然茉丽不想穿，那就别穿啦！"

"还是姆妈疼我！父亲大人一点也不喜欢我，他每次都让我穿得像洋娃娃一样去参加这种无聊的宴会……"

"嘘，小姐可不能这么说！老爷可疼您了，不信您看！"姆妈抱着茉丽换下来的衣服，撩起一串鲛珠制成的垂饰。

"咦，好漂亮的珠子！"森茉丽好奇地摸了摸垂饰，刚才她只想着怎么才能从宴会逃走，完全没注意自己身上穿的都是

些什么。

"小姐可别小看了这串珠子，它们可是用精灵的鲛珠串编而成的。这些鲛珠不仅能滋养生肌，对女孩子养颜美容更是大有好处呢，别人千金难求一颗，老爷却为您准备了这么多呢！所以呀，老爷是打心眼儿里疼小姐的！"

森茉丽抚摸着一颗颗发散着柔光的鲛珠，在听到精灵二字时眼睛一亮。

"精灵就是父亲大人说的那种邪恶生物吗？在哪里？父亲把他藏哪里了？姆妈你告诉我嘛！"森茉丽急切地抓住了姆妈的衣角，开始撒娇。

"嘘嘘！大小姐您小点声，要是被老爷知道了，姆妈可是要受罚的！"

看着森茉丽一脸恳求的表情，姆妈只得告诉了她："那个精灵被关在后花园。"

森茉丽的眼珠子一转，拉着姆妈的手，楚楚可怜地说："姆妈，我饿！刚才走得太急了，没有吃饱。"

"小姐等着，我给您端点心去。"姆妈连忙放下衣服，跑去了厨房。

趁着姆妈给自己取点心的间隙，森茉丽推开了房门，悄悄跑到了后花园。

"好黑呀，不怕不怕。"森茉丽抚着怦怦直跳的胸口，却在强烈的好奇心驱使下，在幽暗的花园里四处转悠。

森茉丽摸着黑缓缓前行，突然被一个窜出来的黑影撞了个满怀。

"好痛。"小小的森茉丽被撞倒在地，伸手揉了揉被摔痛的臀部，心里愤愤的，想看看谁这么大胆，敢在大宅里冲撞自己。没想到的是，那个撞倒自己的身影却趴在地上一动不动。

月光从云层里透出来，清辉洒满了整个花园，森茉丽这才依稀看出了那人的样子。

失去光泽的银发无力地垂在沾满污渍的坎肩上，裸露在外的苍青色手臂上布满了触目惊心的伤痕，那人无力地趴在地上，一动不动，不知死活。

"喂，你没事吧？"

看着那条苍青色的手臂，森茉丽的心里涌起了一股毛毛的感觉。活人的皮肤不是这个颜色的，难道……

森茉丽往四下看了看，随后捡起一根树枝，朝那人的头上戳了戳。

"喂……你没死吧？"

没有反应，森茉丽再次用树枝戳向那人的头顶。

"喂，你能说话吗？"

海泣篇

"我……怎么可以被困在这里……"

那人抬起模糊的双眼,看着迎面而来的树枝,一侧头躲开,用尽全身的力气扑向袭击自己的人。

"呼,呼!"

明欢喘着粗气,看着被自己按倒的人不觉一愣,那是一个比自己还要小的孩子。小女孩面容精致,宛如瓷娃娃般,水灵灵的眼睛瞪得大大的,正惶恐地盯着自己。明欢看着那双含着泪水的清澈眼眸,倒影中是狼狈不堪的自己。

"砰!"没等明欢反应过来,一个空花盆砸向了他的额头。"咔嚓"一声响,花盆破裂开来,青色的血液顺着额头滴落,再次模糊了明欢的双眼。

弥漫着血腥味的青色液体滴落在森茉丽的脸上,趁着对方失神之际,她一辚辘挣脱了对方的控制。森茉丽的眼角噙着惊惧的泪花,连滚带爬地想要逃开,却没有想到自己的脚踝被人抓住,整个身子瞬间就被拖了回去,甚至连尖叫都没有机会发出,她的咽喉已经被掐住。

"本来还有些不忍心,你的举动倒是给了我足够的理由……死吧!肮脏的人类!"原本还有些犹豫的银灰色眸子闪烁着残忍的光芒,明欢手上的力道加重了。

听着仿佛来自死神的低语,森茉丽顿时深陷在无尽的恐惧

之中。她努力挣扎着，想要呼救，脖子上的双手却越掐越紧；她拼命地想要呼吸，却感觉越来越无力，宛如搁浅的游鱼只能在海岸上等待窒息而亡的命运。

这样也好，也许就能见到妈妈了……森茉丽放弃了抵抗，意识越来越模糊，突然，一声熟悉的暴喝响起："混账东西，放开我女儿！"

森茉丽感觉到脖子上的力道一松，随后整个人便跌入了一片黑暗之中。

醒来的时候，森茉丽已然躺在自己房间的大床上。照顾自己的人不是姆妈，而是一个从没见过的陌生丫鬟。森茉丽后来才知道，自己惊吓过度发了高烧，已经昏睡了整整三天。姆妈和看守精灵的家丁被父亲严厉地斥责了一顿，各自领罚去了。至于那个袭击自己的精灵，则是被狠狠地毒打了一顿关进了牢笼。虽然差点被精灵掐死，但心性善良的森茉丽听到他被毒打的时候还是忍不住同情了起来。还没有等她开口询问，丫鬟就冷言冷语地说："与其担心那个凶残的精灵，小姐还是多注意一下自己的言行举止比较好，老爷可不是每次都能碰巧经过后花园的。"

听着丫鬟有些刻薄的话，森茉丽知道她是对自己的举动连累了一众仆人有所不满。转念想到那双没有丝毫怜悯之情的冰

冷双眸，森茉丽不由得瑟缩了一下，悻悻地放弃了再去看望那个精灵的念头。

就这样表面看上去相安无事地过了两年，森茉丽却知道事实并非如此。

每次经过后花园的时候，她都能听见下人的斥骂声与不时响起的鞭挞声，甚至听说那个精灵差点自尽而亡。面对这种情况，父亲大人只是命人把精灵医治好，其他一概不问。

父亲的行为让森茉丽极为不解，她不明白为什么一向赏罚分明的父亲在精灵的事情上会采取这样放任的态度。森茉丽觉得很失望，鬼使神差地又一次转悠到精灵被关押的地方。

正当她犹豫着要不要去看看那个精灵的时候，里面传来了一阵骚动。

"不准碰我！"

"啊啊！浑蛋，你竟然咬我……看你现在还怎么横！"

听到里面传来家丁的呵斥声，森茉丽不知哪来的勇气，猛地推开了关押精灵的牢房门，却看到了令她惊愕的一幕。精灵的双手被向上吊起，双脚无力地跪在地上，浑身上下布满了伤痕。零乱的银色长发被家丁狠狠揪紧，头被迫扬起，嘴里塞满了布条，原本应该闪烁着不甘的双眼此刻正空洞地望着天花板。站在精灵身后的家丁握着皮鞭，正准备大肆凌虐。

"你们在做什么？"

"老子……小人在执行老爷的吩咐！"有人突然闯入，家丁们发现是年幼的森茉丽之后，身体都僵住了。

"胡说！父亲大人向来赏罚分明，怎么会纵容你们做出这样虐待人的事情！"

看着森茉丽义愤填膺的样子，家丁们神色古怪。

"小姐，您没有搞错吧？精灵可是我们的死敌啊！如果不是因为他还有用，老爷早就把他处死了！"

"为什么一定要天天鞭打他？"

"小姐，您不要为难我们这些下人，我们也是按照老爷的吩咐办事的。如果不能让他流泪，收集不到鲛珠，我们也是要受罚的。"另一个家丁见事情有闹大的趋势，赶紧向森茉丽解释，希望大小姐能息事宁人，"要不是我们这么努力，您的房间里就没有鲛珠帘子可以挂啦，您也不能佩戴整整套套的鲛珠饰品，看在我们没有功劳也有苦劳的份上，您就不要管这件事了吧！"

"你说……那些……全部都是他的眼泪？"森茉丽仿佛置身冰窖，已经完全说不出话来。

家丁们还在辩解，她低下头，正好看到纤细的手腕上戴着一串流动着光彩的鲛珠手环，沉默了下来。

海泣篇

两个家丁见状，以为森茉丽已经默许了他们的举动，刚想恭送这位小姑奶奶离开，却没有想到得到的却是冷冷的宣判。

"你们走！离开森家！我不想再看到你们！"

"大小姐……"

"走啊！"

"什么事大吵大闹的！"就在森茉丽用尽全身力气大喊的时候，一个身影突然介入。

"管家大人，您得替我们求情啊！"

管家看了看四周的情况，发现森茉丽的脸上浮现着不可动摇的神色。他原本还想着这两个家丁在收取鲛珠的工作上做得还算出色，想替他们说两句好话，却在看到精灵的狼狈模样时呆住了。

管家想起了已经去世的夫人，他知道大小姐和她的母亲一样有着善良的品性，也就能体会森茉丽的感受了。

"你们两个不知好歹的家伙，竟然让小姐生这么大气！来人，把他们赶出去！"

两个家丁被拖走，管家看着森茉丽还是一副余怒未消的样子，便和声地安慰说："大小姐，我已经处置他们了，您还是回去吧！"

"可是，管家爷爷……"

"来人，带大小姐回去！"

森茉丽没来得及说其他的话，姆妈已匆匆赶来，急忙把她带走。森茉丽挣扎了一下，看见姆妈乞求的眼神后，只能顺从地跟着姆妈一起离开，难过地回头看了看。

管家叹了一口气，抬手指向两个随从："明天换你们两个看着这个海精灵。给他拴上铁链，锁好门走吧！"

管家交代一声就离开了，有些空寂的屋子里只留下了一个靠在墙角的虚弱身影，以及"咚"一声，鲛珠落地的声音……

晚上，一个鬼鬼祟祟的身影摸着黑往后花园走去。这个身影不是别人，正是森茉丽。碍于姆妈的阻拦，她只能晚上偷偷溜出来。为了去看那个受伤的精灵，森茉丽没少花心思，好不容易偷到了开门的钥匙。森茉丽暗暗窃喜，正准备打开房门的时候，里面传来一阵宛如微风轻抚水面般的轻柔歌声。那歌声让森茉丽忍不住贴着门板仔细倾听，但歌声却很快消失了。

"我只是一个囚徒而已，有必要这么躲躲藏藏的吗？"一个听不出喜怒的声音从屋子里传出来。

森茉丽小心翼翼地打开门，轻轻走进来，慢慢地靠近了那个在自己印象中穷凶极恶的精灵。

明欢有些惊异地发现偷听自己唱歌的人的竟然是白天帮助过自己的小女孩，他的眼神渐渐柔和了下来。白天为精灵强出

头的小女孩此刻正小心翼翼地靠近，没有了当时怒喝下人的威仪，现在的森茉丽更像一只容易受惊的小动物。明欢扬起嘴角嘲弄地说："你这个小丫头胆子倒是不小，竟然还敢来这里，难道说你不怕我这个凶恶的精灵？"

"我怕……"森茉丽站住了，她深深地低下了头，"但是……你的歌声真好听……我想……能唱出这么好听的歌的人……一定不是坏人……"

明欢不禁抬起头，仔细打量眼前小小的人儿。她有着一头绿色的长发，梳着两个可爱的羊角辫；圆圆的包子脸上，最醒目的就是那双水灵灵的大眼睛，此刻眼中正闪烁着胆怯却又好奇的目光；小小的鼻子下面那紧抿的小嘴毫不保留地透露出了她的紧张和不安。月白色的衣裙将她那宛如雏菊般清新的气质衬托得淋漓尽致，虽然是人类，但是明欢却觉得她身上有和自己族人一样的纯洁。

就在明欢打量森茉丽的时候，森茉丽也在偷偷打量着他。明欢的模样变化很大，和两年前见到的时候相比，几乎不像是同一个人。在森茉丽的记忆中，他是个强壮凶恶的精灵，然而，现在的他却病恹恹地靠在墙上。银色的长发因为缺乏营养而变得干枯毛糙，在月光下也没有半点光泽。唯一还有神采的，只有那双能反射月亮光辉的银灰色眸子。

"咕噜——"

一阵肚子饥饿的叫声打破了两个人之间的沉默。看着突然面露窘态的精灵，森茉丽忍不住弯了弯嘴角。

"再笑我就把你当食物吃了！"明欢突然恶狠狠地说。

"啊！"森茉丽吓得缩紧了身体，不敢再向前一步，眼眶里浮起了一层水雾。

明欢看着不知所措的森茉丽，无奈地叹了口气。果然，女孩子一哭是最要命的了。

"骗你的，我是吃素的！"

森茉丽泪眼婆娑地抬起头，似乎在琢磨这句话的真假，直到看到明欢脸上的歉意，才松口气吸了吸鼻子。

"母亲大人对我说过，女孩子要有仁慈博爱的心，所以……我原谅你了！"

刚才还被自己吓哭的小女孩突然间老气横秋起来，明欢愣了愣，重新板起了面孔。

森茉丽看到他不理自己，便低头在袖子里捣鼓了一会儿，掏出一个巴掌大小的油纸包。打开后，里面是几块整整齐齐堆在一起的凤梨酥。森茉丽小心翼翼地将凤梨酥递给明欢。

"给你的，这是我从厨房偷偷拿的点心。"

明欢有些犹豫，不知道该不该吃森茉丽的东西，但是点心

弥散出的香气让早就咕咕作响的肚子抗议声更大了。明欢一把将凤梨酥夺了过来，一口气全部塞进了嘴里。

由于吃得太急，明欢被噎得直咳嗽。森茉丽见状，马上望向四周，在角落找到一个水罐，打开才发现里面的水已经有异味了。

"这水不能喝了，我去重新打一壶。"

森茉丽看着罐子里的水皱皱眉，正要转身出去，手上的罐子已被明欢抢了过去。在她惊愕的目光下，明欢将罐子里的水"咕嘟咕嘟"喝了个精光。

"等你打完水我早就被噎死了，何况，我有资格挑东西吗？"明欢冷哼一声，把水罐放到了一旁。

看着明欢落寞的表情，森茉丽莫名地感到一阵心痛。

"我、我明天会再来看你的……我会给你带吃的，还有干净的水……"

"为什么要这么做？"明欢打断了她的话。

"什么？"

"人类不是没有理由帮助精灵吗？"明欢的嘴角勾起一个嘲讽的弧度。

"理由吗？我觉得那不重要，如果非要说理由的话，我不想和你成为敌人……如果可以的话，我希望和你做朋友……"

森茉丽低下头，不敢看明欢，声音也越来越小。

"可能吗？"明欢觉得好笑。

"没试过怎么知道……总要试一试的……我叫森茉丽，你呢？"森茉丽勇敢地抬起了头，看着眼前的精灵。

明欢望着那双单纯的眸子，嘴角一动，鬼使神差地告诉了她自己的名字："明欢。"

"好……明天的这个时候我会再来看你的，你好好休息吧，再见！"

房门再次被锁起来了，明欢靠在墙上，回想刚才那个雏菊般娇小清纯的人类女孩，眼中闪过一道算计的光芒。他的嘴角勾起了一个冰冷的弧度。

"森茉丽吗……"

以后的日子里，森茉丽隔三差五地在晚上偷溜出来看明欢，给他带来食物和水。她发现囚牢的环境很糟糕，明欢的伤口有感染的迹象，又千方百计弄来药给他治疗。

他们之间的关系也从疏离变得熟络起来。有时候，森茉丽会给明欢讲一些人类世界的见闻，而明欢则会告诉她关于海底的故事。

本以为日子会这么一直波澜不惊地过下去，直到有一天晚上，森茉丽按例来给明欢送东西，却发现他被打得奄奄一息。

为了得到明欢眼泪化作的鲛珠，家丁们这次下手很重，甚至引发了他的旧伤。

森茉丽红着眼为明欢擦了伤药，绑上绷带，将他扶到一旁后，一字一顿地说："我去求父亲放了你！"

"别……"没等明欢说完，森茉丽已经转身快速奔向了父亲的书房。

森傲正在书房中处理家族事务，没想到女儿却突然闯了进来，还央求他放过被抓来的海精灵。其实，森茉丽私下做的一切他都知道，他知道女儿心性善良，也就睁一只眼闭一只眼当成没看见。但他没想到这个孩子居然会为敌人求情，这让他很是恼怒。

"精灵是人类的敌人，如果放虎归山，你就成了罪人了！这件事不要再提，我不会允许的！"

父亲一贯对森茉丽疼爱有加，本以为父亲会同意自己的请求，却没想到他会这么斩钉截铁地拒绝了她的请求，而且态度非常强硬，森茉丽这才尝到无望的滋味。

"还有，你以后给我离那个脏东西远一点，别以为我不知道你背着我干了什么事！"

森茉丽全身一僵，扭头跑出了书房。她含着眼泪回到明欢那里，哭着说自己没用，没能帮到他。

"傻丫头，你为了我，连你父亲都得罪了，我已经不奢求什么了。"明欢伸出手，摸了摸森茉丽的脑袋，露出了一个虚弱的笑容，"没关系，以后你不用再担心我了。没有海水的滋养，我的眼泪也渐渐枯竭了。很快，他们就没办法再从我身上得到鲛珠……"

"那你岂不是会……死？"

现在的明欢看上去好像随时都会消失一样，这让她的心紧紧地揪了起来。

"有什么关系呢？对我来说，死亡才是一种解脱吧……"

"不行，我不会让你死的！你是我认识的第一个朋友！我……我会想办法帮你逃出去的！在那之前，答应我，你一定要坚持住！"

明欢已经对生命毫不在意了，森茉丽充满了愧疚和痛苦，她绝对不会眼睁睁看着明欢死去的。虽然父亲大人那里已经没有希望了，但一定还有别的办法救明欢，一定会有的！

几个月后，森茉丽迎来了人生中的第十三个生日。

十三是一个不吉利的数字，但对森茉丽来说，这却是她的幸运数字。

森茉丽十三岁生日那天，由于家仆不小心，大宅子发生了火灾。她趁家人忙着救火的时候，偷了钥匙解开明欢身上的锁

链，把他救了出去。

可是明欢长期被囚禁在牢房里，很难独自逃出去，森茉丽只好带着他逃走。

他们刚逃出森家就被家丁发现了，森傲派了大批家丁追捕他们。

逃到海边的时候，明欢被一支箭射中了，身体再也不能保持平衡，摔在了沙滩上。

潮水一下一下地拍击明欢的身体，仿佛在呼唤他回家。灰色的长发摊开在地，就像预示这个海精灵即将消失的一样。

明欢咳出一口血，苦笑："看样子，我是回不去了。"

说着，他扯了个比哭还难看的笑容。

"不会的，你一定能回家的。"森茉丽用力把明欢抱起来，想拖着他往海中走去。

看到穿透明欢胸口的箭矢，森茉丽走一步就落下一滴眼泪。泪水滴在沙滩上，很快就渗进了泥沙里。

森茉丽拖着明欢一步一步朝大海走去，许久明欢没有发出声音了。

"明欢！你怎么样了？是不是很疼？你坚持住啊！"森茉丽着急地大喊。

明欢没有力气睁开眼睛，只是艰难地摇了摇头。他已经没

有眼泪为自己哭泣了。

突然，他努力睁开了眼睛，双手颤抖地抓住森茉丽的衣服，低声说："我……我死后，请把我的遗体送回大海……答应我……一定要答应我……"

森茉丽发现，明欢在她的怀里永远地闭上了眼睛。

森家的家丁们追了上来，把他们团团围住，森茉丽看着手持武器的众人，又看了一眼在怀里死去的精灵，再也忍不住，发出一声悲愤的哭喊。

第十章

海上精灵

虽然时间已经过去很久了，但对于森茉丽来说，这种痛楚就像结痂的伤口开始化脓一样，总会不时袭上心头。不过，现在她心里的伤，却被无边的喜悦填得满满的。

"薇儿，你知道吗？当我听到他还活着的时候，我有多么高兴！"森茉丽双手合握，露出了笑容，"不管是多么艰险，我都要去看他！所以……我有个请求，薇儿，你……你能陪我一起去吗？"她的声音低了下来，"我知道这对你来说很困难，你也可以选择……"

"这是什么话！我们可是朋友啊！"龙薇儿拍了拍森茉丽的肩。

森茉丽心里一喜，看向龙薇儿的眼神充满了期待："你真的愿意陪我出海吗？"

　　龙薇儿点点头："我们是朋友嘛！之前我不知道你有这么一位要好的精灵朋友，所以才会阻止你。现在我知道你的故事啦，而且我们刚刚一起经历了生死，算得上是出生入死的朋友了，我当然要帮你完成心愿！"

　　"薇儿你真好！"森茉丽满心欢喜。

　　龙薇儿轻轻地拍着她的肩膀，脸上更是洋溢着和森茉丽一样喜悦的笑容。她在心里暗暗打算着："期末考试是团体赛，茉丽的束缚术这么强，如果她能和我搭档的话，通过考试的可能性一定会大大提升！"听了森茉丽和精灵少年催人泪下的故事，龙薇儿确实很感动，但如果森茉丽能和她搭档，顺利通过考试的话，她一定会更加感动！

　　"那你们决定怎么办？"青岚打破了两个女生之间的感动气氛。

　　龙薇儿看着已经黑下来的天空，思索了一阵。三个人商议，决定先回蔷薇镇住下，明天天一亮就采购物资寻船出海。

　　三个人找了一家旅店住下，一夜无话。第二天一早，困意未消的龙薇儿被精神亢奋的森茉丽从床上拖了起来。吃完早饭后，龙薇儿三人前往集市准备出航用的物资。忙碌了一个小时之后，终于将物资备齐。又花了些时间，三人总算在中午之前

抵达港口，租了艘船出航了。

温和的风吹拂着风帆，推着船平稳前行。离开了蔷薇镇，三人的午餐只能将就着在船上吃了。龙薇儿一边啃干粮一边喝水，突然发现青岚望着食物发呆。龙薇儿突然涌起恶作剧的念头，一把夺过了青岚手中的干粮。

"师兄，你如果不吃的话，我可就替你吃了哦！"

龙薇儿脸上一副欠揍的表情，拿着食物在青岚面前晃了晃，等对方跟自己抢。对于龙薇儿的逗弄，青岚依旧没有什么反应。龙薇儿狐疑着，凑近一看，才发现青岚的脸色有些惨白，双手紧握，似乎正在努力忍耐着什么。

"喂，你怎么了？"龙薇儿察觉到了异状。

森茉丽听到声音，也凑了过来。

"难受，想吐。"青岚的嘴唇动了动，艰难地回答。

龙薇儿大惑不解："食物没有什么问题呀，我们吃的是一样的！"

森茉丽看了看青岚的表现，疑惑道："难道是早上吃错东西了？"

"这小哥儿怕是晕船了，两位小姑娘，你们还是扶他去船舱里歇歇吧！"船家用粗犷的声音提醒她们。

龙薇儿这才醒悟,赶忙扶着青岚去船舱里休息。她和森茉丽都是蔷薇镇附近的居民,家离大海很近,从小习惯了风浪,一时想不到这个世界上还有人会晕船。

把青岚安顿好,龙薇儿走出狭窄的船舱,用力伸了个懒腰,让和煦的阳光洒满全身。她靠在船舷上,望着一望无际的大海。

日光照射在碧蓝色的水面上,随着海浪的涌动,水面浮现出一片碎金般的光泽,就像是翡翠玉盘里盛上了金沙。

龙薇儿全身心都放松下来,任由海风轻轻地抚摸,这种惬意舒适的感觉让龙薇儿有些昏昏欲睡。困意爬上了龙薇儿的眼皮,一阵轻柔的歌声从船头飘过来。

> 夜色在海面上摇曳
>
> 波澜不惊的寂静如此哀伤
>
> 静静仰望
>
> 不见星光的天幕
>
> 请听我祈愿
>
> 只要耐心等待
>
> 黎明会划破黑暗出现
>
> 游子必须回到故乡

海泣篇

就像大海包容着一切

海水温柔地流淌

直到我们都能抵达

那没有战争的乐土

即使现在不在眼前

总有一天，一定抵达……

唱歌的人有一副甜美柔和的好嗓子，曲调优美又充满忧伤，龙薇儿听得有些陶醉了。

"哪来的笨蛋！竟然在这种时候唱歌，不知道这样会招来不祥吗？"龙薇儿正闭目回味歌声，却被船家的一阵喝骂给惊扰了。

龙薇儿马上跑到了船头，正好看到被船家训斥的森茉丽一脸委屈地抹着眼睛。

"发生什么事了？"

森茉丽低下了头，低声说："这是明欢教我的歌，如果他在附近，一定能听到我的歌声，所以，我想……"

"船家，这没有什么大碍吧？"龙薇儿问。

"怎么没大碍，你们难道不知道吗，绝对不能在这片海域唱歌！"

171

　　龙薇儿和森茉丽一脸茫然。船家看着她们，无可奈何地叹了口气。

　　"这片海域最近不太平，经常能在海面上看见船只的残骸，大家都说这是和咱们有仇的海精灵干的。唉，真不知道你们这几个毛头孩子来这个鬼地方干什么，要不是看在你们出手阔绰，我才懒得蹚这趟浑水。"

　　听到船家这么严肃的话语，龙薇儿也想起了关于海上的种种传说，担心歌声引来邪恶的暴风雨和女妖。她看到森茉丽手里紧握着鲛珠，一脸委屈的样子，轻轻叹了口气，只好在心里希望尽快找到那个叫明欢的海精灵。

　　突然，船狠狠地震动了一下。龙薇儿一把拉住森茉丽，好不容易才站稳。平静的海面颤抖起来，好像有什么东西正在浮出水面。海水"哗啦"四散，终于，一只长着无数触角的大海怪破水而出，在众人的眼前挥舞着触手。龙薇儿他们乘坐的船与海怪一比，简直就像搁在大西瓜旁的鸡蛋一样。

　　"没有引来暴风雨和女妖，却引来一个更凶悍的东西，茉丽，你的歌声真不简单啊！"龙薇儿感慨地看向森茉丽，却发现这位大小姐在海怪震撼出场的第一时间已昏了过去。鲛珠从她手中滚落，在阳光下反射着耀眼的幽光。

海泣篇

海怪一阵嘶吼，像是受到了某种感应，两只硕大的眼珠望向龙薇儿他们乘坐的船。

"不是吧！我们这么小你都看见了！"

龙薇儿刚抱怨了一声，一条满是吸盘的触手挟着水浪狠狠地拍向了船身！为了回避冲击，船头急速左转，只听见"咔嚓"一声，船尾猛地一震，尾舵顿时被拍得支离破碎。

"我的妈呀！早知道就不贪这次的船钱了！"看到尾舵碎裂，船家惨叫一声，迅速放下应急用的小船。

"姑娘，这大船不行了，咱们还是撤吧！要是被这个怪物当点心吃了，那可不值得！"

"我也想走！但是，这个家伙好像不打算放过我们啊！"

龙薇儿一手抱住昏倒的森茉丽，另一只手紧抓着缆绳，防止自己被翻涌的海浪颠下船。

"小姑娘，你不走我可走了！我可不敢陪您在这儿干耗！"船家手脚麻利地上了小船，又等了一会儿，见龙薇儿还没有逃走的意思，头也不回地拼命划离这片危险的海域。

"发生什么事了？"脸色苍白的青岚被海浪颠醒了，扶着扶手走上甲板，一脸茫然。

"你帮我看着茉丽！"龙薇儿没时间过多解释，只是把怀

里的森茉丽扔向青岚。

"师兄，你先带着茉丽躲起来，我来把这只大章鱼搞定！"龙薇儿拔出了七星彩虹，手指轻轻拂过，明媚跳动的蔷薇色灵蕴立刻缠绕在剑身上，长剑一挥，一道炽热的气浪冲向了海怪！

海怪挥舞着触手，用力砸向海面，顿时激起了一排巨浪。大船剧烈地摇晃，勉强没有颠个个儿。溅起的水花形成了一道水幕，阻挡住了龙薇儿的第一波进攻。海怪注意到了龙薇儿的举动，发出一声怒吼，长长的触手伸向了危如累卵的大船。

龙薇儿不甘示弱，将灵蕴爆发到极致，整个人如同一团燃烧的火焰。

"乖乖变成烤章鱼吧！"

龙薇儿挽了个剑花，整个人就像一颗闪光的流星冲向了海怪。看到浑身冒着火光的龙薇儿冲向自己，海怪立刻挥舞起了触手，海面发出"噼里啪啦"的声响，它想在空中抽飞龙薇儿，但每一次都落了个空。

"太天真了！你以为夜华老师的特训是过家家吗？"

龙薇儿的嘴角勾起了自信的弧度，在十几条愤怒的触手之间连续进行了好几个漂亮的闪避。七星彩虹被蔷薇色的火焰附

着，朝海怪的头颅狠狠劈去！中了！龙薇儿大喜，正要抽离七星彩虹，却发现剑尖卡在了章鱼怪的皮肉里。

"嗷！"被刺伤的海怪发出一阵愤怒的狂吼声，震耳欲聋的吼声让近在咫尺的龙薇儿身形一滞。就在这一瞬间，海怪猛地挥舞出另一条触手，"砰"的一声将龙薇儿连人带剑掀翻在海里！

青岚把森茉丽安置在安全的角落，扶着扶手站到了甲板上。他晕船，四肢没有什么力气了，但心里放心不下龙薇儿。他站到甲板上的刹那，正好看见龙薇儿被海怪狠狠抽落水中。

青岚的瞳孔剧烈地收缩，一股森冷而强悍的杀意瞬间弥散开来。他抬起头直视着海怪，双眼闪现出异样的华彩，身体周围浮起了朦胧的雾气。

海怪正在肆无忌惮地搜寻龙薇儿的所在，仿佛受到了什么惊吓，突然停了下来。它扭转脑袋，正对上了怒视着它的青岚。海怪的眼里闪过一丝恐惧，然后被疯狂填满，它愤怒地伸出了触手，将攻击对象换成了船上的青岚。

面对迎面袭来的海怪，青岚的眼里没有恐惧，有的只是愤怒！薇儿她……竟然就这么被这只丑陋的海怪伤到了！更可恶的是，这只海怪竟然还敢袭击自己。

不可原谅！

"对于渣滓一般的家伙，就该给予毁灭的命运。"

青岚的脑海深处响起了一个冰冷的声音，一个身着华袍，逆光而立的人影在他的意识里浮现。

那个身影正在飞快结印，天地间的力量仿佛都被他汇聚到了一处。青岚闭上眼睛，感受着那个人带来的震慑一切的力量。他像是梦游一般，双手不自觉动了起来，一点不差地重复那个人的动作。远处，一条巨大的水龙从海面上窜起，猛地扑向了大海怪！

"千湖覆海。"青岚睁开了眼睛。

不，还不够！

一股力量从青岚身上爆发开来，潜入海里。海面顿时出现了剧烈的震动，一股极强的力量将海水汇聚成几条巨大的水龙，水龙齐声龙吟。然后扑向了海怪！

巨大的水流冲击力将海怪逼得一退！

"还没完呢！"

突然，一个包裹着蔷薇色火焰的人影从海水里冒出来。这个人是龙薇儿。

龙薇儿跳上海怪的头顶，重重挥下一剑。尽管龙薇儿用尽

海泣篇

了所有的灵蕴，晋级后的焚心诀威力也有所提高，但对于皮糙肉厚的海怪来说效果还是不太理想。不过，龙薇儿的灵蕴之火却也灼伤了海怪，令其大怒。

海怪挥舞着所有触手，开始攻击四面八方所有的人。青岚所处的大船在海怪近乎暴虐的攻击下彻底破碎，龙薇儿被触手击中，顿时晕了过去。青岚见状，立刻跃入了海里。就在这个时候，海洋深处传来了一阵空灵的歌声，一个人影从海底浮了上来。

> 当星光刺穿了夜的胸膛
>
> 黑暗的血
>
> 流淌着无尽的忧伤
>
> 何时才能停止争斗
>
> 让一切归于安宁
>
> 请收回惩戒的利剑
>
> 平息怒火
>
> 安然长眠
>
> 请接受我们最诚挚的敬意
>
> 带着胜利者的荣耀安眠……

空灵的歌声安抚着暴怒的海怪，歌声越来越高亢，竟然让

海怪渐渐平息了下来，它在原地转悠了一下，便缓缓地向远处游去，沉入了深海之中。

那人来自海洋深处，踏着海浪，就像行走在平地之上，手里握着从船上滚落的鲛珠。他感受到鲛珠上的熟悉气息，再一次潜入海中，将昏迷的森茉丽抱出了海面。他找到一块飘浮的木板，把森茉丽放了上去。

那人望着浑身湿透的少女，情不自禁地伸手轻抚了一下她被海水沾湿的睫毛。长长的睫毛宛如受惊的蝴蝶般微微颤动，昏睡的少女缓缓地睁开了眼睛。

她睁开眼睛的一刹那，看见眼前人，泪水从眼眶中流了出来。森茉丽终于见到思念已久的面容，不禁轻声呼唤："明欢，是你吗……"

"是我。"

"我是不是死了？"

"傻瓜，你还活着。"

"那我一定是在做梦。"

她伸手去摸明欢的脸颊，感到那是明欢的脸。那种独属于海精灵的冰凉感自手心传递过来，一直传到人类少女的心脏。

"你……"森茉丽一时说不出话来。

明欢知道森茉丽不惧艰辛地来找自己，不知道该如何面对这个人类女孩。一开始，他只想利用她的单纯逃出牢笼，但在和她相处的过程中，他已经被她的纯真深深打动。听罗森提起森茉丽的名字，明欢不明白自己为什么会有莫名的心悸。朋友？他们真的算是朋友？明欢不相信，但看到她落入大海，他的心悬了起来，忍不住出手阻止了海怪的攻击。看到劫后余生的森茉丽，他有欣喜，有疼惜，但更多的是无奈。

"傻丫头，我接近你是有目的的，我想利用你的同情心逃走。一年前，被羽箭射中的我没有死，我骗了你。"

森茉丽呆住了，良久后抬手擦了擦眼角，似乎是告诫自己不要哭。

"你没事就好。"放下手臂，她脸上洋溢出温暖的笑容。

看着她的笑容，明欢的心里微微发酸，无法正视森茉丽真挚的目光。明欢别过脸，正好看到青岚抱着受伤的龙薇儿四处找寻木板。

"你们快走吧！这里离海底精灵的聚集地很近。如果被他们发现，你们会被杀死的。"

明欢念起咒语，将周围破碎的木板聚合起来，造出了一艘可供三人使用的小船。

"快走吧，时间……不多了！"

"明欢……"诀别的味道涌上森茉丽的心头，她伸出手拉住了他。

"对不起……"明欢俯身亲吻了一下森茉丽的额头，轻轻地推开小船，看着呆住的森茉丽渐渐远去。

"忘了我……"明欢转身，沉入海底，一股推力令载着三人的小船离开了这片海域。

海泣篇

第十一章

海底火山

　　平静的海面上，一艘小船飘荡着。随着海水的晃动，龙薇儿慢慢醒了过来，看见一双写满担忧的绯红色眸子正注视着自己。龙薇儿的四肢僵硬，她想要起身，却发现自己被青岚牢牢地抱在了怀里。

　　龙薇儿脸上发热，完全清醒过来后，用力挣脱了青岚的怀抱坐起来，努力平复着怦怦乱跳的心，惊愕地问道："发生什么事了？海怪呢？我们的船怎么变得这么小了？"

　　"大船坏了，只有小船。"突然落空的怀抱让青岚有一种淡淡的失落，却也一如既往言简意赅地回答龙薇儿的问题。

　　龙薇儿一脸茫然，只好把求助的目光投向了正在一旁不停擦眼泪的森茉丽。

　　"茉丽，我们……到底发生了什么事？"

"海怪……弄坏了我们的船……后来明欢来救我们了……小……船也是他弄的。"

森茉丽一边擦眼泪一边断断续续地把事情的始末给她讲述了一遍。

"呜呜呜……薇儿,他叫我……忘了他,你说是不是……我以后都见不到他了……"

森茉丽哭得稀里哗啦,龙薇儿被她感染,心里也不太好受。她把双手撑在船上,似乎想到了什么,顿时悲从心来:完了!船是租来的,现在被弄坏了,我们得赔船厂多少钱啊!

"薇儿,你也替我难过吗?能有你这么一个朋友……我真的很幸运……"感受到龙薇儿的悲伤,森茉丽感动不已,哭得更厉害了。

"是啊……其实不光是为了你,还有我们租来的船……"龙薇儿同时抹了一把眼泪。

森茉丽擦干眼泪,缓和了一下情绪,郑重地说:"是我连累了你们,让我来赔偿吧!"

"不行哦,茉丽!你要是这样做,我可生气了!"龙薇儿拒绝了森茉丽,语气严肃起来,"我们是朋友吧?什么是朋友?朋友必须有福同享,有难同当!所以,赔钱的事,就让我

们一起承担吧！哦，还有青岚师兄！"

青岚一怔，继而好笑地点点头。

"薇儿，你别生气……我只是不想太麻烦你们……呜呜，既然这样，那就让我们一起承担吧……"

"好啦，我不生气了！赔钱的事就这么说定了！说实话，你之前花了那么多钱买下鲛珠，现在应该没什么钱了吧！"龙薇儿有意无意地瞥了一眼森茉丽，对方的脸色突然尴尬起来，微微鼓起的包子脸上满是窘迫的红晕。

"那、那我们现在该怎么办？"森茉丽望了望四周，茫茫大海，小船就像一片叶子，完全找不到方向。

"只能等等看了！说不定运气好，刚好有船经过，那我们就得救了！"龙薇儿永远保持着乐观的心态，用积极的语气安慰森茉丽。

森茉丽仰起小脸看着她，被她的乐观心态所影响，重重地点头。

"嗯！"突然，龙薇儿激动地站了起来，一阵剧烈的晃动让重心不稳的小船差点翻掉。龙薇儿兴奋地将手指向某个方向，大喊："看！真的有船！我们的运气太好了！"

森茉丽和青岚顺着龙薇儿的手指看过去，果然看见一艘大

船向这边缓缓驶来。

"得救了！"三人欢呼着，从船上站了起来，一起朝大船招手。

"离得这么远，他们估计看不见我们，看我的！"龙薇儿手腕一翻，在手心里捏了个灵蕴光球，然后把这个光球抛向空中，只听"啪"的一声，光球在空中炸裂开来，绽放出璀璨的蔷薇焰火。

"薇儿好厉害……"望着漫天散落的焰火，森茉丽由衷地夸奖。

龙薇儿很满意发出的信号弹，充满信心地等待救援。青岚和森茉丽也把注意力集中到了大船上，满心期待。

然而，那艘大船上的景象，却是他们没有想到的。

船头上站着一个肥硕的身影，那双被肥肉挤得只剩下一条缝的眼睛闪着忧郁的光。这个人不是别人，正是梅梁兴。他敞着怀，袒露着胸部与肚皮，裸露在外的胸毛随着海风的吹拂十分惹人注目。他嘴里叼着的烟头明明灭灭，仿佛在哀叹自己献身于香肠般的肥厚双唇而无处哭诉。梅梁兴摆出一副沉思的样子，问船上的众人："你们说，大哥我帅不帅？"

"帅！"众人齐声。

"那为什么如花姑娘看都不看我一眼？"

"这……"众人面面相觑。

"我明白了！那是因为老子没有买下鲛珠！要是老子有了鲛珠，如花姑娘一定会飞扑进我的怀抱！哼，都怪上次在拍卖会上跟老子抢鲛珠的臭丫头，要是再让老子遇到……"

"老大，前面有人在发求救信号，怎么办？"

"你这个蠢货！当然是把他们抢干净再踢回海里啦！我怎么会有你这么蠢的跟班！"

听到有人求救，梅梁兴立刻从沉思者变成了欺善怕恶的街头流氓，大手一挥，把船开了过去。

看到缓缓驶过来的大船，龙薇儿高兴极了，没想到这么快就等来了救援。

"好心的船长！我们出海时遇到了海难，能不能请你们把我们捎回蔷薇镇？"龙薇儿见大船靠近，高声疾呼起来。

虽然看不到船上的人，但是有救生索被抛了下来。

龙薇儿急忙带着森茉丽和青岚爬了上去，爬到一半，逆着光的龙薇儿听到一个耳熟的猥琐笑声。

"嘿嘿！"

龙薇儿眯了眯眼，这才看清了船舷边上的肥胖身影。

"原来是你！"

龙薇儿与梅梁兴不约而同地大叫起来，只是前者满脸欲哭无泪，后者喜上眉梢。

"今天真是好运气，居然又让老子遇到你们了！兄弟们，还愣着干什么？动手！"

森茉丽也看见了梅梁兴，吓得面容失色，就要往下爬。一时间他们困在了救生索上，上下不得。梅梁兴指挥喽啰们三下五除二，用渔网把他们网了上来。

跟海怪鏖战了一番，龙薇儿等人哪里还有力气反抗，挣扎了几下就被喽啰们抓住了。他们像是从海里捕来的鱼虾一样，被渔网网着，扔到了甲板上。

"嘿嘿，风水轮流转，这次被老子逮到了吧！"

梅梁兴一脸得意，一边吐着烟圈，一边戏谑地看着在渔网里挣扎的龙薇儿等人。

"怎么样，是你们自己把鲛珠交出来，还是让老子的兄弟们动手搜身吗？"

"浑蛋！"

"流氓！"

"嘿嘿，你们骂好了，反正老子又不会掉块肉！"

看着梅梁兴不怀好意的笑容，森茉丽的眼泪再次涌出。龙薇儿见状，咬牙说："鲛珠被海精灵拿走了，不然我们怎么会向你们的破船求救！"

"哦……这么说，你们还遇到海精灵了？哈哈，真好！本大爷大人有大量，之前的事就不跟你们计较了，不过你们得告诉我，你们是在哪里遇到海精灵的！老子要去抓一只回来，以后就不愁没有鲛珠送给心上人了！"梅梁兴睁大了双眼，眼中流露出贪婪的光芒。

"你想得美！"龙薇儿冷哼一声，用鄙视的眼神狠狠盯着梅梁兴。

梅梁兴不怒反笑，走到森茉丽身边，在她惊恐的目光下拽起了她的胳膊。梅梁兴冲龙薇儿露齿一笑，狠狠地拧了一下森茉丽纤弱的胳膊。

"哎呀呀……好痛！"森茉丽的胳膊上立刻浮现出一大块青紫。

"你这个挨千刀的浑蛋，快给我住手！"

龙薇儿破口大骂，无奈全身被渔网罩着，只能干瞪着眼睛。梅梁兴见她毫不示弱，再次把手伸向了森茉丽的胳膊。

"住手！"龙薇儿不忍森茉丽再被欺负，大声制止。

"薇儿，不能说！绝对不能说！"森茉丽见龙薇儿有些动摇，急忙阻止她。

龙薇儿看见森茉丽痛苦的表情，一下子愣住了。

梅梁兴见森茉丽搅局，心中恼火，更用力地掐了一下她。森茉丽倔强地咬住嘴唇，硬是不让自己发出一声叫喊。看着平日里爱哭的受气包竟然能忍到这个程度，龙薇儿咬着牙也闭上嘴沉默了。

连续被掐了好几次，森茉丽都硬生生地挺住了。梅梁兴看着身上被拧得青一块紫一块的森茉丽，顿时觉得没趣。他把龙薇儿等人丢到甲板上，对旁边的喽啰们说："把他们关到船舱里去，饿几顿，等他们什么时候想通了，再给他们饭吃！"

"是，老大！"

等喽啰们把龙薇儿等人带走，梅梁兴独自待在甲板上，摩挲着手掌，一脸兴奋地喃喃自语："有人告密说那个臭丫头是森家的大小姐，虽然不知道是不是真的，但如果有森家的人在，不愁抓不到精灵！等老子抓到精灵，马上金盆洗手，带着如花姑娘去过神仙眷侣般的日子！"

梅梁兴做了一会儿美梦，似乎想起了什么事情，重重地咳嗽了一声，提醒自己："绝对不能让别人知道那个臭丫头的身

份，要是有人害怕去向森家告密，老子就完蛋了！我一定要装作不知道，装作不知道！"

梅梁兴正在设想着自己的计划，被押入船舱的龙薇儿等人可不想就这样坐以待毙。趁着看守们喝酒聊天的时候，龙薇儿已经偷偷计划着怎么逃跑了。

趁守卫们不注意，龙薇儿慢慢地把身体移到森茉丽的旁边，借助她的身体挡住自己。龙薇儿的双手被反绑在背后，右手食指上跳动着灵蕴之火。微弱的火苗慢慢地灼烧绳子，船舱里开始弥漫一股焦烟的味道。龙薇儿明显感觉到绳子越来越松，正偷偷高兴着，一个粗犷的声音突然响起。

"好像有什么奇怪的味道！"喝得醉醺醺的看守用鼻子嗅了嗅四周，"喂，你有没有闻到？"

"嗝！你是不是喝多了？这里除了海风的咸湿味，哪来什么奇怪的味道！除非，你尿床了！哈哈哈！"另一个看守揉了揉发红的酒糟鼻，嬉笑着说。

"少开老子的玩笑！咱们还是小心点，老大的脾气你是知道的！"先前那人恼怒地瞪了同伴一眼，摇晃着身体站起来，准备四处检查一遍。

龙薇儿的额头冒出一层细细的冷汗，她一咬牙，抬起头瞪

着森茉丽，不耐烦地嚷嚷："啊！我真是受够了！都是因为你，我们才会被绑票！都是因为你，我现在饿得快没力气了，还要在这受罪！你这个大累赘，我再也不要跟你做朋友了！"

龙薇儿突然发起牢骚，众人都愣住了，把目光集中到她脸上。龙薇儿在心里念叨着抱歉，嘴上却没有停下数落，手上的灵蕴之火越烧越烈。

完全猜不透龙薇儿心思的森茉丽睁大了眼睛，听着龙薇儿的数落，委屈的泪水随时都会掉下来。眼前的这个人，真的是龙薇儿吗？是那个在入学考试的时候鼓励过自己，在她遭遇流氓地痞的时候挺身而出，在被海精灵袭击的时候浴血奋战的那个人吗？那个在任何困难面前都不会放弃的人，突然说出了这样的话！

"吵架了？"看守坐在桌前，一脸看戏的表情看着两个相互对视的少女。

"薇、薇儿……"森茉丽弱弱地喊了一声，不知道自己该做出什么反应。

"哼，对面的，我想通了，我要跟你们合作！带我去见你们的老大。"龙薇儿别过脸，理都不理森茉丽，仿佛没看见她潸然落下的泪水。

海泣篇

　　龙薇儿不愿意看到森茉丽被遗弃的凄楚表情，生怕自己一个不忍心错过了逃跑的时机。

　　"嘿嘿，这个丫头还挺识时务啊！那好，咱们带你去。"看守们看够了两人的闹剧，晃悠悠地站起来，准备带龙薇儿去见梅梁兴。

　　"大哥，还是让我带她去吧！"

　　"怎么，你小子想跟哥哥我抢功劳吗？"

　　"不，大哥你不要误会！这个丫头的态度变得太快了，不得不防啊！"

　　"你小子就是太小心了，跟个女人似的……不过，就听你的吧！"

　　两个人走到龙薇儿面前，示意她走到他们中间。龙薇儿站起来，给青岚递了个眼色。

　　"师兄，你跟我还是跟她？"

　　青岚抬起头就看到了龙薇儿的背后，毫不犹豫地回答："跟你。"这一声毫不迟疑的回答让森茉丽的最后一丝希望瞬间泯灭。

　　"哈哈，小丫头，不用露出这么绝望的表情呀！这个世界本来就是这样，每个人都会为了自己的利益放弃别人，你不是

第一个，当然也不是最后一个。"

"薇儿、薇儿不是这样的人！"森茉丽哭起来，努力说服自己。

"世界上还真有你这种单纯的小丫头。红发小妞，还是你来告诉她吧！"

龙薇儿看着森茉丽的泪水，没想到她这个时候还相信着自己。她低下了头，正在这时，捆着她的绳索突然松开了。

龙薇儿抬起头，冲看守嫣然一笑："没错，我怎么可能是那种人！"

没等他们反应过来，龙薇儿抡起拳头砸向了他的面门。

"浑蛋，原来是诈降！"看到同伴被一拳砸晕，另一个人大怒，正准备出去叫人，腰间忽然一痛，整个人重重地撞在了桌子上，顿时也晕了过去。

"师兄干得好！"

青岚用头撞倒了另一个看守，龙薇儿称赞了一声，马上帮他松绑。

事情变化得太快，森茉丽看着两个晕倒的看守，一时没有反应过来。她还在傻傻发愣的时候，龙薇儿已经蹲下身子给她解开了绳索。

"好了，没事了，我们快跑吧！刚才的动静太大，他们很快就会发现的。"

龙薇儿说着，一边从角落里找出七星彩虹，一边让青岚打包干粮和淡水。她转过身，发现森茉丽坐在地上一动不动。

"茉丽？"龙薇儿有些担心地走过来，伸出手在她面前晃了晃。

森茉丽愣了好一会儿，终于回过神来。她噘着嘴，眼泪似乎随时都要夺眶而出。

"下次、下次不许再说那样的话！就算是为了骗人也不行，因为、因为我会很生气的！"森茉丽咬紧了嘴唇，费了好大的力气，才把心里的话说出来。

"说什么话？"龙薇儿一头雾水。

"不要再和我做朋友什么的……"

看到森茉莉脸上流露出的落寞，龙薇儿这才意识到刚才那场戏里的说辞竟然让她那么介意，顿时心生愧疚，连忙道歉："对不起，刚才没时间解释那么多，我是为了骗过那两个看守才这么说的。茉丽不要再生我的气了，好吗？"

"嗯……"森茉丽咬着嘴唇，带着重重的鼻音点了点头。

龙薇儿拉过森茉丽的手，将两人的小指钩在了一起。

"约定了哦，我们永远都是好朋友！"

森茉丽终于破涕为笑："嗯，永远都是好朋友。"

看着森茉莉的表情，龙薇儿的心里也浮起一种难以形容的喜悦。朋友，这个词对她来说，是多么难得。

"可以走了。"

青岚波澜不惊的声音打破了少女间的温暖泡沫，把她们拉回了现实中。

龙薇儿反应过来，马上带着他们溜到放着应急用小船的地方。借着昏暗的天色，她发现大船上的人似乎少了很多，虽然有点奇怪，但对他们来说却是好事，便没有细想下去。

三个人将小船放进海里，顺着绳梯爬到了小船上。第一个踏上小船的是龙薇儿，刚踏上小船，她就感觉到浑身都在发热，就连吹向自己的海风似乎都是热的。现在是傍晚时分了，海面的温度不但没有下降，反而还有所上升，这是怎么回事？

龙薇儿看着海面，总觉有点不对劲。她把手伸进海里，却像触电般缩了回来。

"好烫！"

陆续爬下来的森茉丽和青岚也发现了海水的异状。众人正困惑的时候，梅梁兴派出的搜索队回来了。他们在搜索的途中

捕获了一只海精灵。那个精灵背着包袱，一副出远门的样子，现在正昏睡在渔网里。

大船上吵吵嚷嚷，大部分声音都在赞颂梅梁兴英明神武。龙薇儿听到船上的响动，很是纳闷。她曾经和海精灵交过手，当然知道那些精灵的身手有多么矫健，而且海洋还是他们的主战场，怎么会这么轻易地被捕获。

"怎么回事？"森茉丽小心翼翼地问。

龙薇儿做了一个噤声的手势，然后把目光转移到了海面上，越来越烫的海水让她联想到一个可能，会不会是因为海水变烫了，海精灵被蒸晕了，才被他们用渔网抓住了呢？

大船上，梅梁兴被众人夸得飘上了天，大声指挥着喽啰们把海精灵吊上船。

那只精灵突然醒过来，他发现自己被人类抓住了，惊声尖叫起来："浑蛋，海底火山就要爆发了！你们还留在这里，是想死吗！"

"海底火山？你当我们是傻子吗？"梅梁兴的狂笑声从甲板上传了过来，船上的众人齐声欢呼。

龙薇儿心里暗道不好，那个海精灵说的可能是真的。

突然，海面上陆陆续续冒出了许多人影，船上的众人渐渐

停止了笑声。

"老大，你看！"

原本以为这个精灵是为了逃跑才危言耸听，但当大船和小船上的人都看见海面上弥漫起淡淡的雾气时，大家才发现事情不对劲。海里冒出来的人影，都是逃难的海精灵。看样子，海精灵似乎准备大规模迁移，梅梁兴这才相信海底火山就要爆发的事实。

他目不转睛地看着大批逃难的精灵，没有一点害怕，反而有一丝贪婪的光芒在眼里闪烁。

"兄弟们，机会来了！快把这些逃难的精灵都抓起来，我们要发大财了！"

梅梁兴一声令下，船上的人个个都像被金币砸红了眼，开始兴奋地撒渔网。

"海精灵就要消失了，贪婪的人类，你们再也别想从我们身上得到鲛珠了。"被抓住的海精灵放弃了反抗，任由他们拖上船去。

"他们是白痴吗？为了鲛珠连命都不要了！"看着梅梁兴等人的疯狂举动，站在小船上的龙薇儿气得浑身发抖。

"难道这才是明欢要我们赶快离开的真正原因？"森茉丽

突然想起了明欢的那句话。

快走吧，时间……不多了！

没有人回答她，但龙薇儿和青岚都想到了这一层。

"我们现在该怎么办？"森茉丽着急起来。

话音刚落，远处的海面上传来了一阵熟悉的嘶吼。海水剧烈地晃动，一只巨大的生物从海底深处潜出来，正是龙薇儿等人遇到过的那只海怪！海水的异常让海怪狂暴起来，无数条触手疯狂地拍打着海面，似乎在寻找让海水升温的罪魁祸首，很快，它发现了大船，愤怒地游了过来。

"茉丽，你们去救海精灵，我想办法拖住它！"龙薇儿迅速做出了决定。

"你要去对付那个大家伙？"青岚挑眉，龙薇儿落水的那一幕还印在他的脑海里呢，这个冲动的丫头。

"放心吧，打不过我就逃！你们千万别让那个流氓头子做傻事，一定要保住船！不然我们都得死在这里了！"说话间，龙薇儿几个跳跃，整个人化作一团火焰冲向了大海怪。

"臭章鱼，你还记得我吧！这次一定让你变成真的烤章鱼！"龙薇儿拔出七星彩虹站在巨大的海怪面前，不甘示弱地和它对峙。

　　森茉丽和青岚回到大船上时，船上的人已经乱作一团了。大海怪破水而出的刹那，梅梁兴的胆子再大也被吓破了。他立刻指使手下扬帆逃回蔷薇镇。看到森茉丽和青岚出现，他也没心情管，牢牢抱住一根船桅，大喊快跑快跑。

　　一时间，船上混乱不堪，人人自危。

　　森茉丽跑到船舷处，没有理会四周嘈杂的噪声，她紧紧盯着海面上不时浮出的由海贝建造的残垣断壁，咬紧了嘴唇。

　　"青岚师兄，那些就是海底精灵的家吗？"

　　"嗯。"青岚看了一眼海面上的惨状，应了一声。

　　"那明欢他……以后会无家可归吗？"森茉丽的双手交握在胸前，眼神充满了担忧，又隐隐希望能听到否定的回答。

　　明欢，她唯一的精灵朋友，还有那种无法说出的情愫，如果就这样被大海埋葬，森茉丽不知道自己是不是还有勇气面对未来。

　　"我不知道。"青岚的目光落到了远处的海怪身上，以及那个与海怪缠斗的身影。

　　他的手指不知不觉收紧了，内心深处，仿佛蛰伏着野兽。

第十二章
海神的权杖

　　大船开始掉头返航。龙薇儿心里不觉一喜。一个疏忽，被海怪的触手拍中，重重地飞了出去。很快，狂暴的海怪连海精灵都开始攻击了，精灵们惊慌失措，纷纷吟唱起咒语。

　　海怪的脑袋上出现了由元素能量汇聚而成的符文光带。随着念诵咒语的声音越来越大，符文也越来越强，海怪终于渐渐平静下来。

　　龙薇儿从水里冒出头来，看着精灵们的举动，松了一口气。据说精灵自降生起便拥有操纵自然的灵力，被誉为"神之仆人"，现在看来，他们果然是大自然力量的最佳支配者。龙薇儿正感叹着，突然，海怪怒吼一声，眼珠子竟然变成了血红色。空气中传来一股巨大的压力，不管是龙薇儿还是海精灵，都感到心里一沉。海怪发出一声疯狂的咆哮，符文光带瞬间崩裂，释放出来的巨大能量震伤了不少精灵，龙薇儿横剑一挡，

才逃过一劫。

精灵们绝望了，开始对着大海祈祷。

"少族长！"绝望的精灵们眼中闪过了希望的光芒，一个身影从雾气中浮现。自从失踪六年的少族长回来后，他成了最擅长与神灵沟通的精灵，这次的灾难也是他预示的。

"请各位退开，这里就交给我吧！"

在族人们热切的目光下，明欢举起了手里的权杖。这是海神的权杖，象征着神职者无上的权利和力量。海神权杖由深海的海神木制成，权杖顶端的"U"型支架上嵌着一颗硕大的宝石。传说，这颗宝石是海神的心脏化成的。

海风轻抚着明欢的银色长发，昏黄的天色里，飞舞的长发仿佛镀上了一层金色。他望了一眼正在返航的大船，轻声呢喃："我一定会阻止它的。"

精灵们纷纷散开，明欢握紧了手中的权杖，开始高声诵读咒文，施展幻术后，海神权杖发出越来越璀璨的蓝色光辉。

海怪停下了攻击，因为它感觉到了一股熟悉的力量，开始用血红的眸子四处扫视。突然它发现了一个让自己深恶痛绝的东西，怒吼一声朝明欢扑了过来！

触手狠狠地拍在海神权杖上，明欢被一股巨大的力量推了出去。他的幻术只完成了一半，虽然给海怪带来了一定的伤

害，但还不足以致命。海怪的触手碰到海神权杖，浑身都颤抖了起来，海水随着它的颤抖也开始抖动。蒸腾的雾气，暴怒的海怪，亡命的精灵，整个大海仿佛末日来临的景象。

"噗"，明欢吐出一口鲜血，海神权杖上的蓝色光芒瞬间黯淡下来。海怪见海神权杖的力量消失，又将触手伸向了明欢。明欢踏在水面上，右手缓缓结了个手印，为了预测海底火山爆发的时间已经耗费了他太多的灵力，现在又被海怪重伤，明欢不知道自己能撑到什么时候，但他必须为族人和那艘人类的航船争取时间！

海怪的触手如猛烈的浪花卷了过来！明欢凝神静气，手腕轻轻翻转，突然，一道蔷薇色的气浪如闪电般斩向了海怪的触手！明欢抬头一看，一个娇俏的身影窜到他的面前，长剑一挥，挡住了海怪的攻击。

"臭章鱼，本小姐回来了！"龙薇儿握紧了七星彩虹，挡在明欢的面前。

这个海精灵是森茉丽的朋友，她不能眼睁睁地看着朋友的朋友被海怪拍死。想到这里，龙薇儿冲海怪大叫起来："臭章鱼，来打我呀！"

攻击被阻断了，海怪非常愤怒，触手一挥就将龙薇儿掀翻！又是这个身影！又是这个身影！不管被拍飞多少次，这个

身影仍会活蹦乱跳地缠着自己！杀了她！一定要杀了她！

海怪暴怒，四下搜寻龙薇儿的踪迹。

不一会儿，龙薇儿再次浮出了海面，吐了一口海水。

"这是你第几次拍飞本小姐了！哼，在没有打倒你之前，我是不会放弃的！"龙薇儿大喊大叫，气势一点也没有减弱。突然，她感觉身体一轻，整个人站在了水面上，就像踏在陆地上一样。

她看到不远处的明欢手上闪动着能量光辉，才知道是他帮了自己。

"用这个。"

龙薇儿还没来得及说谢谢，明欢便向她扔来一根权杖。

"这是？"龙薇儿接过了明欢扔过来的权杖，疑惑地问。

"海神权杖，我族的圣物，海怪会听从海神的驱使。"明欢言简意赅地解释了一下。

"好！"一听说这是海怪惧怕的海神权杖，龙薇儿又充满了斗志。

她把七星彩虹插回剑鞘，转而握紧了手中的海神权杖，将灵蕴之力注入进去。权杖顶端的蓝宝石爆发出一股耀眼的光芒，附近的人都感受到了一股威严的力量。

"臭章鱼，在海神面前，还不快束手就擒！"

"嘶嘶！"海怪对海神权杖的力量并不陌生，龙薇儿冲过来的刹那，它扬起了所有触手，一起摔向了龙薇儿！

看见海怪的十几条触手全部向自己挥来，龙薇儿心里一紧，爆发了所有灵蕴在身体前形成一道屏障。突然，权杖上的蓝宝石蓝光一闪，一个蓝色的结界将龙薇儿笼罩起来。"砰！"海怪的触手碰到结界，竟然被弹开！

海面风浪四起，仿佛暴风雨来临。龙薇儿目瞪口呆，她虽然身处结界之内，但也能感受到海怪刚才的一击，是多么惊天动地。

抵挡住了海怪的一轮攻击，蓝宝石的光芒开始黯淡，结界渐渐消失。

龙薇儿望向海怪，经过刚才的一击，海怪明显露出了疲态，龙薇儿和明欢给它造成的旧伤也开始发作了。龙薇儿发现这是个反攻的好机会，权杖一挥，蓝宝石再次发光，龙薇儿从海面上高高跃起，像一支利箭飞了过去！

权杖与海怪的触手相撞，双方都被强大的冲撞力弹开。龙薇儿气喘吁吁，已经很难再利用灵蕴站在海面上了。

权杖倾斜，龙薇儿感觉到手上传来一阵颤动。蓝宝石爆发出一阵刺眼的光芒之后，海神权杖突然幻化成闪烁着诡异蓝光的三叉戟。龙薇儿望着海神权杖的变化，不禁骇然。

"海神战戟！"明欢看着突然变化的海神权杖，不由失声惊呼。

龙薇儿听到他的惊呼，若有所思地凝视手中的三叉戟，莫非这就是传说中海神的武器？

海神战戟在族内的典籍中有过记载。那是传说中海神的武器。它的破坏力能使这片海域最强大的海怪感到惧怕。原本沉寂了千百年的海神权杖竟然在人类的手上进化了，成为了传说中的武器。这让躲在安全区域注视着战况的精灵们顿时失了声音，他们看着龙薇儿手上的武器，神色复杂。

海神大人，您终究没有抛弃您的子民！

明欢一脸凝重，开始默默祈祷。

海神权杖的模样发生了变化，但这毕竟不是海神的真正武器。即便如此，这件武器已经在海神的眷顾下发生了脱胎换骨的变化，就连龙薇儿都能感觉到一股冰冷的杀意。

来吧，大海怪，接受海神的惩罚吧！

龙薇儿挥动手上的武器，迎向了海怪伸来的触手。"噗"权杖切开了海怪的触手，黑色液体从伤口处流了出来，空气中散发着一股浓重的腥臭味。

飞溅的液体没有溅到龙薇儿身上，全都落入了海中，竟然将海水都染黑了。海怪的触手被砍断后，一下子愣住，随即暴

海泣篇

怒地嘶吼起来。

仿佛因数百年来在这片海域的威信被践踏，海怪的这声怒吼引起了巨大的冲击波，让周围的一切生物都陷入了短暂的失神状态。海怪周身缠绕着一股巨大的能量，漂浮在海面上的建筑残骸飞向了它的身体，被它触手上的吸盘牢牢吸住，直到身体的每个部位都被漂浮物给贴满。它才用那喇叭似的大嘴朝天空喷出一口深黑色的汁液。汁液从空中散落到海怪吸附的漂浮物上时，海贝构成的建筑瞬间溶解了，在极短的时间里风干凝固成一种闪烁着金属光泽的皮甲。

有着柔软皮肤的海怪变成了一只身披黑色硬甲的战斗章鱼，这一幕变化让龙薇儿目瞪口呆。她大喊一声，用力挥舞权杖奔向海怪，但与触手交锋之后也只是在黑色的硬甲上留下了淡淡的刮痕而已。她一时找不到破解之法，只能凭借海神权杖与海怪周旋。

数次攻防之后，龙薇儿和海怪的体力都接近透支。相比之下，有着变态体力的海怪显然要比龙薇儿好很多。龙薇儿不觉忐忑起来，她已经消耗了大量的体力和灵蕴，这样的状态下，不要说打海怪了，能不能撑过下一轮攻击都是问题。

龙薇儿深深地吸了一口气，双手握紧海神权杖，将体内的灵蕴源源不断地注入其中。蓝宝石流光溢彩，整个权杖都闪烁

205

着海洋的蓝色光晕。

海怪感觉到越来越强大的力量从龙薇儿身上散发出来，再也抑制不住内心的恐惧，咆哮着向龙薇儿冲撞过来！

面对突然冲过来的巨大黑影，消耗了大量灵蕴的龙薇儿只能匆忙地用海神权杖抵挡。强烈的撞击下，海神权杖和海怪僵持了一会儿，龙薇儿勉强腾出一只手，聚合了一团灵蕴之火，朝海怪的头颅劈了过去！这一分神，海神权杖最终没能抵挡住海怪的强大力量，龙薇儿被狠狠地弹飞了。

龙薇儿如流星般坠入大海。但海怪也不好过，龙薇儿的灵蕴之火将它的皮甲割开了一道口子。只听"咔嚓"一声轻响从海怪头部传来，仿佛冰面破裂一般，它头上那层厚实的黑甲迅速开裂，崩溃成一块块碎片跌落到海里。盔甲崩裂之后，海怪露出了本体。它已经不像刚开始那样强壮凶悍了，现在的海怪由于消耗了大量体力而显得十分狼狈。

龙薇儿在海水里急速下沉，她握住武器想跟海怪再战一场，只要再努力一点，再努力一点，她一定能打倒那只臭章鱼！所以，她绝对不能放弃，她一定要……

"你想要什么？权利？金钱？地位？"龙薇儿的脑海里出现了一个甜美柔和的声音，莫名地让人感到安心。

"我……我想要胜利！我想保护我的朋友！"龙薇儿一刹

那失神了，喃喃自语。

就是这一瞬间的松懈，她的意识跌进了一片黑暗之中。在无边无际的黑暗里，她看见了一面孤立的镜子，镜子上映照着海面上的情况。

龙薇儿走上前，摸了摸镜面，感到一丝困惑。她这是在哪里？为什么四周这么黑？这个镜子又是做什么用的？突然，镜子里的画面发生了变化，她看到很多光柱向自己的方向射过来，仿佛带来了无穷的力量。龙薇儿一惊，跌坐在了地上。

海面上，众人看着龙薇儿打伤了海怪之后又被弹飞，落水之后便没有了动静。突然，她落水的海面爆发出了一股强大的吸引力，拼命地吸收着天地间所有的力量。随着灵蕴之力源源不断地涌入，龙薇儿与海怪交锋时所留下的各种伤痕都痊愈了。不一会儿，她的身体缓缓上浮，稳稳地站在了海面上。她睁开眼睛，澄净的眸子如一面平滑的镜子，冷冷地映照天地间的一切。她的右手轻轻一挥，蓝光四溢的海神权杖掀起了一道巨大的海浪冲向了海怪！

海怪突然感到一阵惊悚，慌忙甩出触手，却被海浪挡了回去。与此同时，海怪的四周都出现了巨大的海浪，形成一个巨大的水牢，把海怪困在了牢里！

她是谁？海怪睁大了眼睛瞪着龙薇儿，不，她绝对不是刚

才那个让人讨厌的小丫头！她、她是……

龙薇儿的表情充满悲伤，她望着水牢中的章鱼怪，手里的海神权杖微微一动，顶端的蓝宝石发出一阵蓝光。

"够了，姐姐，住手吧，不要一错再错了！"龙薇儿面无表情，却发出了一个成熟的柔和女声，正是刚才在她脑海里回响的那个声音。

"住手？用卑劣手段坐上王座的你有什么资格管我？你将我封印在这丑陋的海怪身体内，日夜守护着你的子民——就为了那些弱小的海精灵，你竟然这样对我……虚伪做作的你有什么资格说我？"

海怪的额头中浮现出一张极为美丽的脸，但那张脸上却写满了扭曲与愤怒。

"不管你对我有什么不满，都不应该伤害自己的子民！"

"什么子民！我才不会管他们！你为了封印海底火山，力量早就消耗得差不多了吧！就这样，让这些所谓的子民和他们信奉的神一起消亡吧！哈哈哈……"

"姐姐，你为什么会有这么疯狂的想法？"海神权杖上的蓝宝石发出一道耀眼的光芒，那个柔和的声音再次响起。

"不要叫我姐姐！从你成为海神的那一天起，你就再也没有我这个姐姐了！在你面前的，只有一个被封印的怨灵而

己！"海怪狂暴，触手疯狂拍打着水牢。

"姐姐，你真的疯了，看来，我当初将你封印是对的。"

"是，我是疯了！从你倡导和人类和平共处的那一天起，我就已经疯了！都是因为你幼稚的主张，才会有那么多海精灵遭受人类的欺凌！"

龙薇儿垂下了头，似乎在默默接受海怪的指责。蓝宝石黯淡了下来，那个声音没有再争辩什么。

真正的龙薇儿坐在那个黑暗的空间里，呆呆地望着镜子里的画面。刚才发生的一切，她都从镜子里看见了。外面那个龙薇儿，并不是自己，她……竟然被人附身了。占据了她身体的那个人，就是海神吗？

看着海神这样的态度，海怪反而更加愤怒。它扫视四周的海精灵，狰狞地笑道："既然连你都抵挡不了火山的爆发，那这些海精灵又有什么用呢？不如一起成为大海的祭品吧！"

在精灵们惊恐的目光下，海怪也开始吸收周围的能量，身体渐渐膨胀起来。

"不，即使我们不在了，只要我们的子民还活着，他们就能靠自己的双手重现海精灵一族的辉煌！"那个柔和的女声呐喊。看着身体越来越膨胀的海怪，蓝宝石再次发光，这道光芒坚定而强大，似乎在宣告自己的决心。

"我不会逃避作为海神的责任，我要保护我的子民！"

龙薇儿的身后突然长出了光翼，仿佛天神一般飞向了海怪的面门。她挥起手上的海神权杖，直刺向那张扭曲而疯狂的人脸。龙薇儿的表情异常冷漠，但当权杖碰到海怪的头颅时，她的眼角滑下了一滴泪珠。

一滴小小的，晶莹的眼泪落入大海，仿佛从来没有出现过。"姐姐，安息吧！下辈子，我们只做一个平凡的精灵，再也不要为了权力和力量自相残杀。"

海神权杖穿透了海怪的头部。

海怪发出令人胆寒的尖叫，一缕青烟从它的头部升起，身体开始消失，最终化作雾气消散在大海之上。水牢瞬间崩塌，化作海水回归大海。

过了很久，翻涌的海面终于平静下来。

"火山就要爆发了，你们快走吧！即便没有了神，你们也要坚强地活下去。"龙薇儿转身，居高临下地看着海精灵，说完身体就软了下去。

眼前发生的一切让海精灵惊愕不已，都睁大了眼睛望着龙薇儿。龙薇儿倒下去的时候，海神权杖的光芒消失了，蓝宝石重归平静，而真正的龙薇儿也醒了过来。眼看自己就要掉进大海，她慌忙凝聚灵蕴，在空中打了个趔趄后勉强稳住了身体。

　　刚才，她的意识虽然被海神占据，但却能通过镜子看到外面发生的一切。现在，她站在半空中，接受所有海精灵目光的致敬，顿时觉得浑身不舒服，急忙退到明欢身边，伸手将海神权杖还给了他。

　　"这是你们的神留下的，还给你吧。"

　　明欢盯着她看了很久，摇摇头说："以后没有海怪，也没有海神了……"他将龙薇儿递过来的海神权杖推了回去，"送给你吧。"

　　"不行！这个东西太贵重了……"龙薇儿吓了一跳，赶紧把权杖又递了回去。

　　"你救了我们所有人，而且，你也是海神认可的人。"明欢没有伸手去接，而是转身招呼海精灵们逃离这片海域。

　　"你也快走吧，火山就要爆发了！"明欢说完，转身跳进了海里。

　　远处的大船上，森茉丽和青岚正焦急地观望龙薇儿的战斗。看到她平安取胜，两个人的心才放了下来。看着远去的明欢，森茉丽心里的那一丝酸楚又一次溢了上来。远方，那个熟悉的身影似乎回头看了她一眼，很快又消失在了蒙蒙的雾气中。森茉丽用力捂住嘴，才没有让自己哭出声来，她擦了擦眼泪，用力挥舞起手臂，向龙薇儿喊道："薇儿，快回来——"

　　龙薇儿听到声音，回头望向远处的海船，上面站着不断向自己挥舞手臂的森茉丽和青岚，她的脸上洋溢起了笑容。虽然身体疲惫不堪，但想到有人在等着自己回去，龙薇儿就觉得自己还能使出力气，这种感觉真好。

　　龙薇儿没走几步，脚步就踉跄起来，剩余的灵蕴无法支持她继续站在海面上，"扑通"一声掉进了海里。龙薇儿甩甩头，奋力地朝大船游过去。

　　突然，一股炙热包围了她。海底深处传来一声闷响，海底火山终于爆发了，冲出水面的巨大火焰瞬间吞没了满脸笑容的龙薇儿。

　　"快划！快划！不然就没命了！"梅梁兴手忙脚乱地指挥手下赶紧逃离火山波及的海域。

　　"薇儿——"

　　森茉丽发出一声凄厉的尖叫，一年前明欢中箭的那一幕突然袭来，与火焰吞没龙薇儿的画面交织在了一起。她猛然后退几步，仿佛失去了所有力量，昏厥在了甲板上。

　　然而，在巨大火光冲天而起的瞬间，有一个身影从船上跃入了沸腾的大海。

海泣篇

第十三章
冰河与火焰

　　天空中浮现一轮皎洁的明月。明月平静地把光辉洒向四处。在月光的照耀下，蔷薇镇附近的海域却是另外一幅景象。海面不断升腾着热气，被煮沸的海水翻滚着泡沫，泡沫升起又破裂。不时有水柱从沸腾的海面冲天而起，灼热的温度把周围的鱼虾都蒸熟了。

　　在这样恶劣的环境下，一艘航船早已脱离了人力的操控，就像一只在热锅里挣扎的蚂蚁。距离航船不远处，一个人影正在沸腾的海水里游动。他的身上包裹着一层白色的光晕，让他免于被海水灼伤。这个人有着一头月光般的银色长发，俊美的脸上毫无表情，只在眉宇间隐隐透露出紧张和不安。

　　火山喷发的那一刻，青岚跳进了海里，向着龙薇儿被火焰吞没的地方游去。她不可能这么轻易就死了，青岚心里只有一

个念头，一定要找到她，一定！

海水的温度越来越高，不知道海底火山会不会再次喷发。青岚的显得脸色有些难看，他抬起手，看着海水顺着指尖不断溜走。

那个有着一头绯红色长发的少女，水汪汪的黑色眸子里总是盛满笑意，透出让人炫目的神采。她的脸上总是堆满蜜糖一样甜美的笑容，只是看着她，就让人情不自禁地想和她一起开心欢笑。这个总是给身边的人带来快乐和勇气的少女，就这样在自己面前消失了？他的眉头越皱越紧，脑子里不断浮现出和龙薇儿在一起的点点滴滴。

"忘记自我介绍了，我叫龙薇儿。"

"等等！你知道不知道，哪本书里能学到最厉害的灵术？如果你告诉我，我就把发夹送给你。"

"站住！把我师兄还来！"

"突然忘记了自己是谁，这种感觉是不是很难过？"

"如果把什么都忘记了，那就从现在开始；如果什么都没有了，就从拥有我这个朋友开始。我会一直陪着你的！"

青岚的脑海全是龙薇儿的样子，俏皮可爱的她，认真坚韧的她，偶尔发狂的她。自从失忆以来，龙薇儿几乎构成了他全

部的记忆。他从来没有想过，自己的心会有这样疯狂跳动的时候，充满了悸动与不安。这是恐惧吗？他在害怕什么？如果不能找到那个给自己创造记忆的人，以后是不是只能靠回忆才能见到她了？忘记了自己是谁的感觉并不是最难过的，最难过的是，如果她不在了，又有谁来为他创造记忆呢！

"连海水都要跟我作对吗？"

每一次深潜海中，暗流总会阻挡他前进的步伐。青岚浮上水面，望着不断涌动的海水，没来由的一阵烦躁。

"如果能让海水安静一点就好了。"

"还在妄图挣扎吗？即使是渺小的蝼蚁，抗争的勇气也是闪光的，那我就让你们成为完美的雕像，永远凝固这样的光辉好了！"

意识深处的声音再一次响起，与此同时，青岚又看见了那个身着华袍逆光而立的身影。他的脸被长发遮住了，只能看见嘴角那一抹揶揄的冷笑。

"蕴藏在血脉之中的力量啊，那是诸神的眷顾！再次展现于众生之前吧，以神眷之名，展示天威！"

那人双手结着比"千湖覆海"更为复杂的印记，全身散发着白色的能量光晕。地面上浮现出一个巨大的符文阵法，那个

身影落在阵法中间，将巨大的能量注入其中。寒光一闪，四周的气温骤降，空气以肉眼可见的速度迅速凝结，顿时把周围变成了一个巨大的冰窖！突然，那个身影停了下来，目光投向了青岚这边，戏谑道："你来晚了。"

脑袋里突然出现这一段莫名其妙的画面，让青岚的头胀痛得厉害。他捂着脑袋，右手手指却动了起来。他下意识地模仿那个人的动作，却没有注意到，自己运用起来是那么熟练，这个术法，仿佛早就刻在了他的骨子里！

青岚浮在海面上，整个人包裹在一片白色的光晕里。以他的右手为中心，一股巨大的力量开始向四周蔓延。海面开始出现用白色光晕勾勒出的阵法，四周的空气被突如其来的寒冷气息所包围。

"铁马冰河！"

低沉的音节从青岚口中一字一字吐出，海水以他为中心迅速冻结，冰层向四周蔓延开去，方圆数里的海水竟然在这个术法的操控之下凝结成了厚实的冰层！寒风四起，大海顿时被全部冰冻！不远处的航船被钉在了海面上，一动不动。

这是……青岚的力量！

青岚缓缓地呼出一口气，感觉舒服多了。

海泣篇

与此同时，海洋深处，炙热的岩浆蒸发形成了一段真空地带，除了不断翻滚的岩浆之外，还悬浮着一个闪烁着赤金色光芒的圆球。光球里，一个绯红色长发的少女紧闭着双眼，双手环膝蜷缩着，这个沉睡的少女正是在刚才被火焰吞没的龙薇儿。喷涌的岩浆冲击着这个光球，如果不是这个光球的保护，她早就被岩浆吞噬了。沉睡中的龙薇儿眉头紧皱，似乎陷入了什么梦魇无法自拔。

"好黑，好累！茉丽，青岚，你们在哪里？"

龙薇儿深陷一片无尽的黑暗之中，除了一片漆黑什么也看不到。她一直往前走，大声喊叫。可是无论她怎么呼喊，始终没有人回答她，这里除了孤寂与黑暗之外什么都没有。龙薇儿有些颓然地坐在地上，抱着膝盖蜷缩起来。

"又只剩下我一个人了吗？不会的，这一定是噩梦，等我醒过来，一切都会恢复正常。我还能看见爱哭的茉丽，还有闷闷的师兄……"

"你害怕了？真是令人失望啊！"

就在龙薇儿小声念叨的时候，周围的黑暗空间出现了一阵微微的颤动。一团赤金色的火焰浮现在这个幽暗的空间里。龙薇儿惊愕地抬起头，却被这团火焰吓得退后了一步。她惊慌起

来，急忙问道："你是什么东西？这是哪里？是不是你在装神弄鬼！"

火焰抖了抖，仿佛露出了一个嘲讽的笑容。

"这是你心灵的阴暗面，本尊很好奇，不知道你们人类发现自己最难堪的嘴脸之后，会露出什么样的表情呢？"

"你在说什么？"龙薇儿抱着脑袋使劲摇晃，想让自己从噩梦中醒来。

"呵呵……"火焰发出一阵意味深长的笑声。

龙薇儿还没有反应过来，空间突然裂开，她的身体直往下坠去。

"啊——"突然失重的感觉让龙薇儿恐惧极了，她猛然伸出手，拼命地抓向虚空，想抓住那个并不存在的依靠。

"二小姐，醒醒！二小姐！"一个急切的声音不断在她耳边响起。

眼睛被突然亮起的光线晃了一下，龙薇儿迅速闭上了眼，再次睁开时，看到的却是照顾自己起居的侍女——小葵。四周是再熟悉不过的场景，这里竟然是龙薇儿家中的房间。

"二小姐，您终于醒了！有空的话，请您去看看老爷吧，自从大小姐……"小葵一边整理被龙薇儿弄得乱七八糟的床

海泣篇

铺，一边轻叹，"最近老爷成天喝闷酒，真让人担心……"

"父亲大人在哪里？"龙薇儿轻声问。

"老爷现在应该在书房。"

"我知道了。"

龙薇儿简单梳洗了一下，匆匆离开房间，提着裙摆向龙家家主——龙傲天的书房奔去。

"二小姐……"

小葵看着满脸落寞的龙薇儿走出卧室，想说些什么，最后只是轻轻地叹了口气，悻悻地看着龙薇儿消失在走廊的尽头。

书房里，原本整齐堆放着卷宗的书桌上正凌乱地摆放着各种酒瓶。精明干练的龙家家主，现在就像是一个嗜酒如命的醉鬼。还没走进书房，龙薇儿就闻到了浓重的酒味。"铛"一声，一个银质酒杯滚落在地。听到声响后，龙傲天似乎酒醒了一些，模模糊糊地看到了一个身影。

"父亲大人，您身体不好，不要再喝酒了……"

"是采儿么？你回来了？只要你回来，爹爹什么都听你的好不好！"

龙傲天一把抓住龙薇儿的手臂，满脸央求地看着她。龙薇儿知道他把自己错当成姐姐了，但这样温和慈爱的语调，这样委婉恳切的请求……龙薇儿不知道有多久没有看到父亲对自己露出过这样的表情了。自从姐姐成为蔷薇书院的优等生，父亲慈爱的表情就专属于她了。龙薇儿也希望父亲能对自己露出这样的表情，只是想想，就觉得好幸福。

"父亲大人，您看清楚一点，我不是采儿姐姐，我是薇儿！"龙薇儿用力挣脱了父亲的手，后退了几步，僵硬的声音里有着难以掩饰的失落。

"是薇儿啊……为什么不是采儿呢？如果采儿在的话，那该多好！可以的话，用薇儿把采儿换回来也好啊……"

半醉半醒的龙傲天低声呢喃，他的话像利剑一样狠狠刺痛了龙薇儿的心！

原来不仅是外人，就连父亲也是这么认为的吗？难怪仆人们都在私下里说，如果失踪的是二小姐的话，老爷就不会这么忧虑了吧！原来，她对这个家来说，就是可有可无的吗？

龙薇儿的眼泪瞬间溢满眼眶，性格倔强的她不想被父亲看见，转身跑出了书房。她从马房牵了匹马出来，不理会身后的人的叫唤朝外面狂奔而去。她不能停下，只要一停下，委屈的泪水马上就会决堤，她不愿意让别人看到她脆弱的样子。

龙薇儿策马狂奔了很久，停在了一个清澈见底的湖边。她

从马背上跳下来，用清澈的湖水拍打自己的脸。她的长发被弄湿了，双眼泛红，水里的倒影很是难看。龙薇儿忍不住伸出手狠狠砸向了水面，倒影瞬间破碎。

"啊——"在一声混杂着苦楚、不甘、无奈和失落的呐喊之后，龙薇儿跌坐在地，望着明媚得有些刺眼的天空出神。

突然，她感觉到有黏糊糊的东西碰到了脸颊上，是她骑来的那匹马的舌头，现在这匹马正在舔她的脸颊。龙薇儿伸手摸了摸它的鬃毛，轻声说："其实，我一直憧憬着成为姐姐那样的人。她十岁就能聚合灵蕴，十四岁就读蔷薇书院，以一己之力击杀狂暴的灵兽，在之后的学习生涯里，更是被冠以'蔷薇书院第一天才'的称号。可是，你知道我心里的感受吗？姐姐的成就越来越高，我和她的距离就越来越大。我经常想，姐姐为什么不愿意停下脚步等等我，直到她后来失踪……虽然我也很担心她，但是，除了担心之外，我还有隐隐的窃喜。为什么我会有'既然姐姐不在了，就让我来代替她'的想法呢？"

龙薇儿伸出双手抱着马头，一边抚摸它一边低声叹息，把心里最隐秘的话倾诉了出来。

"可是，我错了。原来，即使姐姐不在了，她还是能影响这么多人。无论在家里还是在外人眼里，大家看到的只有那个

天才少女。可是我呢？我明明还在，为什么他们的目光总是看不到我这里，甚至连父亲都说出了那么伤人的话！如果姐姐从来都不曾存在过的话，我是……我才能得到他们的关注吧？这样的话，我就再也不用被拿来比较了，也不用面对别人对我露出的虚伪笑容了。如果……"

"如果她不存在的话，你就会幸福吗？"

白马突然口吐人语，挣脱了龙薇儿的双手，眼睛不复先前的温和，而是换上了一种居高临下的神态。

龙薇儿从梦呓般的念叨中惊醒，看着近在咫尺的马头，感觉到从它的鼻孔呼出来的热气喷在自己脸上，那双熟悉的眼睛正闪现着妖异的光芒，就像跟另一个自己对视一样。

这种感觉……

"回答我，薇儿！你嫉妒那个叫龙采儿的人吗？你怨恨过她吗？"

"我……我只是羡慕姐姐，羡慕她的才能，羡慕她受人瞩目而已！我没有恨她！她是我的亲姐姐，我为什么要恨她？"

"撒谎！你明明就是嫉妒，嫉妒像她那样优秀的人，你在心里不止一次诅咒过她。"

"不……我……"

随着白马的一声嘶鸣，原本清澈的湖水瞬间化作了喷涌的岩浆。龙薇儿再一次回到了先前的那个黑暗空间，眼前又浮现出那团赤金色的火焰。随着火焰的燃烧吞噬，这个黑暗的空间渐渐被熊熊火光占据了。

"人类，你也看到了自己的本心了？因为那个人，没有能力的你被至亲所讨厌，你难道真的没有恨过她吗？"

龙薇儿低下了头。

"如果说不恨，我自己都觉得好假。"

龙薇儿看着自己的手心，喃喃低语："但是，谁又没有尝过这样的感觉？原本以为只有我自己才知道这种滋味，好笑的是，我还像个傻瓜一样自怨自艾，从来没有像现在这样好好正视过这个问题。"

龙薇儿握紧双手，抬起头正视那团赤金色的火焰。

"是的，我嫉妒龙采儿无与伦比的天赋，也嫉妒她处处受人瞩目，但是我绝对不会怨恨她的，因为，正是她，才让我有了前进的动力！现在的我，不再是以前那个被叫作废柴的丫头了，我每天都在成长！我还有珍贵的朋友，为了保护他们，我会变得更强！即使父亲不认同现在的我也没关系，迟早有一天，他会因为我而感到骄傲！总有一天，我会挥舞着自己的翅

膀飞过龙采儿这座高山！"

龙薇儿的眼睛里闪烁着自信，现在的她仿佛被一道光笼罩，焕发出独属于自己的风采。

赤金色火焰动了动，原本威仪的声音柔和了很多。

"既然你还有梦想，就不要这么轻易地死掉。我想，你的天才姐姐也在等着你向她发出挑战吧！"

"死？"龙薇儿错愕。

周围翻腾的火焰慢慢聚拢，回到赤金色的火焰之中。

"原本以为涅槃之后就是永久的沉睡，没想到却意外得到了一个合适的宿体，连性格都这么像当年的我。"

赤金色火焰的声音没有了先前的肃杀之气，一声叹息之后，似乎陷入了沉思。

"你是谁？"龙薇儿好奇地问。

"我是谁不重要，重要的是你知道自己是谁。"

"我是龙薇儿，想要超越龙采儿，想要成为最强灵师的龙薇儿！"

第一次，龙薇儿说出了内心深处最真实的想法。

"不会迷茫的心才能拥有真正的力量。火之力量的传承者，回到你原来的地方去吧，记挂你的人在那里等你……"

海泣篇

那团赤金色火焰轻轻呢喃，接着慢慢虚化了，变成一点一点的星光洒向四周。接触到这些光点，无边无际的黑暗空间仿佛受到重压一样，浓重的黑色墙面上爬满了裂纹。

"等等！你……是……谁……"

眼看火焰将要消失，龙薇儿皱着眉头大喊。布满裂纹的黑暗空间终于承载不住压力，轻轻一声脆响，如同玻璃破碎一样龟裂崩离，随之而来的耀眼强光让龙薇儿再次陷入沉睡，她也没有再听到那个人的回答。

巨大的冲击力刺穿了冰层，一簇火焰冲出厚厚的坚冰，四溢的巨大热能将附近的冰块直接汽化了。面对突如其来的异变，青岚猛然回头，看向火焰冲出的地方。好不容易在漂浮的碎冰上站稳，青岚才看清那团冲天而起的火柱，龙薇儿就在其中。看到被火焰托起的龙薇儿，青岚的心里一松，身形一动就到了火柱旁，刚想伸手触摸，却被炙热的火焰给弹了回来。青岚知道现在没有办法触碰龙薇儿，于是耐心地等待。

随着火柱慢慢熄灭，龙薇儿的身体露了出来，青岚张开双臂，稳稳地接住了缓缓下坠的她。青岚怀抱着龙薇儿，感受到她熟悉的呼吸声，紧皱的眉头终于松开了。

远处的船上，众人都被颠簸的海面震晕了，一个个东倒西

歪。最先醒来的是森茉丽，她睁开眼睛，摇摇晃晃地扶住船舷站起来。身陷冰与火的困境中，森茉丽的脑袋晕晕乎乎的。当她将目光投向大海时，正好看见龙薇儿从消失的火焰中落入了青岚的怀抱。森茉丽呆呆地望着他们，仿佛看到了什么不可思议的景象，惊讶地张大了嘴巴。

风都篇

*** **

第十四章
万金悬赏价

七天后，蔷薇书院。

悠闲的踏青假在一番波澜起伏的历险后结束了，很快，龙薇儿又回到了每天上课修炼的日子。现在她趴在自己的座位上，正一脸愁容地在纸上写写画画。

"唉，没想到那条破船这么贵，船厂让赔三万金币，三万，要人命啊！除去茉丽给的一万金币，再加上我多年积攒的零用钱，还差整整一万金币，一万金币啊！该怎么赚到啊？好想马上变成大人，就可以去外面赚大钱了……"龙薇儿絮絮叨叨地念叨了很久，感觉生活一片黑暗，没有人可以拯救自己。她越想越颓废，整个人完全萎靡下来。

上午的理论课即将结束，她不情愿地收拾好东西准备开溜。一想到要面对同学们惊诧和嘲笑的目光，龙薇儿默默地在心里给自己打气。

"面子什么的已经没时间管了，现在，挣钱还债才是第一重要的！嗯，加油！"她趁着大家都没注意到，迅速收拾起书本悄悄溜掉了。

龙薇儿一路躲躲闪闪，像做贼一样摸到了食堂的门口，偷偷查看前来就餐的同学。刚刚下课，到达食堂的同学还不多，不过这里很快就会变得拥挤起来了。龙薇儿拿出包里的衣服换上，紧握双拳准备开工！

就在龙薇儿在食堂忙碌的时候，森茉丽正在四处找她。她一直很想找个机会感谢一下几次帮助自己的龙薇儿，本想中午和她一起去食堂吃饭，却发现她一下课就溜走了。森茉丽四处询问龙薇儿的导师是谁，结果没有一个人知道。

"和差生搅在一起，早晚会被拖累的，你还是早点跟她断绝关系的好！"

"和废柴走得那么近，小心被传染了，你可是要继承最强控制术的森家大小姐……"

森茉丽听到这些诋毁龙薇儿的话，气愤地鼓起圆圆的脸，辩解道："不……不许诋毁薇儿！薇儿不是差生……她、她是一个值得信赖的伙伴！"

森茉丽一脸不忿，在众人惊异的目光中离开了教室。她直接去找炎林老师打听，这才知道龙薇儿的导师是图书馆守夜

人，也知道龙薇儿下课后一般都待在图书馆。她看了看天色，离吃午饭还有一点时间，于是抱紧了怀里的礼盒，决定先去一趟图书馆。

森茉丽一路小跑来到图书馆，看着饱含沧桑气息的建筑，不禁充满敬畏之情。她小心翼翼地推开门，向四周望了望，除了整齐屹立的书架，周围静得没有一点声响。

"请……请问有人吗……"一个人待在这安静得有些瘆人的地方，森茉丽不觉有些害怕。虽然是白天，但图书馆里那些昏暗的角落总会让人联想到有什么东西突然冒出来，就好像这团突然出现在眼前的黑影一样。

"啊——"森茉丽看着眼前忽现的黑影，吓得大叫起来，闭着眼睛不迭后退，差点摔倒。

就在她要和地面亲密接触的时候，突然有人拉住了她。

"没事吧？"一个低沉但让人安心的声音在森茉丽头顶响起。森茉丽偷偷睁开眼睛，打量着眼前的黑影。这个人提着一盏巡夜灯，整个人裹在一件宽大的斗篷里。

看样子，他就是图书馆的守夜人，也就是龙薇儿的灵术导师夜华了。因为夜华头戴风帽的关系，森茉丽看不到夜华的脸，但听到他谦和有礼的温润嗓音，看着引人遐想的白皙下巴，以及拉住自己胳膊的纤长手指，森茉丽断定，这是一位年

风都篇

轻而且长相俊美的老师。原来，龙薇儿不仅有一个容貌俊美的师兄，导师也透露着一股神秘的气息。

他们师徒三人，好特别啊！

"谢……谢谢。"森茉丽站稳脚跟，低下了头，用羞赧的表情问道，"请问，您是夜华老师吗？"

"我是龙薇儿的导师夜华，这位同学找我有什么事吗？"

森茉丽恭敬地朝夜华鞠躬，轻声说："夜华老师，您好！我是薇儿的朋友，我叫森茉丽。"

原来她就是森茉丽。夜华低头打量眼前的小个子女生，看到她怀里抱着的礼盒，心念一动，问："你是来找薇儿的？"

森茉丽羞涩地点点头，圆圆的脸上染上一抹红晕。

"我……我是专程来谢谢薇儿的，因为她帮我实现了一个非常重要的心愿，为了帮助我，薇儿差点被害死了！"

一想到龙薇儿被火焰吞噬的那一刻，森茉丽就感到一阵后怕，脸色突然惨白起来，身体不觉开始颤抖。

"哦，到底发生什么事了？薇儿怕我担心，报告假期行程的时候特别敷衍。现在听你这么一说，莫非你们在假期里遇到什么非同寻常的事了？"夜华的声音听不出半点情绪，他不动声色地给森茉丽倒了一杯茶，安抚她紧张的情绪。

"谢谢老师。"森茉丽接过茶杯，跟着夜华在一张阅读桌

边坐了下来，低下头说，"薇儿不告诉您真相，一定是不想让您担心。这些事情，我现在想起来，还觉得特别害怕呢……"

夜华的声音仿佛带有魔力，让森茉丽平静了下来。放下心防的森茉丽将前几天和龙薇儿的经历倒豆子一般全都讲了出来，包括因为自己而让龙薇儿身陷险境的忐忑和愧疚。夜华静静地听她倾诉，偶尔出声安慰这个胆小善良的女生。

"夜华老师，虽然薇儿跟我说没关系，但我还是很担心，她以后会不会在心里留下什么阴影……"

"这个你倒不用担心。"看着森茉丽苦恼的脸，夜华勾起嘴角，"薇儿虽然心眼儿直而且有些莽撞，但没心没肺也算是她的一个优点。她是那种喜欢就是喜欢，讨厌就是讨厌，把什么事都写在脸上的人。既然她说没事，你就不用太过担心了。我想，她这几天最大的收获，应该是交到了你这个朋友吧，说不定，她开心还来不及呢！"

"真的吗？"森茉丽惊喜不已，"谢……谢谢您的指点。"听了夜华的话，萦绕在森茉丽心里的不安终于消散了，她把紧抱在怀里的礼盒交给了夜华。

"这、这是我送给薇儿的礼物！请您帮我转交给她，还有……非常谢谢您的教诲！"茉丽局促地绞着衣角，微微施礼后，一溜烟儿跑掉了。

风都篇

　　夜华目送这个有些羞怯的背影，露出一个淡淡的笑容。看来，龙薇儿这个风风火火的丫头真的找到了一个不错的伙伴，不过……

　　夜华摸了摸光洁的下颚，低声呢喃："能从海底火山中逃生，真是有趣的力量呢……"

　　就在夜华说龙薇儿心眼儿直而且莽撞的时候，悲剧的龙薇儿正穿着女仆装推着餐车走出厨房。她猛地打了个喷嚏后，吸了吸鼻子，在心里嘀咕："难道有人在背后说我坏话？唉，现在不是想这个的时候，先把东西送出去要紧。"

　　龙薇儿推着餐车前往13号餐桌，她发现自己今天真的很倒霉。如果是别人坐着她站着，别人吃着她看着，这也就算了，现在的情况更要命，她要服务的不是别人，正是和自己有过节的凌菲以及她的八卦小团体。

　　"屋漏偏逢连夜雨，真是衰到家了！"龙薇儿哀叹自己的霉运，脸上却堆着服务生的职业笑容，推着餐车过去，在心里默念着：不要认出我，不要认出我！

　　龙薇儿将菜依次端了上去，正在叽叽喳喳议论八卦的凌菲完全没有注意到她。她松了口气，正准备推着餐车离开，迎面撞上了一张熟悉的面孔。

　　"我没看错吧，这是不是堂堂龙家二小姐吗？怎么……"

233

朱诺上上下下打量着龙薇儿，嘴角勾起一抹嘲弄的笑，"变女仆了？"

"真的是她！嘻嘻嘻，好奇怪哦……"凌菲凑了过来，看清龙薇儿的脸之后忍不住嗤笑。

"我说，你好歹是个大家族的小姐，总不至于沦落到这个地步吧？"朱诺乜斜着眼睛看龙薇儿。

周围的女生发出一阵哄笑，她们平时嘲笑龙薇儿已经成了习惯，现在更是大声附和朱诺。

龙薇儿额头上的青筋"突突"直跳，脸色难看极了，一直维持的笑容再也撑不下去，直接板起脸来。

看到龙薇儿憋屈的脸色，一种报复的快意涌上了朱诺的心头，她突然很夸张地捶了一下桌子，用突然顿悟的表情揶揄道："让我猜猜……喂，你该不会是染上什么不良的嗜好，花光了所有的钱吧？"

"嘻嘻嘻……"在周围吃饭的同学全都被逗笑了。

龙薇儿努力调整自己的呼吸，强忍住暴怒的冲动，在心里拼命告诉自己："冷静冷静！别为这些不值得的人丢了工作，我现在很缺钱！很缺钱！很！缺！钱！"大家见龙薇儿没有辩驳，变本加厉地拿龙薇儿调侃。有的说她是赌博输惨了，欠了一屁股债，有人说她把人打伤了要赔钱。

风都篇

叽叽喳喳，叽叽喳喳。

龙薇儿的怒火涌上心头，眼看就要压不住了，她摸出餐车上的抹布，准备好好教训一下朱诺。

"不许嘲弄她！"一个平板甚至有些冰冷的声音突然插了进来。这个声音……龙薇儿回头，只见青岚走了过来，挡在龙薇儿和众女生之间。

众人在一股冰冷的压力之下倒吸了口气，有人恼怒地想看看是谁敢对她们指手画脚，却在看到了青岚俊美无双的脸庞时愣在那里。在那双闪烁着迷离光芒的红色眸子的扫视下，女生们的脸上泛起了羞涩的红晕，相互咬着耳朵说："好帅啊！他是哪个年级的学生呀？"

"这个人真好看！"

"从来没见过这么漂亮的男生，好想认识他哦！"

朱诺呆住，凌菲却难掩心里的悸动，向青岚送去了一个妩媚的眼神。

看着凌菲露骨的表现，其他女生争先恐后地挤开了龙薇儿，将青岚围了起来，开始问东问西。朱诺也被挤得东倒西歪，心里暗生一股怒气。

"同学，请问你叫什么名字？"

"我叫乌兰，我能和你做朋友吗？"

青岚被众女生围在中间，除了紧皱眉头，完全不知道该说什么。

龙薇儿站在人群外，看到青岚成功转移了众女生的视线，在心里默念着："师兄，不好意思啦！你先替我挡一阵吧！"她推着餐车，很没义气地脚底抹油闪人了。

女生们都聚在一起围观青岚去了，龙薇儿的工作一下子轻松了很多。不过，一个午饭时间下来，她还是累得腰酸背痛。她拍了拍笑得有些僵硬的脸颊，忍不住嘟哝："服务生这活儿，没有忍耐力还真干不下去！"

她盯着手上的十六枚金币看了好久，叹了口气，悄悄地从后门溜了出去。没想到，青岚不知什么时候摆脱了众女生的包围，已经在门口等候多时了。

"师兄……"龙薇儿挤出一个难看的笑脸，生怕青岚责怪自己不够义气。不过好在青岚对这些事没有什么感觉，对龙薇儿点点头，言简意赅地说："回去。"

两人一同前往图书馆，途中路过了书院的公告栏，发现那里围了很多人。看着公告栏前围满了人，爱凑热闹的龙薇儿虽然有些好奇，但也只是悻悻地摇了摇头，说："累死了，还是别凑热闹了。"

现在，她满脑子都在盘算还要多久才能还清债务。

风都篇

一万块金币啊……

龙薇儿转身，刚走了几步，青岚不带任何感情的朗读声从身后传来。

"悬赏令：本人欲雇佣两位能力优秀的同学护送楚家小姐前往风都，路上一切开支由楚家承担，赏金一万块金币。护送任务将于五日后开始，有意者请速与本人联系，楚堂堂……"

一万块金币！

原本萎靡不振的龙薇儿顿时眼前一亮，听到青岚报出悬赏金额的时候，简直像打了鸡血一样直冲到公告栏前。她仔仔细细地将悬赏令看了一遍，在心中默默盘算：一般的雇佣兵接一趟护送任务也就数千金的收入，这次的万金悬赏还真是少见，不知道这个财大气粗的世家在想什么？管它呢！最重要的是一万块金币啊！要是能赚到手，那不就……龙薇儿胡思乱想着，周围的同学们也议论纷纷。

"风都在帝国规划的安全区域之内，就连我们书院一年级的学生都可以轻松前往！不像帝都，只有到了三年级，才能有幸去见识一番。"

"当然，最重要的是，这次竟然是楚大少亲自悬赏的！我才不在乎那几个零花钱呢！我在意的是能和楚大少一起……"

一个女生说着说着羞涩起来，双手托腮，露出无限遐想的

神情，仿佛已经看到自己和楚大少牵着手一起漫步在风都街道上的情景！

"喂，你们都别挡我的道，我现在就要去报名！"那女生兴奋起来，推开了挡在她前面的人，直奔向大教室。围观的同学见状，也一个个摩拳擦掌，跃跃欲试。

龙薇儿没有注意到周围的情况，但她的模样却像一只发现了食物的饿狼，两只眼睛放出了森森的绿光。她又把悬赏令看了一遍，一把拉住青岚的手，拖着他往图书馆狂奔，边跑边大声喊："发财了！发财了！终于可以把欠船厂的钱还上了！"

龙薇儿一股脑冲到了图书馆，马上找到了夜华，语气激动地跟他说了想去风都的事。

夜华等她气喘吁吁地说完，好笑地摆摆手，说："先别急，来看看你的朋友森茉丽送给你的礼物。"

夜华拿出一个精致的礼盒，递给了龙薇儿。

龙薇儿很诧异，没想到森茉丽会突然送礼物给她，不，应该说，她很少收到别人的礼物。

龙薇儿打开盒子，看到里面静静地躺着一套流光溢彩的衣服。生活在海边的龙薇儿当然认得出，这件衣服是由海底绞纱织成的，摸上去冰冰凉凉，就像触摸到海水一样。这件衣服按照龙薇儿的身材裁剪而成，上面只加了一些简单的装饰，但绞

纱的防御能力却是人尽皆知的。

　　龙薇儿轻轻抚摸着衣服，不禁又想起明欢送给她的海神权杖。这件衣服和海神权杖多么般配，森茉丽大概也想到了这一点，特地为龙薇儿定做了这件衣服。

　　"这件魅影绞纱衣是森小姐为你定做的，除了绞纱本身具备的防御能力之外，上面还附着了森家的独门灵术，防御能力提升了好几个等级。如果你穿着这件衣服和精灵战斗，除非遇上极为强悍的精灵，否则很难有对手能重伤到你。"夜华轻声解释。

　　"这件衣服……要多少钱？"龙薇儿张大了嘴巴问。

　　"市面上，一件普通的魅影绞纱衣大概八万块金币左右，如果融合了森家的独门灵术的话，价值就不可估计了……"

　　"太……太贵重了……"龙薇儿哭丧着脸说，"我怎么好意思收下。如果把它换成钱的话，我们就不欠船厂的债了。唉，茉丽真是……"

　　"这是朋友送你的礼物，怎么能用金钱来衡量呢？"夜华淡淡一笑，转了话题，"再说了，你有这么一位好朋友在身边，想去风都也不是不可以。"

　　"老师，您的意思是……让我和茉丽一起？"听着夜华的语气，龙薇儿闪过一个念头。

　　"不只是森茉丽，青岚也和你一起。要不然，你以为单凭自己一个人，能从风都平安回来？"夜华反问。

　　青岚听到自己的名字，朝夜华点了点头。

　　"这……"龙薇儿迟疑着，她从小没出过远门，实在没有十足的把握应付外面的危险。

　　"既然有了可以信赖的伙伴，为什么还要自己一个人呢？"夜华拍拍龙薇儿的肩膀，似乎是想点醒她，突然，他又话锋一转，问，"对了，你认识楚堂堂吗，同是一年级新生，多少应该知道些吧？"

　　楚堂堂？完全陌生的名字。龙薇儿把头摇得像拨浪鼓。

　　对于龙薇儿的反应，夜华也不惊讶，只是解释了一下："楚堂堂，就是我同意你去风都的第二个原因。因为他是今年入学的新生中，最有天赋的。"

　　夜华老师的话有点难以理解，龙薇儿只好努力地在脑子里搜索，希望能找出一点线索。最有天赋的那个人？突然，她的脑海里浮现出一个手握雷电的身影。

　　原来是他！那个雷系灵蕴的少年！

风都篇

第十五章
新的旅程

　　"终于赶上了！"龙薇儿手上拿着号码牌，就像是握着一万金币一样小心翼翼。她脸上的兴奋难以掩饰，扭头对森茉丽说："茉丽，等干完了这一票，我就不用再看人脸色了！到时候……"

　　"没想到，当了几天女仆，连说话都变得这么粗俗，某些人实在没有个世家小姐的样子。"

　　公告栏旁，一身鲜艳衣裳的朱诺昂着头走过龙薇儿身边，讥讽道："就凭你那点微不足道的灵蕴，点个火都费劲，还能保护人？"

　　她充满怀疑的目光落到了龙薇儿身上。

　　"你要不要来试试？"龙薇儿不甘示弱地瞪了她一眼，毫不客气地回敬。

　　龙薇儿和朱诺这两个脾气火爆的死对头又遇到一起了，眼

看马上就要擦出矛盾的火花，森茉丽忍不住拉了拉龙薇儿的衣角，示意她不要冲动。突然，一个声音清朗的男声插了进来："吵架的同学请离开这里。"

"啊！是楚家少爷！"

周围的女生发出尖叫，原本还张牙舞爪的朱诺收敛了一点，不再理会龙薇儿。龙薇儿也懒得理她，狠狠地哼了一声，扭头看着楚堂堂。

楚堂堂，号称是本届新生中最有天赋的，灵蕴属性是雷，实力接近二级灵师。看着眼前的高个子少年，龙薇儿在脑海里自动给他打上了标签。她对这个人充满了好奇，现在，她终于有机会仔细看看他的样子了。

楚堂堂的个子很高，面容清秀，眉宇之间隐隐透露出不可侵犯的威严。黑色长发，黑色眼睛，表情略显冷漠，给人一种干净利落的感觉。他的模样似乎比新生们年长，浑身都散发着一种生人勿近的气息，看起来不太好接触。正是由于他高高在上的态度，以及明显的距离感，才让情窦初开的女生们有一种遇到挑战的感觉，全都兴奋了起来。

大家围着楚堂堂，尽管他没有说话，甚至没有任何表情，也足以让女生们咬着耳朵分享心事了。

应征的同学陆陆续续来到了公告栏这里，楚堂堂轻声咳了

一下，对之前的小插曲毫不在意，低声宣布："既然大家都到了，我就把入选的名单告诉大家吧！这次入选风都护卫任务的是龙薇儿、森茉丽两位同学。"

什么？

"有没有搞错！废柴和胆小鬼的组合？楚大少爷您没有搞错吧？"这个结果太出人意料了，大家几乎不敢相信自己的耳朵，全都诧异地看向了楚堂堂。

一听到自己的名字，龙薇儿神气活现地站了出来，对楚堂堂说："请你放心好了，我们一定不会让你失望的！"

朱诺气得脸色发青，大家也都用怪异的眼神看着龙薇儿。

龙薇儿望着朱诺的脸，冲她做了一个鬼脸。楚堂堂看了龙薇儿一眼，忍不住咳嗽了一声，解释了一下原因。

"我选择龙薇儿同学，是因为她的搭档是号称拥有最强控制系灵术的森家继承人。"

同学们发出倒彩声，一副"原来如此"的表情，觉得没意思，纷纷散开了。

"原来是靠着森家的丫头，哼。"朱诺白了龙薇儿一眼，扬长而去。

"你什么意思！"龙薇儿紧握拳头想冲上去理论，但终究还是忍住了。楚堂堂的意思是茉丽很强，茉丽是她的朋友，

朋友越厉害，就说明她越厉害！龙薇儿气呼呼地在心里安慰自己。听到楚堂堂对自己的肯定，站在龙薇儿背后的森茉丽低下头，满脸兴奋与羞怯，愣是把一张小脸憋成了一个红彤彤的大苹果。

等看热闹的人散开，楚堂堂把目光集中在龙薇儿和森茉丽身上。

"两位同学已经知道结果了，那么请准备好三天后的远行吧！天亮前，我们要赶到蔷薇镇，和那里的队伍汇合，请做好充分准备。还有什么问题或异议的话，请尽早提出来，我不希望到时出现不必要的麻烦。"

"没问题，楚大少爷放心吧！"龙薇儿拍着胸脯信誓旦旦地保证。

楚堂堂终于正眼瞧了一下龙薇儿，不太放心地又嘱咐了一次："三天后，不要迟到了。"

龙薇儿拉着森茉丽欢呼雀跃起来，楚堂堂没兴趣看她们闹腾，早早地回去了。森茉丽偷偷看了一眼楚堂堂顾长的背影，想到三天后的远行，她的心激动得快跟龙薇儿一个样儿了。

"茉丽，我先回去通知夜华老师和青岚师兄，你也快回去准备吧！"龙薇儿想到了什么，对森茉丽说。

"嗯！"森茉丽的脸上还留着兴奋的红晕，点点头，"那

我先回去给家里写一封信，我们三天后见吧！"

龙薇儿重重地点头，冲森茉丽挥挥手，转身奔向了图书馆，第一时间把消息通知给夜华和青岚。夜华似乎对这个结果并不惊讶，语气淡淡的，让青岚也做好准备，三天后跟龙薇儿一起出发。

龙薇儿回到宿舍，鼓捣了半天，几经筛选才整理好了行囊。一切准备就绪，就等约定的时间到来。

三天后。

龙薇儿还在睡梦中数金币，突然被一阵"咚咚"的敲打声吵醒了。

"谁啊……"她嘟哝着从被窝里坐起来，拉开窗帘，惊愕地发现青岚站在楼下拿什么东西丢自己的窗户。

"你怎么跑到这里来了！"

青岚站在晨曦中，仿佛一道光一样让人移不开眼睛。他抬眼瞥了一下龙薇儿，淡淡地说："老师让我来叫你，他说你一定会睡过头的。"

"糟了！我差点忘了！"

青岚话音刚落，龙薇儿马上尖叫起来。她转身用最快的速度梳洗完毕，一把抓起行囊，又跑回了窗前，冲楼下的青岚一笑，把自己的行囊抛给了他。

"我要用最快的方法下楼，我的行李拜托你啦！"

说话间，龙薇儿已经爬上了窗台，身上灵蕴闪动，一跃从三楼直接跳了下去！青岚想接住她，看到她矫健的身手之后又放弃了。踏着清晨还未散开的薄雾，龙薇儿和青岚一起走向书院大门。森茉丽早早地等在那里了，看到从晨雾中逐渐清晰而至的身影，她开心地挥舞手臂："薇儿！"

龙薇儿跑过去，在茉丽身边意外地看到了夜华的身影。

"老师，您怎么来了？"

"我有些不放心，过来看看。书院那边我帮你们请好假了，路上一定要小心。"夜华把一个小包裹递给了龙薇儿，"里面是一些治疗外伤的药和绷带，出门肯定用得上。你的新灵术还没完全掌握，不到万不得已，千万不要使用。"

夜华的目光在龙薇儿、森茉丽、青岚身上逐一扫过，轻声说："我等你们平安回来。"

夜华平时不轻易表露感情，这句话一说完，龙薇儿的鼻子都有些堵了，她重重地点头保证："请老师放心吧！"

夜华点点头，催促他们登上马车。一行人告别夜华，离开蔷薇书院。透过车窗，龙薇儿看着身影在晨雾里渐渐模糊的夜华，心里涌现出一股消融寒冷气息的暖意。

龙薇儿三人坐着从学校租来的马车来到蔷薇镇，看到楚家

的车队已经在等了。楚堂堂发现队伍里多了一个人，龙薇儿解释说青岚是三年级师兄，是免费赠送的护卫。楚堂堂皱紧眉头，不过也没有说什么。

龙薇儿打量了一下楚家的车队，有十个身披深色斗篷的亲卫，齐齐围在一辆马车周围。

斗篷被晨风吹起，亲卫们的精良装备露了出来，龙薇儿可以确定，这次负责护送任务的亲卫一定非常优秀。她的目光越过了亲卫队，看向了那辆大型马车。虽然没有想象中大家世族的珠光宝气，不过那些栩栩如生的雕花纹饰反而更显示了楚家大气内敛的做派。

马车由四匹没有一丝杂色的白龙驹拉着。这看似低调实际上不寻常的队伍让龙薇儿充满了干劲，不知道他们要护送的到底是怎样的重要人物呢？

"青岚师兄和车夫一起驾车，负责车外安全，森小姐、龙小姐，你们去马车里，做姐姐的贴身护卫。"

根据楚堂堂的安排，众人各就各位，在蔷薇镇还没有变得喧闹起来的时候，队伍低调地朝风都进发了。

龙薇儿和森茉丽进入马车，发现车里真是别有洞天。地板上铺的是西域才能买到的驼绒地毯，软榻上铺着千金难求的云端锦，车窗上挂着掩日纱，车座上则用珍贵的皮草铺垫着。这

些装饰差不多就值十万块金币了。

在最里面的一个架子上挂着一件缀满珠宝的华丽嫁衣，嫁衣旁，一个身着湖蓝色长裙，脸上覆着同样颜色面纱的少女款款而坐。少女柔和的眸子看着龙薇儿和森茉丽，用甜美的声音说："你们是堂堂的同学吧？我是他的姐姐楚仙仙，这次麻烦你们了。"

"您太客气了，这次能陪姐姐出行是我们的荣幸！"看着温柔大方的楚仙仙，龙薇儿一反往日不拘小节的做派，正儿八经地摆出了龙家二小姐应有的礼节，谦谦有礼地回应楚仙仙。

森茉丽在心里偷笑，没想到薇儿还有这么温柔谦和的一面啊。就在龙薇儿竭力地维持着大家闺秀的礼仪时，肚子不争气地发出一阵"咕噜"声，硬生生地把美好的气氛打破了。

龙薇儿脸上燃起了两坨红晕，小声嗫嚅说："真是失礼了，我没来得及吃早餐……"

"真是辛苦你们了！正好我也有些饿了，我们吃点东西吧。"楚仙仙温柔地笑笑，不介意龙薇儿的失礼，转身掀开窗帘，对楚堂堂喊道，"堂堂，我们有些饿了，帮我们拿一些点心过来。"

"好的，姐姐。"

楚堂堂应声去了，不一会儿就把东西送了进来。

风都篇

檀木茶几上摆放着两个冒着热气的蒸笼，掀开盖子，一股诱人的香气在车厢里弥漫开来。蒸笼里是一朵朵宛如水晶制成的花朵，近乎透明的外皮里装填了各种各样的馅料，虾仁的、猪肉的、奶油的……不论哪种馅料，都能引人食指大动。

龙薇儿睁大了眼睛盯着这些美食，森茉丽也暗暗感叹点心的精巧。

楚仙仙看到她们嘴馋的样子，轻声笑说："快吃吧，别饿着了。"龙薇儿禁不住美食的诱惑，拿起筷子选中一个裹着奶油馅料的糕点一口吞下，即便烫得合不拢嘴，也不忍心把它吐出来。

好好吃啊！

看到龙薇儿的举动，楚仙仙莞尔一笑，打心眼儿里喜欢这个直爽可爱的小妹妹。

"姐姐要去风都办什么重要事情呀？"

龙薇儿不住地往嘴里塞着好吃的点心，顿时把大家闺秀的风范抛到九霄云外去了，还一边嚼着美食一边问话。

森茉丽正咬了一小口虾仁馅儿的点心，听到这句话，也忍不住把目光转向了楚仙仙。

"我啊……呵呵，我是去嫁人的。"楚仙仙看了架子上的嫁衣一眼，垂下眼帘。

"楚姐姐，原来你是去嫁人的啊？"森茉丽看着嫁衣，突然明白了什么。

"楚家一直都和风都的银伯爵家有联姻，以确保能生育出灵蕴强大的后代。这次我是要嫁去那里，和伯爵之子成婚。以后，堂堂也会娶他们家族的小姐。"楚仙仙的语气有点羞涩，但是脸被面纱遮住了，看不出表情。

"和我姐姐一样，她本来也要嫁给一个什么什么人的……"龙薇儿停下了往嘴里塞点心的动作，突然插了这么一句，却又没有将话再继续说下去。

"薇儿，你怎么了？"看到表情怪异的龙薇儿，森茉丽有些惴惴地问。

"没事，只是突然想到姐姐的事情了。"龙薇儿勉强挤出了一个笑容。

"姐姐？"楚仙仙和森茉丽都向她投去了关切的目光。

龙薇儿叹了口气，不觉就把姐姐的事说了出来："我姐姐叫龙采儿，是一个不可多得的天才，是我们家族的骄傲，不过，她已经失踪一年多了……"

"失踪？这到底是怎么回事？"楚仙仙诧异地问。

森茉丽也没听龙薇儿说起过自己姐姐的事，提到龙采儿的时候，龙薇儿那既骄傲又有些落寞的神情让她充满困惑。

风都篇

"一年前，刚上三年级的姐姐，作为精英班的一员，在去帝都的路上失踪了。学校和我们家里找了很久都没有她的消息，父亲大人一直为这件事伤心……"

龙薇儿的语气淡淡的，尽量平静地叙述这件事。然而，每次看到父母从满怀希望到希望落空，她的内心都充满了煎熬，仆人们背地里还经常恶意中伤。"如果失踪的是二小姐，老爷和夫人就不会这么伤心了吧，龙家的联姻也就……"

"龙采儿？薇儿，难道你姐姐就是那个传说中的超级天才？"森茉丽的脸上闪烁着艳羡的光芒，好像发现了什么新奇的事物一样。

"是啊，所以大家都喜欢她。"龙薇儿闷闷地回答。

"虽然薇儿的姐姐是天才，但是茉丽更喜欢薇儿！"森茉丽发现龙薇儿落寞的表情，朝她眨了眨眼睛，露出甜甜的笑容。龙薇儿看着她圆圆的脸上挂着甜美的笑容，脸色不禁缓和下来。

"你们感情这么好，真让人羡慕。"楚仙仙轻叹了一声，"嫁去这么远的地方，我最放心不下的就是堂堂。他的性格太过沉闷，如果身边有像你们这样的好朋友在，我这个做姐姐的就放心多了。"

"我们一定努力让楚少爷认可我们，成为他的好朋友。"

龙薇儿拍拍胸脯，让楚仙仙放心，但很快又苦恼起来，"不过……楚少爷好像不怎么好接近的样子啊。"

龙薇儿掀起窗帘就看见了楚堂堂俊逸挺拔的背影，她刚从车窗探出头去，却没想到正好迎上打马过来的楚堂堂，她吓了一跳。

"姐姐，我们再走十里路就休息。"楚堂堂看也不看龙薇儿脸上尴尬的表情，而是温和地对楚仙仙说着话。

"好。"楚仙仙温柔地点点头。

龙薇儿发现楚堂堂的眼里根本没有自己，嘟起嘴来。

当初在入学考试的时候，楚堂堂那惊艳的一击震惊四座，被誉为是本届新生中最强的人。据说楚堂堂拥有接近二级灵师的实力，不知道他在实战中究竟有多厉害呢？龙薇儿的心里像有猫儿挠着痒痒，差点想找楚堂堂打一架了……

车轮依旧不紧不慢地滚动，龙薇儿三人坐在马车里看着风景、聊着天、吃着点心，倒也不觉得无聊。

到了傍晚，没有赶到城镇的车队只能在野外休息。随着夜幕的降临，楚堂堂选了一处适合露营的地方指挥亲卫们点篝火，设围栏，安排夜间巡逻等一系列的琐事。直到一切都有条不紊地进行的时候，他才踉踉跄跄地拉开楚仙仙的马车车门。

"姐姐……"

楚堂堂打开车门进来时，脸色极不自然。楚仙仙深吸一口气，满怀歉意地对龙薇儿和森茉丽说："抱歉了，两位小妹妹，堂堂习惯了睡在我身边，委屈你们到外面过夜了。"

龙薇儿原本满心期待地在豪华马车里休息，听到楚仙仙的请求，又看了看楚堂堂僵硬的表情，她和森茉丽只好做出了无奈的让步。在楚仙仙满怀歉意的目光下，龙薇儿和森茉丽下了车。下车的时候，龙薇儿语气酸溜溜地嘟哝："没想到，堂堂大少爷竟然比我们小女生还娇贵……"

夜色将整片郊野都笼罩在无边的黑暗里，只有微微跳动的篝火在黑暗中闪烁。龙薇儿将七星彩虹放在伸手可及的地方，看着烤架上的鸡翅吸了吸口水。青岚太了解自己了，竟然准备了这么多好吃的东西。正当她准备和青岚、森茉丽享受消夜的时候，马车里传来了一声异响。龙薇儿将鸡翅丢下，抓起七星彩虹就跑了过去。

"出什么事了！"龙薇儿猛地掀开帘子，第一眼就看到了滚落在地的香炉，香炉中燃着安抚心神的安神香。楚仙仙坐在软榻上，怀里抱着身体瑟缩的楚堂堂。听到龙薇儿的声音，楚堂堂似乎很不想让人看到自己狼狈的样子，奋力挣脱楚仙仙的怀抱，然而刚一离开楚仙仙的怀抱，一阵犹如万蚁啃噬的痛楚让他全身都颤抖了起来，身体像虾子一样蜷缩着。

"这里……没事……你们……出去！"龙薇儿和森茉丽、青岚都赶了过来，正想上前看看能不能帮上什么忙，却被楚堂堂强忍痛楚的嘶哑吼声给吓到了。

"抱歉，堂堂身上有病，每逢月圆，心口就会如针刺一般难受，而且这种痛楚会持续很长时间。"楚仙仙看着尴尬的众人，满脸歉意地解释，"薇儿，麻烦你帮我把香炉拾回来，再点上些安神香。香的效力虽然微弱，但至少能减缓一下堂堂的痛苦。"龙薇儿拾起香炉靠近软榻，把它放在榻前的小几上点燃。楚堂堂脸色苍白，挤成"川"字的眉宇间渗出了汗珠，紧抿着双唇，却无法抑制从喉中传出的痛苦呻吟。他的手指用力地拽着云端锦，手上布满了凸起的青筋。

看着楚堂堂的样子，龙薇儿什么都没说，放好香炉，安静地退到马车外，放下车帘识趣地离开了。

森茉丽脸上充满了关切，正想问什么，龙薇儿摆摆手："谁都有不愿意被别人看到的软弱时刻。"森茉丽似懂非懂，但是不再追问了。青岚拍拍她的肩，三个人一起回到篝火旁。鸡翅的香味扑鼻而来，但龙薇儿却没有那么好的食欲了。她抬头看了看天空，夜还很长，只有天上的月亮依旧无悲无喜地挥洒着月光。

第十六章
黑精灵

　　官道两旁，茵茵碧草仿佛连接着天际。车轮辘辘"咕噜咕噜"地转动，一支车队正踏着明媚和煦的春光从远处缓缓走来。带队的少年骑着骏马，表情严肃，正是楚堂堂。青岚已经能够熟练驾驭四匹白龙驹，赶着马车不紧不慢地跟在他的身后。龙薇儿、森茉丽和楚仙仙经过了一个月的相处，都放下了刚开始的拘谨，已经像和睦的姐妹一样了。楚堂堂虽然不太说话，对自己的姐姐却是好到了极点，就算出门在外，吃穿住行哪一样都不会委屈了楚仙仙，跟着楚仙仙，龙薇儿和森茉丽也享受到了无微不至的照顾。

　　"啊，好无聊啊！"吃饱了的龙薇儿趴在车窗大喊。楚仙仙和森茉丽已经见怪不怪了，只是抿着嘴笑。这一路风平浪静，眼看就要到风都了，实在是憋坏了龙薇儿。

　　仿佛是为了消除龙薇儿的无聊，她的喊话刚结束，一个体

形彪悍的强盗就横刀立马挡在了楚家车队的面前，身后跟着二十多个喽啰。那个强盗头子仗着人多，大声喝道："呔！此山是我开，此树是我栽，要想从此过，留下买路财！"

"什么什么？有强盗？让我来，让我来！"一听见强盗的喊声，手痒了一个多月的龙薇儿掀开车帘，激动地从马车上跳了下来。

龙薇儿手握七星彩虹，冲到车队前面，摆出了一个风光的姿势。身后的楚堂堂眉头紧皱，脸色非常难看。不知何时，头顶上明媚的太阳已经躲进了厚厚的云层里。

"龙小姐，请你不要做多余的事情！你的职责是保护姐姐，其他的事情不用你操心！"

"我已经闲了一个多月了，再不干活都不好意思拿你钱！我不管，反正我今天就是要收拾这些盗贼，看你怎么拦我！"

龙薇儿的态度固执起来，想为自己争取表现的机会，谁知表情阴云密布的楚堂堂根本没有理她，迅速下令："银甲卫听令！迅速清除障碍！"

随着楚堂堂一声令下，十位楚家亲卫便如虎入羊群一般直扑向强盗。强盗们仗着人多，一开始不把他们当一回事，没想到楚家的银甲卫个个身手了得，配合又默契，一阵厮杀之后，强盗们仓皇弃甲而逃。

　　龙薇儿愣了半晌，回过神来后，满脸愤愤地质问楚堂堂："你是故意的！是不是！"

　　楚堂堂瞥了她一眼，对十位银甲卫朗声说："银甲卫归队，继续前进！"

　　楚堂堂不理会龙薇儿，带领队伍继续前进。龙薇儿大怒，在身后大喊："喂，楚堂堂，你是不是故意的！"

　　看着龙薇儿因为没有架打而恼怒，楚堂堂不禁摇了摇头，在心里觉得好笑。龙薇儿见他不理自己，狠狠地一跺脚，气鼓鼓地上了马车，跟楚仙仙告状。

　　"姐姐，你弟弟怎么这么小气！难道说他信不过我吗？那些盗贼，我一个人就能搞定！"

　　楚仙仙和森茉丽透过车窗看到了外面发生的一切，都掩嘴轻笑。

　　"薇儿，你生气的样子真可爱的。其实堂堂并不是小气的人，他只是担心你的安危罢了。"

　　楚仙仙摸了摸龙薇儿的脑袋，看着龙薇儿嘟嘴的样子，轻声说："刚才，堂堂的心情好像很不错。谢谢你了，薇儿。"

　　楚仙仙露出了欣慰的笑容，龙薇儿不由地想到自己和姐姐也曾拥有过幸福快乐的时光，心里对楚堂堂的偏见也就释然了。看着楚仙仙温柔体贴的样子，龙薇儿忍不住将她和龙采儿

的样子重合在一起。或许是经历了太久没有依靠的日子，龙薇儿突然忍不住向楚仙仙撒起娇来。

"哼，我现在一点也不开心！这一路下来，好不容易遇到了不开眼的人，我还没有像英雄一样威风出场，那些盗贼就被你们家的护卫唰唰几下收拾了，我很不甘心啊！"

楚仙仙莞尔一笑，原来这个小女孩还心里还有行侠仗义的梦呢！

"我们家的护卫在对付强盗方面还算有一手，不过，既然堂堂请你们来，就说明有些事情是只有你和茉丽这样的灵师才能做到的，不是吗？所以，你不用这么介意啦，到时候，我可需要你这位英雄的帮助哦！"

"嘿嘿，姐姐放心吧，包在我身上！"经过楚仙仙的一番鼓舞，龙薇儿又重新鼓起了斗志。

车队前行了一段时间，翻过眼前的高山，再前行十来里路就到风都了。本来应该一鼓作气进城再休息，但是由于半路上那群不开眼的强盗耽搁了一会儿，现在天色已经晚了，风都城早就到了关闭城门的时间。众人只得又在野外耽搁一晚，等到明天天亮再进城。

大家在距离风都城城门五里外的一处高地休整。走出帐篷，龙薇儿遥望宏伟的风都城。高达数十丈的城墙在夜幕中巍峨耸

立，像一座坚实的堡垒。城里有一支烟花射向高中，在空中绽放出绚丽的华彩，连天上的星辰都黯然失色。

望着天上的烟火，龙薇儿不禁感叹："风都繁华安逸，不愧是人人向往的城市呢！"

她正痴迷地看着炫丽的天空，耳边传来一个熟悉的声音："睡觉。"

不知何时，青岚出现在她的身边，嘴巴里叼着干粮。

看着在烟火下被渲染得五光十色，却又有些不太真实的青岚，龙薇儿心里一动，语气难得温柔起来，轻声说："青岚师兄，要你陪我们奔波这么久，真是辛苦你了。"

"不辛苦。"

青岚面无表情地回答，但是，他的心却变得十分柔软，有一种说不出的感觉从内心深处破土而出，缓慢生长。

龙薇儿难得温柔，却只得到青岚面无表情的一声回应，让她很是受挫。

"你这张冰块脸，真不知道该说什么你才会有情绪反应。"龙薇儿轻轻地哼了一声，又朝青岚做了个鬼脸，吐了吐舌头。

"算了，看我在胡思乱想什么啊！风景也看够了，回去睡觉吧，明天进城之后再一起去逛逛！"龙薇儿招呼青岚，却发

现对方正看着她出神，龙薇儿也愣住了。

刚刚那个吐舌头的动作……

龙薇儿的脸上有些不自然，就在两人之间弥漫出一股微妙气氛的时候，旁边的树林里突然传来一阵沙沙的响声。

"什么人！"发现了树林里的异动，龙薇儿轻喝了一声。青岚跟着她望向了树林，看见一个模糊的身影正扛着什么从树林里窜过去了，后面跟着举着火把追赶的人。

"糟了，一定出事了！"

看见树林里的骚动，龙薇儿心中里暗道不妙，马上追了上去。青岚立刻跟着她跑起来。

在众人的围追堵截下，黑影被逼出了树林。月光下，黑影的容貌难以分辨，只能依稀看见它长着尖尖的耳朵。在它背上，赫然是已昏过去的楚仙仙！银甲卫如临大敌，把黑影紧紧地围了起来。

"是黑精灵……都让开，让我来！"

天空中一轮圆月，像白玉盘高挂在空中，清冷的月光挥洒下来，照在楚堂堂异常苍白的脸上。今天是月圆之夜，连呼吸都能引起锥心之痛，但他还是迈着踉跄的脚步追了过来。

黑精灵仿佛听懂了楚堂堂的话，扯起它尖锐的嗓音发出怪笑，笑声刺激着众人的耳膜。一些灵蕴不够纯净的人直接失去

了抵抗力。不一会儿，银甲卫一个个倒了下去，只剩下楚堂堂、龙薇儿、青岚和森茉丽四个人还站在黑精灵面前。

黑精灵见状，有恃无恐地将楚仙仙从肩头上放了下来，将她抱在自己的怀里。黑精灵冲着楚堂堂发出嘲讽怪笑，伸出舌头开始吸食楚仙仙身上的灵蕴。

"浑蛋！放了我姐姐！"

楚堂堂怒不可遏，再也管不了胸口的痛楚，浑厚的灵蕴立刻爆发！四周空气顿时紧张起来，楚堂堂的右手已经缠绕上了愤怒的雷电！

和入学考试的时候不同，经过一段时间的训练，楚堂堂已经能将灵蕴在一定空间内进行压缩，使灵术的破坏力呈几何倍数增长，已经达到一击必杀的程度。这个招式的名字叫雷涌。当楚堂堂将手上的雷电汇聚在一起的时候，雷电球里跳动着狂暴的能量，他毫不犹豫地将这个雷球狠狠地砸向了黑精灵。

黑精灵立刻感觉到了不对劲，身上涌出了黑色的雾，整个身体变得虚无缥缈起来。它抓着楚仙仙一闪而过，躲过了楚堂堂势若雷霆的一击。

"森小姐，帮我抓住它！"

黑精灵躲过了一击，楚堂堂咬牙切齿地发出了一阵低吼。森茉丽忙加入战斗，双手迅速结印，开始念动咒文。

土黄色的灵蕴注入地下，迅速窜到了黑精灵脚下。森茉丽将双手往地面一按，轻喝一声："土牢！"一瞬间，黑精灵被她死死地困在了结界之中。

"我看你还怎么逃！"

楚堂堂双眼充血，手中再次汇聚了灵蕴，一个嗞嗞作响的雷涌直接砸向了被森茉丽牵制住的黑精灵。

"刺——"黑精灵的身体被雷电烤焦了，楚堂堂这次的攻击总算准确地命中了目标。受到雷击的黑精灵松开了挟持着楚仙仙的手，楚仙仙软软地跌坐在地。龙薇儿忙跑过去，把楚仙仙救了过来。

楚堂堂连续使用了两次雷涌，瞬间感到浑身无力，幸好被旁边的青岚扶住了。

楚堂堂的状态不佳，灵蕴威力不及平时，那个黑精灵虽然受了伤，但不足以致命。电流的麻痹虽然让它放开了楚仙仙，但也彻底惹恼了它。它朝天上发出一声吼叫，伸出了锐利的爪子，朝众人扑了过来！

龙薇儿把楚仙仙交给森茉丽，取出腰间的海神权杖，双脚踏着蔷薇色的灵蕴，一跃跳到了空中。她把外套解开，露出了淡蓝色的魅影绞纱衣，仿佛海之女神降临。海神权杖微微倾斜，顶端的蓝宝石开始发出光亮，配合魅影绞纱的光辉，龙薇

儿化作了一道水蓝色的光晕冲向黑精灵。"铛！"权杖与利爪相交，龙薇儿挡住了黑精灵的攻击。黑精灵朝她龇牙咧嘴，面目狰狞，十分吓人。

"竟敢伤害姐姐，看我怎么教训你！"龙薇儿一声轻喝，海神权杖喷出了一股冰蓝色的火焰，她的火之灵蕴和深海的力量相结合，仿佛变成了连灵魂都能灼烧的地狱之火。

黑精灵不明所以，硬生生和龙薇儿对了一招，幽蓝色的火焰顺着楚堂堂在黑精灵身上留下的伤口渗透进去。黑精灵的灵蕴抵抗性很强，但被这股火焰灼烧之后，立刻发出了凄惨的尖叫，那双血红的眼中突然闪现凶恶的红光。它用力一挥爪，一股强大的力量和龙薇儿的海神权杖相碰撞，四周的空气像是历经了一场爆炸，让人呼吸困难。趁众人分神，黑精灵带着浑身火焰，一边发出凄厉的叫声，一边张牙舞爪地朝楚仙仙和森茉丽扑过去！

"不！"看着如火球般直扑楚仙仙的黑精灵，楚堂堂用尽了身上最后的一点灵蕴，将它转换为速度，身形化作一道闪电冲过去，挡在了楚仙仙面前，用自己的后背承受了黑精灵猛烈的一击。

"噗！"楚堂堂和森茉丽、楚仙仙一起倒在了地上，一口鲜血从楚堂堂口中喷出，染红了楚仙仙的衣裳。

"堂堂！"

楚仙仙睁开眼睛就看到了口吐鲜血的弟弟，不禁尖叫。青岚见状，手指微动，空气中的水分迅速凝结。尔后他的衣袖一挥，一把锐利的冰剑朝黑精灵呼啸而去！黑精灵右肩中剑，瞬间癫狂起来，尖叫着逃离原地。龙薇儿全身灵蕴暴起，迅速飞奔过来，海神权杖高高举起，幽蓝色的火焰再度袭杀黑精灵！黑精灵一声惨叫，全身剧烈颤抖，一种深深的恐惧支配了它的身体。很快，它的身上再次浮现出浓重的黑雾，借着浓雾的掩护，黑精灵迅速消失在众人的眼前。

"浑蛋，跑得真快！"龙薇儿跺脚。

"楚同学怎么样了？"森茉丽看着倒在地上的楚堂堂，目光急切。

"堂堂——"楚仙仙抱着受伤的弟弟，看到他涣散的眼神，急得眼泪直流，"黑精灵的灵蕴有毒，我们……我们得马上进城，为堂堂找医师！"

"风都苍蓝家族的治愈灵术为人所赞颂，我们把楚同学送到他们家吧……"森茉丽看着楚堂堂的伤势，也跟着急了起来，小声地建议。

"不——我死……死也不要去那里！"意识涣散的楚堂堂一听到苍蓝家这几个字，立刻挣扎起来。

"堂堂！"楚仙仙又急又怒。

"姐姐，不能去苍蓝家……不能……"楚堂堂挣扎了一番，彻底失去了意识，在昏迷前，他还在不住地念叨。听语气，他似乎对苍蓝家很忌惮，甚至夹杂着深深的恨意。

看着昏死在自己怀中的楚堂堂，楚仙仙强忍住再次盈满眼眶的泪水，声音颤抖："既然堂堂不愿去苍蓝家，我们只有深夜赶去风都的银伯爵府了。但是，看堂堂的状态，我担心伯爵大人也没有办法……"

"先进城再说。"一直沉默的青岚终于开了口。

"嗯！"楚仙仙擦干眼泪，抱着楚堂堂从地上站了起来，龙薇儿和森茉丽连忙扶住她。

"姐姐不要担心，我们一边赶路，我一边帮堂堂疏导灵脉，看能不能帮他恢复一下灵蕴。"龙薇儿握住楚仙仙的手，语气镇定。

"茉丽也会帮忙的。"森茉丽小声地说。

"谢谢！能认识你们，是堂堂的福气。"楚仙仙望着她们，眼中含着感激的泪水。

"我们快走吧！"龙薇儿带着大家上了马车，青岚负责驾车，一行人直奔风都城门。

马车上，龙薇儿握着楚堂堂的手，将自己的灵蕴缓缓输入

他的体内，帮他疏导灵脉，清除毒素。才开始运功，龙薇儿的眉头就皱了起来。随着灵蕴的导入，龙薇儿察觉到楚堂堂的身体很早之前就曾受过暗伤，加上这次新入侵的毒素，楚堂堂的情况非常不妙。

楚仙仙把希冀的目光投向了龙薇儿，在心里默念道："希望她们能像照亮黑暗的火焰一样，帮堂堂撑过这一段路。即使我不在堂堂身边了，以后也会有人陪他一起哭，一起笑。"她望着森茉丽和龙薇儿，表情充满了希望。

森茉丽望着满脸忧虑的楚仙仙和身受重伤的楚堂堂，扶着脑袋，始终想不明白，为什么楚堂堂放着苍蓝这个治愈系灵师世家不去，他执拗的东西会比自己的生命更重要吗？

楚堂堂静静地昏睡着，身边三个各自满怀心事的女生陪伴着他，乘着一路狂奔的马车直奔向风都。

风都篇

第十七章
风铃少女

　　随着天空中最后一丝烟火的消逝，持续了一个月之久的春之祭结束了。因为春之祭，风都这一个月来热闹无比，此时重归平静。渐渐安静下来的黑夜里，城西的伯爵府却是另一番喧闹的景象。

　　"我都说了，伯爵大人参加宴席还没有回来，你们不要乱闯啊！"

　　"无礼的不是我们，而是你！"看着狗仗人势的家丁，龙薇儿就气不打一处来，"你知不知道车上坐着的是谁，是要和伯爵府联姻的楚家大小姐！"

　　"楚家小姐？你不要吓唬人呀，哪有婚约对象三更半夜跑到未来夫家的！太不知礼数了吧！"

　　"你……"

　　"谁在这里吵闹！"一声威严的轻喝，一辆豪华马车出现

在众人的眼前。

"伯爵大人、少爷，你们回来了！这里有人自称是楚家送嫁的队伍，要求面见伯爵大人。小人说您不在家里，他们就想硬闯！"

"胡说，我们哪里硬闯了，只是现在楚家少爷生命垂危，我们急着向伯爵大人求医而已！"见家丁颠倒是非，龙薇儿急忙申辩。

"楚家的人？"银伯爵有些狐疑地看向龙薇儿等人。

就在这时，车帘微动，只听"嗒"的一声，面带丁香色面纱，身穿同色羽纱长裙的楚仙仙轻踏下马凳，亭亭立在银伯爵面前。

橘黄色的灯光下，楚仙仙就像一株在夜风中摇曳的丁香花，散发着淡雅怡人的气韵。她向银伯爵行了一礼，说："仙仙见过伯爵殿下，深夜打扰还请见谅！小弟楚堂堂在送嫁途中被黑精灵所伤，我们在风都无亲无故，只能冒昧向伯爵殿下求助，希望您能救救我弟弟！"楚仙仙说着，眼角一热，隐隐泛起泪花。

银伯爵打量着楚仙仙，目光落在她腰间的夜明珠上。正要开口说什么，伯爵的儿子靖皓已抢先说道："父亲大人，我和楚小姐小时候曾经见过一面，是不会认错人的，能佩戴这颗深

海夜明珠的人一定是楚家小姐。既然这位是我的未婚妻，伯爵府绝对不能坐视不管。"

楚仙仙把目光投向了靖皓，只见那人一张非常年轻的面孔之上温柔的目光正注视着自己，眉宇之间说不出的英气。楚仙仙不禁有些羞涩，忙对他行礼："谢谢殿下帮忙。"

"是我们的人无礼，让你受惊了。"靖皓伸手扶起了她，语气温柔。

看到两个人之间流露的情谊，伯爵很是高兴，轻声咳了一下，吩咐家丁："还愣着干什么，快帮楚小姐去请最好的医师！"刚才对楚仙仙身份有所怀疑的家丁赶忙跑去医馆，他以为自己会为先前的无礼付出惨痛的代价，没想到伯爵大人没有怪罪下来，他不敢再怠慢，立刻去找了风都最好的医师。

看到家丁去请医师，龙薇儿等人终于稍稍放下心来。

银伯爵领着楚仙仙一行人进了伯爵府，安排他们在府里住下。楚堂堂被安置的客房里，站满了担忧不已的楚仙仙等人。医师请来后，楚仙仙再也按捺不住心里的焦急，问："医师，我弟弟怎么样了？"

"这……这位少爷曾经有受过类似的伤吧？"老医师摸摸颔下的山羊胡子，摇着头说。

"对，一年前，他也曾被黑精灵打伤过……"楚仙仙痛苦

地低下了头。

"这位少爷旧伤未愈又添新伤,真是雪上加霜啊!以老夫的医术,实在无能为力,若是灵术的话,或许还有一线希望。我先开些药控制一下他的伤势,建议你们去找找擅长治愈系灵术的人。"老医师开完药,满怀歉意地告辞了。

"楚姐姐,连医师都没有办法,我们明天还是带楚同学去苍蓝家看看吧!相信以他们家的医术,一定能治好楚同学的病。"森茉丽看着满面愁容的楚仙仙,在一旁小声劝慰。

"我想留下来照顾堂堂。"楚仙仙没说什么,但是语气听起来特别累。

"姐姐累了一路了,还是去休息吧。要是你也倒下了,堂堂该怎么办?"龙薇儿看楚仙仙执着的样子,忍不住劝解道。

"龙小姐说的没错,楚小姐,现在你不仅要为弟弟保重身体,也要为我们伯爵府保重身体。我可不希望自己的妻子还没过门就累得病倒。"门外传来一个爽朗的声音,靖皓迈着从容的脚步走进来。

"殿下……"

"你我之间不用这么客气,叫我的名字吧。"

"我……"楚仙仙脸色看起来不太好。

"放心,我会让人小心照看的,这里是风都最安全的地方

之一。"

靖皓安慰着楚仙仙，眼里充满柔情，楚仙仙在他炙热的目光下略显羞怯地低下了头。看到两人之间微妙的关系，龙薇儿和森茉丽对视一眼，拉着青岚识趣地退了出去。

第二天，晨曦透过窗棂爬上了软榻，龙薇儿睡得早起得也早，梳洗完毕后，看见森茉丽还窝在床上，就悄悄地推开房门走出去了。

虽然楚堂堂有人照看，但她还是不太放心，想再去看看，还没走到楚堂堂的房间，就听见里面传来一阵骚动。

"楚少爷……"

"你们……全部出去！"

龙薇儿心里一惊，忙推开楚堂堂的房门，看着一屋子不知所措的侍女们，问道："这是怎么了？"

"龙小姐，我们依照靖皓殿下的吩咐，帮楚少爷换衣服去苍蓝家就医，可是楚少爷他不愿意……"一个侍女声音怯怯地回答。

"你们下去吧，我来劝他。"看到侍女们为难的样子，龙薇儿决定把这个苦差事揽到自己身上。

侍女们如释重负，纷纷离开。龙薇儿装作什么事都没有发生的样子，兴冲冲地跑到楚堂堂床前，把外套递给他，语气欢

快地说："你终于醒了！快穿好衣服，我陪你去看病，别再让楚姐姐担心了！"

"啪！"楚堂堂甩开龙薇儿的手，冷冷地说，"我的病没得治。"

"胡说！苍蓝家的治愈灵术那么有名，怎么会治不好你的病？"龙薇儿瞪眼。

"谁要去那个鬼地方！"一听到苍蓝家，一向沉着冷静的楚堂堂立刻变成了一个大爆竹，原本帅气的脸在伤痛和愤怒的折磨下越来越难看了。

"你的脑袋被门挤了吗？都这种时候了，还在想些什么！"龙薇儿对楚堂堂的炸毛很不爽，想到那么多人关心他，他却这么不爱惜自己的身体，再也忍受不住心里的怒火，冲着楚堂堂大喊大叫。

"滚，我死也不会去那里！"楚堂堂也怒了。

看到楚堂堂耍大少爷威风发脾气，龙薇儿真是急了："你这么不爱惜自己，有没有想过楚姐姐？难道你想看到楚姐姐为你日日夜夜地哭吗？亏我们还一路陪你来这么远的风都，你这样对自己不负责任，还算是男人吗？"

"我……不用你管！"楚堂堂倔强地别过脸。

"你……"看着楚堂堂一副死猪不怕开水烫的样子，龙薇

儿忍不住，扬起手就想给他一拳。

"薇儿住手！堂堂现在身子弱，你……你不要欺负他！"

楚仙仙一早起来就听到楚堂堂这里传来吵闹声，第一时间赶了过来。她一进门就看见龙薇儿满脸怒火，右手高高扬起，一副要揍楚堂堂的样子，急忙跑上前拉住了龙薇儿。

"姐姐，你放开我！这个时候还由着他任性呢！看我不把他打晕了带走！"

"薇儿！"楚仙仙不忍心龙薇儿伤害楚堂堂，"堂堂不想去苍蓝家，我们再想想别的办法吧。"

"连医师都说没办法了，我们能有什么办法？难道我们要眼睁睁地看着他死吗？我们千里迢迢来到风都，可不是为了看楚大少爷客死异乡的！我不知道他和那个苍蓝家有什么过节，但什么事都比不上生命重要，总之，我今天一定要带他去看病！"龙薇儿甩开楚仙仙的手，一把揪住了楚堂堂的衣领。

楚堂堂身体一颤，再次甩开龙薇儿的手，冷笑："你不过是我雇来的一个护卫，有什么资格管我？"说着，他抓起床头的药碗砸在了地上，低声吼道："给我滚出去！"

龙薇儿呆住了，接着胸口剧烈起伏起来。

"好……我没有资格管你，我也不想管你了！"她朝楚堂堂大吼了一声，气冲冲地摔门而去。

　　"薇儿！"楚仙仙看到他们吵架，心里着急不已，楚堂堂摔了东西之后又恢复了麻木的表情，她只好先去追龙薇儿。

　　"薇儿，等等！请你不要生堂堂的气，他……他是有苦衷的。"楚仙仙追上龙薇儿，拉住了她的衣袖。

　　"气死我了，好心当成驴肝肺！"龙薇儿脸色铁青，腮帮子气得都鼓起来了。

　　"薇儿，我知道你关心堂堂，但是……"楚仙仙欲言又止，似乎也有什么苦衷，"这样吧，薇儿，你悄悄地去苍蓝家，找一位名叫香玲的小姐。她知道堂堂的情况后，一定会帮忙的！拜托你了！"

　　正说着，楚堂堂房间里又传出一阵猛烈的咳嗽声。

　　龙薇儿回头看了楚堂堂的房间一眼，握紧拳头，把怒火暂时压下，对楚仙仙说："好吧，姐姐，你去看着那个家伙吧，我去找香玲小姐。"

　　"谢谢你了，薇儿！"楚仙仙感激地点点头，马上急匆匆地奔回楚堂堂的房间。

　　"我帮他……是因为姐姐你人太好了啊……"龙薇儿眼神黯淡地低下头来，自言自语道。

　　平复了心情后，龙薇儿跑出了伯爵府。在偌大的风都城兜兜转转了半天，多方打听之下，她终于在城东的一个背静处找

到了传说中的苍蓝家。龙薇儿轻叩门环，沉重的大门后走出了一个苍老的身影。

"哪位？"

龙薇儿微微鞠躬，用柔和的声音说："老伯伯，打扰您了！我的朋友生病了，想找这里的香玲小姐帮忙医治，麻烦通传一声。"

"香玲？你是……"老人一脸狐疑地望着龙薇儿。

"我是受楚家小姐之托前来求见香玲小姐的，希望香玲小姐能去看看楚家少爷的病。"

"他们还不知道吗？香玲小姐已经过世很久了！"

"什么？"龙薇儿顿时如坠冰窖，整个人僵直地站在门口，"老人家，这……这是怎么回事？"

那位叫香玲的小姐已经去世了？楚仙仙和楚堂堂好像都不知道这件事啊。

"今天正好是祭拜香玲小姐的日子，这位小姐，你如果不信，就跟老头子一起去看看吧。"老人叹了口气。

龙薇儿恍恍惚惚地点点头。

车轮滚动，龙薇儿跟着老管家一同前往风都城郊的万墓山。马车停在山脚下，龙薇儿随老管家徒步走到半山腰。高大的柏树之下，一座小小的墓碑上挂着一串风铃。那串风铃做工

精美，鎏金烫染的表面因为风雨的侵袭已经暗淡无光，但是，每当风起时，总能听到它发出清脆的叮咚声。

这座坟的坟头上已经长出了青青的嫩草，老管家在坟前摆放好祭品，望着墓碑，长长地叹了一口气。

"这里……就是香玲小姐的墓地？"龙薇儿下意识地开口问道。

老管家，一边烧纸钱，一边唏嘘："香玲小姐是位好姑娘，为了救人，连自己的性命都不要了……"

老管家说着，一段被时间掩埋的故事缓缓浮露了出来……

春天的太阳慵慵懒懒，和煦的阳光倾泻在湖面。湖边一个身穿蓝色缎面长裙的少女正静静地站在树荫下，像是在等待什么人。突然，她的眼睛被一双手捂住了。

"堂堂，你又在捉弄我吗？我可要生气了！"少女面露不悦，撒娇般跺着脚。

"香玲，你怎么每次都能猜到是我？"年少的楚堂堂悻悻地放下手，从香玲背后绕过来，一脸惊奇地问。

"我怎么会不知道呢？"香玲抓过楚堂堂的手，轻轻地抚摸手掌上的茧子，温柔地说，"这双手从四岁开始握剑，上面起的每一个起茧子我都一清二楚。"

276

楚堂堂心里仿佛有一股暖流缓缓流过。

从小到大，无论楚堂堂在修炼的时候吃了多少苦，挨了多少骂，只要见到香玲，那些辛苦都会随着她的安慰化作乌有。香玲性格温婉，在治愈灵术上有过人的天赋，现在更是把所有的精力都用在治愈灵术的钻研上。楚堂堂知道，香玲做的这一切，都是为了他。香玲不但能在第一时间治愈楚堂堂身上的伤，更能安抚他的内心。

"香玲，我、我们……"楚堂堂望着香玲姣好的面容，竟然有些结巴起来。

"怎么了？"香玲抬起头，疑惑地看着他。

楚堂堂按捺不住心里的激动，拉着香玲的手疯狂奔跑起来，他们沿湖绕了一圈又一圈。

楚堂堂张开双臂，像是要拥抱满满的幸福，嘴里大喊着："香玲，等我长大了，我要你嫁给我，我会让你成为世界上最幸福的新娘！我要我们永远在一起——"

微风中，楚堂堂奔跑的样子深深地印在了香玲的脑海里。香玲跟着他的脚步，失神地望着他的侧脸，视线没有移开过半秒。虽然他们年纪还小，但香玲非常明白楚堂堂的意思。这一刻，香玲并没有感到害羞，而是彻底沉沦在这句誓言当中。香玲知道，她的心，早就属于楚堂堂了。

如果一切都顺利的话，楚堂堂和香玲这对青梅竹马会永远在一起，一起进入蔷薇书院学习，一起修炼灵术，并在毕业后举行婚礼。可惜的是，命运总是喜欢捉弄人，就在第二年，香玲收到楚堂堂送来的生日礼物时，楚堂堂被黑精灵袭击了。

护卫及时赶到，救下了楚堂堂，但他中了黑精灵的毒，已经昏死过去。香玲得到消息，第一时间来到了楚堂堂的身边。

她用尽了所有力量，却只能暂时抑制楚堂堂身上的毒素不再扩散。每一次，看到楚堂堂寒毒发作时痛不欲生的样子，她的心就像被刀割一样。她恨自己灵术不精，也恨自己不能替他承受痛苦。她心如刀绞，却只能强颜欢笑，安抚日益消沉的楚堂堂。

"我不吃药！现在的我，跟废物有什么两样？我这样活着，还有什么意思？"楚堂堂忍不住大发脾气，摔了药碗。

看着楚堂堂任性的样子，平时总会安慰他的香玲低下了头，一心一意鼓捣着手里的药罐。她仿佛下了什么决心，抬起头来盯着楚堂堂，一字一顿地说："没错，现在的你，跟废物没什么两样。"

听到熟悉的声音说出这番话，楚堂堂猛然抬起头，满脸惊愕地望着香玲，只见她脸上露出了尖酸刻薄的表情。

"有谁愿意和一个废物在一起啊！"

香玲脸上露出鄙夷的神色，冷冷地说出这句话，而心，却在滴血。

"我已经厌倦了天天守在一个半死不活的人身边，风都苍蓝家的人看中了我的天赋，前几天，他们家的少爷来向我求婚，我已经答应他了。你吃不吃药已经跟我没关系了，你就一个人继续躺在床上当废物吧！"香玲说完，转身就走。

"等等！"楚堂堂猛地拉住她的衣袖，"你……你要走？你也要离开我？"

"堂堂，我们已经不是小孩子了，我不能为了一个废人耽误了自己的青春和天赋。"香玲回头，冷静地看着楚堂堂。

"你……"看着那样的眼神，楚堂堂颓然松开了手，"你说得对，我现在是一个废人，我没有办法给你幸福。"

香玲别过脸，泪水潸然而下。如果楚堂堂没有松开手，或许，她会做出另外一个选择，可是……

香玲离开了楚家，再也没有回头。

半个月后，躺在病床上的楚堂堂忍受不了日复一日的寂寞，大喊着要香玲回来，可是姐姐告诉他，香玲已经去了风都苍蓝家了。

后来他写信寄去风都，但从来没有收到回音。一个月后，楚家为楚堂堂找来了灵药，终于让他摆脱了缠绵病榻的痛苦。

他第一时间赶去了风都，站在苍蓝家门外，他发疯地大喊。

"香玲！出来见我！"

"香玲！我有话要跟你说！出来！"

"香玲！我后悔了……"

楚堂堂在苍蓝家门前站了三天，喊了三天，求了三天，可香玲是那样地绝情，连见一面的机会都不肯给楚堂堂。只有苍蓝家的家丁，拿着扫帚驱赶他。楚堂堂在门外大闹了一场，最后由于体力不支昏倒在苍蓝家门前，醒来时已经被人送回蔷薇镇了。从此，楚堂堂恨死了苍蓝家，也再也没有提过香玲这个名字。

其实，那三天，楚堂堂的怒吼响彻了整个苍蓝家，香玲又怎么会没有听到呢？楚堂堂被怒气冲昏了头，没有看到一个瘦小的身影躲在门后，偷偷地凝视他。直到楚堂堂昏倒在地，她才忍不住冲了出来，却不敢上前，只是求苍蓝家的少主把楚堂堂送回家。

"对不起！对不起！堂堂！对不起……"香玲望着楚堂堂离去的身影放声大哭。

"现在你满意了？他现在可是恨透我们苍蓝家了。"苍蓝家的少主冷冷地看着香玲。

香玲浑身一震，拼命忍住抽泣，把眼泪擦干，她朝对方深

深地一躬。

"谢谢你们愿意治堂堂的病，我一定会遵守承诺，把一身灵力全部送给少主。"

苍蓝家的少主盯着香玲看了半晌，摇头叹了口气。

"你这又是何苦？"

"没关系，只要他平安就好，我希望他能重新变回那个无所不能的楚家少爷，永远记住我最美丽的样子……以后……就算他忘了我也没关系，只要他平安……"说到最后，香玲再也说不下去，眼泪流了下来，她只能朝远处跑去，躲开所有人的目光。

苍蓝家的少主望着她的背影，若有所思。

"楚堂堂……还真是个让人羡慕的家伙。"

"就这样，香玲小姐把一身灵力全部送给了我们家少主。我们家少主从小身体就不好，托香玲小姐的福，后来终于渐渐好了。不过，少主也没有办法拯救灵力透支的香玲小姐。香玲小姐临死前，请求苍蓝家的人为她保守这个秘密，所以楚家的人一直不知道这件事的真相。"

老管家讲完了故事，捶了捶腰，叹了一口气。他没有注意到，龙薇儿的眼睛蒙上了一层水雾。

"老管家,这串风铃是……"龙薇儿指着香玲墓碑上的风铃问。

"据说这是楚家少爷送给香玲小姐的生日礼物,香玲小姐让我们把风铃挂在她的墓碑上。这么多年了,这串风铃一直陪着她,多少不会让她太过寂寞吧。"老管家招了招手,似乎不想再说下去,"走吧,你跟我一起回去取药吧,算是我们欠香玲小姐的。"

龙薇儿回头看了一眼香玲的墓碑,只见风铃在微风中轻响,似乎在诉说一个少女的秘密心事。

龙薇儿一路上浑浑噩噩,不知道什么时候已经站在了银伯爵府的大门口。她的脑海里只剩下那个老管家的叮嘱:"既然小姐你也知道了这个事,希望你能替香玲小姐守住这个秘密。"看到在门口焦急等待自己的楚仙仙等人,龙薇儿觉得心里被什么沉甸甸的东西压着。

她走到楚仙仙面前,把药递给了她。楚仙仙欣喜地接过了药,但看到无精打采的龙薇儿,她的心里闪过一丝忧虑。

"薇儿,你见到香玲了吗?她有没有说什么?"

龙薇儿轻轻地摇了摇头,语气充满了疲惫:"对不起,姐姐,我今天很累了,改日再说吧。"说完,她匆匆离开了众人的视线。

第十八章

风与火之歌

　　楚堂堂吃了龙薇儿带回来的药，气色恢复了很多。整个人再也不是一副病恹恹的样子了。这种药和一年前的药那么相似，聪明如他，大概猜出了自己的病是怎么治好的。

　　大家都为他的病情转好而高兴，但他本人却没有露出多少喜悦。他把众人赶出了房间，把自己反锁在屋子里，不见任何人。因为楚堂堂的关系，伯爵府的气氛有些低落，吃晚饭的时候，连一向开朗的龙薇儿也无精打采的，众人感到有一股低气压笼罩全身，压抑得难受。这个晚饭，大家草草吃了一些，各自回到房间里去了。

　　"唉！"龙薇儿发出第十五次叹息的时候，躺在她身边的森茉丽再也忍不住了，伸手戳了戳龙薇儿的背，小声地问："薇儿，今天你好奇怪啊，到底发生了什么事啊？"

　　"我……"龙薇儿用枕头蒙住自己的脸，语气蔫蔫地说，

283

"我心里藏不住秘密，现在藏了一个，难受死了！"

"秘密？"森茉丽若有所思，"和楚堂堂有关？"

"唉！"龙薇儿又叹了口气，把枕头丢开，一骨碌坐了起来，随手把森茉丽也拉了起来，问，"茉丽，我问你，你见到明欢的时候，心里是什么感觉？"

"我……"龙薇儿的问题太突然，森茉丽眼神黯淡，双手不住地绞着被子。

龙薇儿不好意思地挠了挠头，说："茉丽对不起，我不是故意提起你的伤心事的，我只是很困扰，无法理解这种感觉……这种事，果然只有过来人才能理解吗？像我这样什么故事都没经历过的白纸，真是难以理解。"

白纸？森茉丽张了张口，刚想提到一个人的名字，龙薇儿却伸了个懒腰，把她的话打断了。

"我晚上没吃饱，现在饿了，我得去找点东西吃。"她跟森茉丽说了一会儿话，心情好了些，很快就变回以前的龙薇儿了。她打定主意，随意套了件衣服便偷偷溜出房间，还不忘承诺给森茉丽带点甜点回来。

看着龙薇儿消失的背影，森茉丽哭笑不得。

"明明，薇儿和青岚师兄也有很深的羁绊呀……"森茉丽叹息一声。

龙薇儿打算去厨房找点东西吃，经过楚堂堂房间的时候，看到里面黑灯瞎火的忍不住推了推门，发现他还把门反锁着，拒绝着其他人的介入。她敲了敲门，里面没有反应，只好隔着门对漆黑的屋子说话。

"楚堂堂同学，对不起，早上是我太冲动了。我的确是一个什么都不知道的外人，却没轻没重地数落你……谁都有别人无法理解的伤痛，无论是你、茉丽、青岚师兄，还是我自己，但是不管怎样，你都不能把自己关起来，姐姐和我们都很担心你的……"

龙薇儿本来想安慰楚堂堂，却触动了自己的伤心事，声音越来越低，最后只剩一声轻叹。

就在这时，远处传来一阵异响。

"啊！"有什么东西掉在地上打碎了，随后就是楚仙仙的尖叫声。

"哎哟！"龙薇儿刚想过去看看，楚堂堂的房门突然打开了，脑袋就被狠狠地撞了一下。

"还愣着干什么？姐姐出事了！"楚堂堂冲了出来，没时间理会龙薇儿，像一阵风一样跑了过去。

"大少爷！你开门也不小心一点……"龙薇儿捂着被撞的额头，一边埋怨一边追了上去。

等楚堂堂和龙薇儿赶到事发地点的时候，只看到走廊上一片狼藉，楚仙仙已经不见了，几个侍女缩在旁边瑟瑟发抖。

原来，看到楚堂堂把自己关在房间里连饭都不吃，楚仙仙准备了一些点心，准备送给楚堂堂当消夜。没想到，半路上突然窜出三条黑影，侍女们吓得瑟缩在一旁。那几个黑影对侍女们一点兴趣都没有，所有的注意力都集中在楚仙仙的身上。

楚仙仙发现自己成了目标，立刻丢下东西就跑。三个黑影龇牙咧嘴，紧追着她不放。

就在楚仙仙即将被黑影的利爪攻击到的时候，一道雷电劈了下来，震退了黑影。

"姐姐！你没事吧？"楚堂堂挡在楚仙仙面前。

"我没事……堂堂！你的身体……"楚仙仙担心地看着楚堂堂。

"姐姐放心吧，还有我呢！"龙薇儿跟在楚堂堂身后，刚说了一句，一个黑影就朝她扑了过来。

楚堂堂身上灵蕴涌动，一个雷球出现在右手上，发出"噼啪"的响声。

"接招！"楚堂堂的雷涌直接砸向了那个黑影，黑色的皮肤，尖尖的耳朵……入侵者暴露在雷电下，立刻引来的众人的惊呼。

"是黑精灵！"

黑精灵躲过楚堂堂的一击，发出了一阵怪笑。

"这些东西怎么会闯进伯爵府！"龙薇儿吓了一跳。

"糟了，有三只。"楚堂堂护着楚仙仙，看着渐渐逼近的黑精灵，手心里不觉渗出了冷汗。

"堂堂，你快带着姐姐跑，它们的目标是楚姐姐的灵蕴！"龙薇儿冲楚堂堂大喊，话音刚落，两只黑精灵竟然没有攻击楚仙仙，反而冲向了龙薇儿。

龙薇儿一怔，完全没想到自己也会成为黑精灵的目标。不过，打她就打她吧，至少能为楚仙仙争取逃离的时间！

"姐姐快走！"楚堂堂推开楚仙仙，和龙薇儿一起阻挡黑精灵的进攻。

"姐姐，快去人多的地方！它们的目标是你的灵蕴，人一多它们就找不到你了！"龙薇儿和楚堂堂掩护楚仙仙离开，两个人都将灵蕴释放出来，一蓝一红，仿佛夜幕下的两道彩虹。

楚仙仙知道自己留下来也帮不上什么忙，只能飞快地跑开了。她一边跑一边喊："来人！救命！有黑精灵入侵！"

听到呼救声，大批护卫从各处涌来，将黑精灵围在了人群之中。

伯爵府的各个角落都被惊动了，青岚和森茉丽从房间里跑

287

了出来，银伯爵和靖皓也赶到了后花园。

"轰隆！"花园的一面墙壁在楚堂堂的雷涌之下崩塌了，龙薇儿和楚堂堂从废墟里跑出来，狼狈不堪地往人群里跑。

三只黑精灵也跑了出来，虽然被护卫们包围了，但它们没有任何怯意，反而朝所有人龇牙咧嘴示威起来。

银伯爵什么时候受到过这样的羞辱，忍不住火冒三丈，怒喝："竟然闯入我的府邸，罪该万死！所有人给我听着，这些黑精灵一个都不能留，全都给我杀了！"

就在银伯爵指挥救援的时候，黑精灵发出刺耳的笑声。一些灵蕴等级低的护卫在这场声波的攻击下昏了过去。黑精灵的身上开始弥漫浓重的黑雾，笑声也越来越大。

"捂住耳朵！"龙薇儿大喊。

部分护卫倒了下去，银伯爵和靖皓护着楚仙仙，倒是都没事。森茉丽从房间跑出来的时候不忘把龙薇儿的武器带了出来，这时正好派上用场。

"薇儿，接着！"她把七星彩虹抛给龙薇儿。

龙薇儿接过武器，顿时充满了信心。她回头看向森茉丽，两个人的目光在空中相接，都明白了对方的意思。龙薇儿招手："茉丽，我们上！"

森茉丽点点头，脸色凝重起来。她喃喃自语："这么多敌

人，那……我试试这个吧！"说着，她的双手快速结印，土黄色的灵蕴顿时围绕着她的身体飞速旋转。随着森茉丽手指的上下飞舞，她的灵蕴达到了前所未有的强度。土黄色的灵蕴仿佛墨水一般随着她的点画勾勒出一个钟的形状，随着森茉丽轻声一喝，灵蕴勾勒出的大钟悬浮到两只黑精灵的上空，瞬间变大了几倍，将两只黑精灵罩在了结界里面！

"地皇钟！"森茉丽手指一指，强大的束缚术立刻展现。

地皇钟是森家独门控制灵术，四级以上灵师才能施展，威力是地牢的四倍。森茉丽作为森家的嫡女，自然很早就能接触到这些不外传的秘术。不过，以她目前的实力，只能发挥出这个灵术的一半效果。

"茉丽干得漂亮！"龙薇儿竖起大拇指，但森茉丽却并不轻松，这个灵术对她来说是越级施展，要维持的话，需要消耗大量灵蕴。两只被困的黑精灵不断冲撞结界，森茉丽保持着一个姿势不敢动，只能期望龙薇儿和楚堂堂速战速决。

龙薇儿和楚堂堂同时爆发灵蕴，一个双手布满噼里啪啦的雷电，一个全身燃起了熊熊烈火。楚堂堂将灵蕴拉伸出细小的线状，结成电网后，迅速朝剩下的那只黑精灵撒了过去。

青岚竖起右手的食指和中指，口中低声喃喃，一股冰寒的气息瞬间笼罩了众人。他的衣袖轻轻一挥，一股白色的雾气朝

龙薇儿和楚堂堂飞了过去，环绕在他们全身。

"流水落花。"青岚闭目凝神。

龙薇儿和楚堂堂顿时感到身上一轻，仿佛所有的束缚都被解除，行动的速度快了许多。毫无疑问，这是青岚的一个辅助术。随着时间的推移，他逐渐把遗忘的灵术记起来了。

龙薇儿唇边露出一丝微笑，由衷地为青岚感到高兴，随后将视线牢牢锁定在黑精灵身上。她一声轻喝，蔷薇色的灵蕴迅速包裹住七星彩虹，四周的空气中顿时充满了一股炙热的气息。随着龙薇儿对灵术理解的不断加深，她施展的焚心诀威力也越来越大。龙薇儿的灵蕴不断涌出，包裹在七星彩虹上的灵蕴延伸为巨大的灵蕴之刃。龙薇儿握着体积被放大好几倍的"巨刃"，一个鱼跃，朝黑精灵狠狠砍了下去！

楚堂堂的雷网使得黑精灵全身都陷入麻痹的状态，根本无法躲避。一声巨响过后，黑精灵正面承受了龙薇儿全力的一击，很快的，它的身体涌起了大片的黑雾。

"同样的招数，你以为对我还会有用吗？"

龙薇儿翻转七星彩虹，剑身不断爆出灼热的蔷薇色灵蕴，黑精灵的雾气竟然被这股灼热蒸发得一点不剩。失去了黑雾的掩护，黑精灵的本体彻底暴露在众人眼前。龙薇儿握着七星彩虹，自上而下一剑劈开，黑精灵被一分为二。尸体倒在地上的

瞬间，空气中弥漫着被烧焦的难闻气味，这只黑精灵终于化作灰烬渐渐消失。

看到龙薇儿干净利落地解决了一只黑精灵，旁边的楚堂堂微微点了点头。

看不出来，她居然有这样的实力。

"上次因为大意放跑了一只，今天决不能再放过这些家伙！"龙薇儿义正辞严，握着七星彩虹威风凛凛。

就在这时，被森茉丽关进地皇钟里的两只黑精灵开始拼命撞击结界，它们目睹了同伴被龙薇儿击杀，既恐惧也愤怒起来。其中一只黑精灵浑身的肌肉都鼓胀起来，力量也大大增强了。这个技能对它的同伴也有一定的增幅作用。面对这两只被强化了的黑精灵，持续消耗极大灵蕴的森茉丽感觉到自己难以支撑了，束缚术摇摇欲坠。

"我……我撑不住了……"森茉丽还没来得及叫出声，随着一声轰响，地皇钟分崩离析。

伴随地皇钟的崩裂，两双闪烁着凶残光芒的血红色眸子将目光紧紧地锁定在了森茉丽的身上。一声怒吼，一只黑精灵以迅雷不及掩耳之势扑向了森茉丽。

"砰！"青岚眼疾手快，灵术随意念而动，只见一块巨大的冰块拔地而起，挡在了森茉丽面前。黑精灵扑在了冰块上

面，利爪在冰面划出了深深的痕迹。

"茉丽闪开！"龙薇儿趁机冲到黑精灵面前，举起七星彩虹，正好挡住了黑精灵的一记利爪攻击。黑精灵一击不成，突然张开嘴露出了森白的牙齿，猛然咬向了龙薇儿的咽喉！七星彩虹正被黑精灵的利爪抓着，龙薇儿只能举起左手抵挡。

"啊！好痛！"龙薇儿及时为手臂缠上了一层灵蕴防护罩，但没想到黑精灵的咬力竟然如此恐怖，不仅破开了灵蕴的防护，甚至把龙薇儿咬出了血。龙薇儿顿时感到一阵剧烈的疼痛，想用尽全身力气推开黑精灵，反而遭到了黑精灵的反扑。

"砰——"龙薇儿被狂暴的黑精灵震飞了，重重地摔倒在地。"薇儿！"森茉丽着急地大喊。

青岚第一时间冲到龙薇儿身边，把她从地上扶起来。龙薇儿脸色苍白，被咬伤的手臂散发出一丝似有似无的阴寒气息。这是……中了毒？青岚皱紧眉头。

黑精灵怪笑着扑了过来，正叫嚣着想给青岚也咬上一口。青岚愤怒地抬起头，凌厉的眼神瞪向了黑精灵，眉宇之间迸发出一股巨大的威压，在黑精灵心里化作深深的恐惧。一种不可抗拒的恐惧感狠狠袭上这两只黑精灵的心头，竟然让它们不由自主地往后退缩了几步。

森茉丽刚好对上青岚的眼神，也被他吓了一跳。那一瞬

间，仿佛有一股无形的力量将青岚周围所有人都震开了。这是……什么力量？森茉丽捂着胸口，慢慢地退到了人群之中。

"我没事，后面交给我吧。"龙薇儿不甘心自己就这么被黑精灵打败，倔强地推开了青岚，摇摇晃晃地站起来。青岚看了她一眼，默默地往后退了一步。

楚堂堂跑过来，问："你还能坚持吗？"

龙薇儿不置可否，只是握紧了手中的剑，体内灵蕴涌动。

"我没事，保护好你姐姐。"

龙薇儿闭上双眼，再也不理会那两只不时叫嚣的黑精灵，握着七星彩虹的手有些放松，令她看上去仿佛待宰的羔羊一样。但是在这样的冷静之下，龙薇儿身上的灵蕴正以不可思议的速度汇聚着，周围的空气都因为炙热而出现了扭曲。黑精灵号叫一声，感觉到一股越来越强的力量威胁着自己，原本被青岚震慑住的黑精灵再也顾不得其他，张牙舞爪地扑向了还闭着眼睛的龙薇儿！

就在它们冲过来的时候，龙薇儿感觉到体内的灵蕴已经充盈到自己能够驾驭的极限，她猛然睁开了眼睛！

"风、火、连、城！"

伴随着龙薇儿的轻喝，只见她用力将七星彩虹破空斩下！蔷薇色的灵蕴随着她的意念奔腾而出，化作一条巨大的火龙以

惊人的气势呼啸而来！火龙张开巨口，仿佛要将阻碍在自己面前的一切事物全部吞噬，瞬间吞没了两只黑精灵。

"轰！"强烈的能量对撞之后，后花园弥散起一片烟尘，空气中充斥着一股烧焦的味道。龙薇儿的灵蕴之火过处，泥土都被烧焦了，但一只黑精灵被同伴掩护在身后，竟然还没死！它挣扎着站起来，准备再次扑向龙薇儿。

而此时楚堂堂的雷涌刚好到了，几道手掌宽的雷电伸向了黑精灵，无情地穿透了它的身体，狠狠地切割着，直到它的躯体因为雷电的力量而彻底化成粉末，楚堂堂才收回了灵术。

黑精灵临死前发出了凄厉的笑声。

前来伯爵府增援的护卫赶到了，却只看到满地狼藉，花园里的墙和地面都被灵蕴之火和雷电烧焦了。

大家松了一口气，都把目光投向了今晚表现让人惊羡的灵师们。龙薇儿灵力透支，全身像虚脱了一样没有力气，完全没注意到大家的反应。

"薇儿……"森茉丽跑了过来，嘴巴不停在动，似乎在说什么。

龙薇儿皱紧了眉头，努力想听清她说的话，不料眼前一黑，身体倒了下去。

在意识陷入黑暗之前，她看见了冲过来抱住自己的青岚。

第十九章
归程

晨曦透过层层云雾，照到了风都城的每个角落。随着夜色的退去，风都的银伯爵府又迎来了新的一天。充满朝气的晨辉洒满四周，但在龙薇儿的房间里，却弥漫着一股消沉的气氛。

"医师，薇儿怎么了？怎么还是没有醒啊？"森茉丽守在床边，表情焦急不已。

经过了昨晚的一场鏖战，龙薇儿灵力透支，此刻正静静地躺在床榻上。青岚彻夜未眠，一直守在她的床边。森茉丽、楚堂堂也都在，但楚堂堂感到有些无法融入他们的氛围，只是倚门而立，静静地注视着屋子里的一切。

"这位小姐的伤太过复杂了……我、我实在无能为力。"

"胡说！上次您不是把楚家少爷的病治好了吗？为什么这次不行？"

森茉丽情绪激动，拒绝听到一星半点儿不好的消息。

"这位小姐灵蕴耗尽，毒素扩散得太快，一般的医师都拿黑精灵的毒没办法，我建议……你们还是去请苍蓝家的灵师吧！"老医师摇了摇头，收拾好药箱，准备告辞。

"苍蓝家、苍蓝家……"森茉丽连连点头，生怕自己记错了半个词，一边碎碎念一边跌跌撞撞地往外跑。

"你去哪儿？"楚堂堂一把拉住差点被门槛绊倒的森茉丽问道。

"去找苍蓝家的人，他们一定有办法救薇儿的！"

楚堂堂深知苍蓝家的行事作风，摇了摇头，说："他们不一定会拿秘制的灵药去救一个毫不相干的人。"

森茉丽焦急地说："不会的……不会的！薇儿不就帮你求到了药吗？"

"那是他们欠我的。龙薇儿呢？她和苍蓝家又有什么关系？他们凭什么救她？"

"这……"森茉丽急得不行，眼泪都快流出来了，"不管怎么样，反正我是一定要去的！薇儿是我的好朋友，我……我不能看着薇儿这样！"

听了森茉丽的话，楚堂堂沉默了。青岚突然站了起来，红

宝石般的眸子里透着少有的威严,他言简意赅地问:"在哪里?我去。"

"青岚师兄……"

"算了,你们都不要去。"楚堂堂望着躺在床上的龙薇儿,脸上闪过复杂的神色。他叹了口气,说:"我去求药……就当我还她人情。你们留下来照顾她吧!"

森茉丽错愕。

他……为了薇儿,愿意去见苍蓝家的人?森茉丽心里浮现出一丝喜悦。虽然她不知道楚堂堂和苍蓝家到底有什么恩怨,但通过这几天的相处,她多少能感觉到楚堂堂内心的痛苦。现在,楚堂堂愿意为了龙薇儿迈出这一步,龙薇儿的病总算有了一份希望。

楚堂堂一去就是大半天,傍晚时分,他才带着药回到伯爵府。森茉丽见他带来了药,高兴坏了,连忙喂龙薇儿服下。苍蓝家的灵药果然名不虚传,不多时,龙薇儿就醒了。大家听说龙薇儿的病情好转,都来探望。一时之间,房间里热闹起来。唯独楚堂堂,一直站在门口,不见焦点的眸子不知在看哪里。

"堂堂,你怎么了?"楚仙仙发现了楚堂堂的异常。

龙薇儿从床上探出头来,看见楚堂堂的脸色,联想到自己

的病情，她脑海里闪过一个念头。

"堂堂，你……是不是去见香玲了？"龙薇儿有些担心，又有些小心翼翼地问。

"香玲是谁？"森茉丽好奇地问。

听到这个名字，楚堂堂终于回过神来，他什么也没说，转身离开了龙薇儿的房间。看着他孤寂的背影，龙薇儿猜，他可能已经知道真相了。

在龙薇儿醒来之后，楚堂堂骑马狂奔到万墓山。一开始，他听到这个地名时还不敢相信，到了半山腰，他突然听见了一阵清脆的风铃声。

"丁零——丁零——"

"不、不会的……"他似乎想说服自己，可是脑子里却在回响老管家说的话。

"我不会闹事的，我来找香玲只是想请她医治我的朋友。我的朋友和我一样，也中了黑精灵的毒，我想请她……请她去看看。"

"您知道，香玲小姐是不会见您的。"

"今天我一定要见到她，否则……我不介意再大闹你们苍蓝家一次。"

风都篇

"我给你药，你快走吧！"老管家摇摇头，回去取了药给楚堂堂。

楚堂堂失神地望着手里的小药罐，又抬头看了看苍蓝家的大门，嘲笑自己竟然还痴心妄想。

老管家看着他失魂落魄的样子，想说什么又忍住，终于，轻轻叹了口气。

"唉！你……你去城郊的万墓山看看吧……那里有你想知道的真相。"

"什……么……"楚堂堂浑身一震，整个世界仿佛在听到这句话时坍塌了。

风都，万墓山。大片的无名墓碑上笼罩着浓重的阴气，楚堂堂麻木地在墓碑中穿梭，心里不祥的预感越来越明显。

"丁零——丁零——"微风吹过，空寂的山上再次响起风铃的声音。

"这是……鎏金风铃？"楚堂堂顺着风铃声找过去，终于在一株高大的柏树下找到了那串风铃。

这是一座小小的墓，碑上面刻了一个人的名字。这个人原本有着温暖可爱的笑容，现在却变成了一座冰冷的墓碑。那串鎏金的风铃被雨水侵蚀得失去了光泽，却日复一日地在风中摇

曳，发出清脆的声响。

坟上长满了青青的小草，周围还留有供奉过的痕迹。

楚堂堂身体僵直地走到墓前，蹲下来，伸出手抚摸着墓碑上的名字。

"为什么会这样……"

他的脑海中突然浮现出过往的种种，香玲从温柔体贴到突然变得尖酸刻薄，可笑的是自己自怨自艾完全没有站在她的角度考虑事情！等香玲离开，自己大闹苍蓝家，她却避而不见。一开始，楚堂堂以为香玲只是冰冷无情，却从来没有想过她会有苦衷。

楚堂堂终于把所有事情都想通了，双手死死地抓着墓碑，痛苦地呐喊着："为什么？为什么你要替我去死？我曾经那么恨你，恨你无情无义，结果……到头来我才是那个冷血薄情的浑蛋！"

随着楚堂堂的嘶吼，山林间忽然传出来一阵像极了哭泣的风声，天空也暗了下来，不一会儿，豆大的雨点从天上砸了下来，重重地打在他的身上。

楚堂堂全身都湿透了，然而他却没有丝毫感觉。他手里紧握着风铃，望着阴郁的天空，喃喃地说："你也会哭吗？那为

什么还要带走她！"

就这样，楚堂堂一直仰望着天空，雨水和着泪水从他脸颊上流过。

他保持着这个姿势，在墓碑旁，仿佛凝成了一座雕像。

不知过了多久，他才被出来寻找他的楚仙仙找到，那时，他的身体已经冻僵了。

楚堂堂的伤还没有痊愈，现在又淋了一场雨，这让气色本来就不好的他脸色更差了。楚仙仙心思细腻，她看到了香玲的墓碑，也猜出了事情的大概。她担心楚堂堂会一蹶不振，心里苦涩不已。但没想到，楚堂堂只在床上消沉了几天，竟然开始主动吃药了。

那个人已经不在了，爱也好，恨也好，不甘心也好，委屈也好，她不在了，一切都没有了意义。大概楚堂堂是懂得了这个道理，才尽力让自己早日康复起来。

楚堂堂望着为了照顾自己而日渐消瘦的楚仙仙，干燥的嘴唇动了动，用沙哑的声音说："对不起，姐姐，我以前太不懂事了。我以后会好好听家人的话，再也不会做蠢事了。为了你，还有……香玲，我会好好吃药，好好养身体。"

楚仙仙转头哭了起来。

堂堂终于长大了，成为一个可以独当一面的男子汉了。她擦了擦心酸的泪水，把药碗递了过去。

楚堂堂露出一个虚弱的笑容，乖乖地接过了药碗。

在楚堂堂养伤的几天里，龙薇儿喝了药，一直昏昏沉沉地躺着，现在终于好得差不多了。

"薇儿，你终于醒了！"她醒过来的一刹那，耳边就听到了森茉丽哽咽的声音。

"茉丽？"还有些分不清梦境和现实的龙薇儿轻声呼唤了一下。

"是我是我……薇儿……呜呜……"

森茉丽的泪珠滴到龙薇儿的脸上，让她彻底清醒过来。她看着脸上挂满泪水，哭得跟小花猫似的森茉丽，还有沉默地守在一旁，眼周却浮现了一层黑眼圈的青岚，看着他们，龙薇儿的心里像是被什么东西填得满满的。

看到意识恢复的龙薇儿，森茉丽迫不及待将这几天发生的事情告诉她："薇儿，你不知道你昏睡的这几天，青岚师兄这几天没日没夜地守在你床边，连吃饭都不肯离开，还有堂堂特意帮你去求药，还有还有……"

"还有你也熬夜守着我，对吧？看看你的眼睛，红得跟兔

子似的，还出了黑眼圈……茉丽，还有大家，谢谢你们。"

森茉丽没有提到自己，但没想到，平时大大咧咧的龙薇儿竟然发现了，她的脸不禁微微一红。

龙薇儿喝完药，把目光投向了站在门口的楚堂堂。这个沉闷的大少爷，竟然一个人站在门口，一句话也不说，给人深深的疏离感。

"堂堂，谢谢你。我欠你一个人情。"

"没什么，我们两清了。"楚堂堂淡淡地说。

"干吗非要分得这么清楚，我们不是共过患难的朋友吗？"龙薇儿不满他的态度，噘起了嘴。

"既然你醒了，大家就可以好好休息了。我先走了。"楚堂堂淡淡地留下一句话，转身就走了。大家没发现，他转身之后嘴角竟然露出了一丝浅浅的笑意。

在森茉丽、青岚和楚仙仙的悉心照顾下，龙薇儿和楚堂堂的身体逐渐恢复。很快，银伯爵府也开始着手筹备楚仙仙和靖皓的婚礼了。

楚仙仙的亲属只有楚堂堂前来，但排场却不小。楚仙仙的嫁妆虽然比不上伯爵府的聘礼，但她毕竟是楚家嫡系女儿，也没有差到哪里去。举行婚礼的那一天，伯爵府装点得喜气洋

洋。很多客人都来道贺，连远在帝都的陛下都送来了贺礼。龙薇儿、青岚、森茉丽都受邀参加了这场盛大的婚礼，几个没长大的孩子充满了好奇。风度翩翩的楚堂堂和俊美无双的青岚在婚宴上获得极高的人气，是除了新娘和新郎以外最受女眷们青睐的对象。不过，这两个人都属于沉默寡言的类型，不懂得做任何回应，倒是让客人们惋惜。

婚礼过后，楚堂堂陪楚仙仙住了几天，等她适应了和靖皓一起生活的日子，楚堂堂才正式向银伯爵提出告辞。银伯爵为送他们一行人准备了热闹的宴会。席间，银伯爵叮嘱楚堂堂一行人在回去的路上要万分小心，看着众人不解的样子，银伯爵解释："黑精灵一直是传说中的生物，连精灵族对他们都不太了解。这么多年过去了，我们只知道它们会吸食天赋优秀的人类的灵蕴。你们几位的灵蕴都非常纯净而且强大，我很担心你们这样的力量会引来黑精灵的觊觎。所以，你们在路上务必要小心，时刻提防黑精灵再次盯上你们。"

楚堂堂点了点头，随后又把目光投向楚仙仙，意思是让她放心。

看到楚堂堂的眼神，靖皓握住楚仙仙的手，说："堂堂放心，我们府邸一定会增强防御，黑精灵的事绝对不会发生第二

次。这次黑精灵入侵伯爵府的事，我们已经上报帝都，相信很快就会查出线索，希望能早日消灭风都附近的黑精灵。你放心地把仙仙交给我吧，我一定会保护她不受任何伤害。"说着，他向楚仙仙投去温柔的目光，楚仙仙在他的注视下羞涩地低下了头。

看着姐姐幸福的样子，又收到靖皓的保证，楚堂堂放下心来，打算明天就和伙伴们启程回蔷薇镇。

第二天，楚堂堂带队返回蔷薇镇。临行前，看着楚仙仙担忧的目光，楚堂堂轻轻地拥抱了一下她。

"姐姐，你放心吧，我会好好照顾自己的。我现在已经是个大人了。"

楚仙仙心里虽有一万个不舍得，但还是点了点头："我相信你。"说完，又叮嘱队伍里的其他人，"这段时间以来谢谢你们了，回去的路上一定要小心。"

众人点点头。龙薇儿和森茉丽非常不舍得楚仙仙，尤其是龙薇儿，每次看到楚仙仙，都能想起自己的姐姐。

如果姐姐没有失踪的话，她们的感情还是像小时候那样好吧？姐姐比她年长几岁，一直都很照顾她，虽然姐姐的性格不像楚仙仙这样温柔，但疼爱妹妹的心却是不输给楚仙仙的。

可是，姐姐一失踪，好像所有的事情都变了啊……龙薇儿叹了口气。

上马前，楚堂堂向靖皓深深地一躬。

"殿下，以后，姐姐就拜托给你了。"

"放心吧，保证仙仙的安全和幸福，是我的责任。"

楚堂堂再一次得到保证，这才安心地上了马，却不再回头。楚仙仙望着他的背影，终于忍不住在靖皓怀里哭出声来。

楚堂堂听到姐姐的哭声，心里无比酸涩，但他依旧没有回头。以后，他不需要保护姐姐了，但是会有更多的人需要他的保护。

楚堂堂心里还很难过的时候，马车里的龙薇儿和森茉丽正闲聊着。

"茉丽，你有没有觉得楚堂堂变了？"

"我觉得他似乎更成熟稳重了，少了一份拒人于千里之外的冷漠，更多了一些坚强和刚毅。"

"茉丽，你的眼光不错！真可惜，这段时间我都躺在床上，连风都城都没有好好看过。"

龙薇儿一声感慨，托着腮望着窗外出神。马车缓缓前行，离开了银伯爵府，也离开了繁华的风都城。

风都篇

一路上，平日里总是叽叽喳喳的龙薇儿很沉默，让整个队伍的气氛都变凝重了。龙薇儿总是皱着眉，让平日里看惯她咋咋呼呼模样的森茉丽都觉得别扭。

"薇儿，你怎么心事重重的样子？"森茉丽终于忍不住开口了。

"我……"龙薇儿低下了头，声音也低了下来，"我只是在想黑精灵的事。我怀疑……我姐姐的失踪也和它们有关。"

森茉丽若有所思，她低头想了一会儿之后，提出了自己的看法："但是，薇儿，就算被黑精灵吸食了灵蕴，受害人本身是没有生命危险的。你说过，你姐姐是凭空消失的，甚至连同行的同学都没有注意到，这么谨慎的作案风格不太像是黑精灵所为。"

马车外的楚堂堂听到她们的对话，突然说："你们刚才说的倒让我想起一件事！"

"什么？"龙薇儿和森茉丽都是一怔。

看着她们惊愕的反应，楚堂堂表情凝重地说："就像被黑精灵吸食灵蕴一样，近百年来，有很多天赋非常优秀的人失踪了，很少有幸存者被人们发现。这件事，人们到现在都没有找到原因。"

听了楚堂堂的话，龙薇儿不由得握紧了拳头。

"我一定要查出姐姐失踪的真相！不管是黑精灵还是别的什么，谁伤害了我的家人，我都不会轻易放过他们！"

森茉丽拉过她的手，微笑着说："我会陪薇儿一起去找你姐姐的，就像你帮我找明欢那样！"

"谢谢你，茉丽。等着吧，当我变得更强的时候，一定会找到姐姐，把所有事情查清楚！"

"嗯，我相信薇儿！不过……等我们回去，马上就要期末考了吧。"看着龙薇儿信心十足的样子，森茉丽想到即将到来的考试，不禁开始担忧起来。

龙薇儿看着森茉丽愁得皱起眉头的小脸，拍拍她的肩膀，安慰她说："放心，我们一定会有好成绩的！虽然我们没在老师的指导下学习，但跟着楚大少爷出来这一趟，一路的经历就是我们最宝贵的收获。我们一定不会比其他同学差！"

"薇儿你误会了。我当然相信你的实力。但是，期末考试是团体赛，青岚师兄不能跟我们一起考试，我们还少一个人呢！"森茉丽的眉头没有展开，语气还是充满担忧。

"哼。"一直听她们说话的楚堂堂突然开口，"难道我不是一个合适的人选吗？"

听楚堂堂的语气，似乎因为被忽视而流露出了不满，森茉丽惊讶地捂住了嘴，心里暗想：这句话的意思是——他愿意加入我们？那……我们这个队伍，应该会很强吧！楚同学、薇儿，都是那么厉害的人呢！

龙薇儿听到楚堂堂骄傲而自信的口气，看着森茉丽的表情从难以置信到满心欢喜，不禁大笑起来。

这次风都之行，不仅能让她们还清债务，还找到了一个这么可靠的队友。龙薇儿不禁张开了双手，大声喊起来："这次任务，完成得真是很顺利！"

她发自内心地笑了，笑声在一路上回响。

车队前行了一段路，龙薇儿把头探出来，看了一眼身后越来越远的风都，将目光收回投向了青岚，对方一直眼望前方，不知道在想什么。对他这个状态，龙薇儿已经见怪不怪了。她的目光越过青岚，看向走在车队最前头的楚堂堂。

虽然没有再问过楚堂堂关于香玲的事，但她知道楚堂堂一定去找过香玲。他是不是知道了一切呢？他又是怎么承受住这个打击的？龙薇儿想安慰楚堂堂，却觉得自己无论说什么都似乎太苍白了。就在她暗自担忧的时候，一阵微风吹起了她绯红色的长发，也带来一阵清脆的声响。龙薇儿顺着声音来源处望

过去，只见楚堂堂腰间有一个金色的光点。

　　"丁零——丁零——"在阳光的照射下，那个金色的铃铛不断发出清脆的声响，就像温柔的少女唱着歌谣一样。听着这似曾相识的铃声，龙薇儿赫然发现，那正是原本挂在香玲墓上，现在已经被仔细擦拭后焕然一新的鎏金风铃……

尾声
** **

　　倒锥形的浮岛悬浮在湖面之上，从远处看，浮岛与水里的倒影正好组成了一个沙漏的形状。

　　在浮岛的中心，有一片黄金树组成的森林，每当风吹过树叶时，都会响起极有旋律的沙沙声。在黄金树海的中心位置，矗立着一棵巨大的生命之树，枝丫完全晶化，构成了一座美轮美奂的水晶宫殿。

　　宫殿被生命之树坚实的枝干牢牢地托住，当月亮升起时，朦胧的生命能量从树上散发出来像萤火虫一样，这些能量聚集成光带围绕在宫殿的四周，形成了一幅瑰丽的景象。

　　月光透过宫殿的顶端，洒在一个由整块青玉雕琢而成的王座上。王座上坐了一个人，他有一头长及地面的银色头发，正一手托着下颚以一个慵懒的姿势坐着。

　　他的衣服极尽奢华，领口和袖口上的花纹是由银丝线绣成

的，然而，银丝线的美却比不过他裸露在外的白皙肌肤的万分之一。他的腰间系有一条宝蓝色的腰带，令他的身材完美地勾勒出来。他的目光看向了空旷的大殿，闪烁着妖冶光芒的红色眸子看不出喜怒，只是淡淡地落在了跪在王座之前的那个黑影身上。

"你看清楚了，那个少年使用的真的是神压？"虽然姿势慵懒，但独属于上位者的威严却让他的每一个字都充满了不可抵抗的魔力。

"是的，陛下，我绝不会看错。能够震慑连我们都棘手的黑精灵，世界上有几种力量能做到呢？"

黑影恭恭敬敬地回答，王座上的人垂下了眼帘。

"你说，他很在意一个拥有奇怪灵蕴的少女？"

"是的，陛下。他十分在意那个少女，而且那个少女也非常奇怪。她潜在灵蕴非常强大，就连我的秘术都看不出她的极限究竟在哪里，怪更怪在她的灵蕴非常纯粹，是我至今为止见过的最接近于神的。"

"是吗……"王座上的人发出一声叹息，黑影毕恭毕敬，把头垂得更低了。

"我知道了，你下去吧。"

"是。"黑影恭恭敬敬地告退。

王座上的人抬起头，环顾了一下宏大的水晶宫殿。他朝空中伸出手，似乎想抓住洒落的月光。

他喃喃自语，声音低得几不可闻。

"我的弟弟，你该回家了……"